Sonia Levit

cbt

DIE AUTORIN

Foto: © Tony Mendez Inc.

Sonia Levitin lebt mit ihrem Mann in Südkalifornien. Sie ist die Autorin von über 30 Jugendbüchern, von denen einige ins Deutsche übersetzt wurden. Ihre Romane gewannen in den USA zahlreiche Preise. Sie werden vielfach im Unterricht eingesetzt und von verschiedenen Institutionen aufgrund ihrer beispielhaften Auseinandersetzung mit dem Thema Toleranz empfohlen.

»Die Wahl« ist Sonia Levitins erster Roman beim C. Bertelsmann Jugendbuch Verlag.

Sonia Levitin

Die Wahl

Aus dem
Amerikanischen von
Katarina Ganslandt

cbt

Band 30076

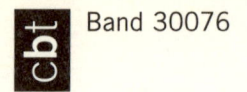

cbt – C. Bertelsmann Taschenbuch
Der Taschenbuchverlag für Jugendliche
Verlagsgruppe Random House
München Berlin Frankfurt Wien Zürich

www.bertelsmann-jugendbuch.de

Unter den unzähligen Märtyrern
meinen Großmüttern
Lucy Goldstein und Rosa Wolff
gewidmet. In liebevollem
Gedenken an euch.

Umwelthinweis:
Dieses Buch wurde auf chlorfrei gebleichtem Papier
gedruckt.

Deutsche Erstausgabe November 2002
Gesetzt nach den Regeln der Rechtschreibreform
© 1999 by Sonia Levitin
© für die deutschsprachige Ausgabe 2002
cbt/C. Bertelsmann Jugendbuch Verlag, München
in der Verlagsgruppe Random House GmbH
Alle deutschsprachigen Rechte vorbehalten
Die amerikanische Originalausgabe erschien 1999
unter dem Titel »The Cure«
bei Harcourt Brace & Co., San Diego
Übersetzung: Katarina Ganslandt
Lektorat: Alexandra Ernst
Umschlagbild: Carrie Graber
Umschlagkonzeption: init. büro für gestaltung, Bielefeld
st • Herstellung: Peter Papenbrok
Satz: Uhl+Massopust, Aalen
Druck: Clausen & Bosse, Leck
ISBN 3-570-**30076**-5
Printed in Germany

10 9 8 7 6 5 4 3 2 1

Prolog

Sie huschten von den Handelsschiffen, die in der unruhigen See im Hafen vor Anker lagen, und krochen aus der ans Ufer gehievten Ladung, aus Fässern, Kisten und Hanfballen – die Ratten. Gemeine Hausratten der Gattung Rattus rattus *waren es, die da dunkelbraun und flink über das Hafengelände liefen und in den Säcken mit Mehl oder Gewürzen verschwanden oder sich in den Stoffballen verkrochen. Sie krümmten und wanden sich unter peinigenden Stichen unersättlicher Flöhe. Die Ratten stammten von weit her, aus Cathay, aus Indien und anderen geheimnisvollen Ländern, und als sie jetzt an Land kamen, trugen sie ihre eigene tödliche Fracht.*

1348 Genua, Italien

Erstes Kapitel

Soziale Allianz, westlicher Sektor
Im Jahr der Seelenruhe, 2407

Schon wieder dieser Traum! Wie konnte man von Dingen träumen, die man nie erlebt hatte? Gemm 16884 rollte sich auf seiner Antigravitationsliege herum, stützte sich auf den Ellenbogen und warf einen Blick auf den Bildschirm, auf dem das Datum, die Uhrzeit und die Morgenbotschaft angezeigt wurden. Wenn doch nur seine Zwillingsschwester Gemma 16884 bei ihm wäre. Heute Abend würde er sie bitten, bei ihm statt bei ihren Freundinnen zu schlafen. Sie würden ganz dicht nebeneinander liegen. An Gemmas Seite würde er von solchen verstörenden Träumen verschont bleiben.

Schon seit mehreren Monaten hatte er immer wieder denselben Traum, der ihn jedes Mal mit einem Gefühl der Erschöpfung und einer merkwürdigen Sehnsucht aufwachen ließ. In seinem Traum stand er auf dem Gipfel des künstlichen Rotfels-Gebirges. Er spürte ein seltsames Bedürfnis in sich aufsteigen. Sein Atem beschleunigte sich und durch seinen Kopf strömten intensive Rhythmen und Klänge. Die Klänge entstanden irgendwo in ihm selbst, wo genau, wusste er nicht, aber sie waren wunderschön und überwältigend. Im Traum hob Gemm 16884 seinen Blick zum sternenklaren Himmel, ließ die Klänge aus sich herausströmen und fühlte sich leicht und frei. Der Rhythmus ergriff ihn und brachte ihn dazu, seinen Körper auf eine Art zu bewegen und zu biegen, die ganz sicher verboten war. Er hatte so etwas jedenfalls noch nie bei jemand anderem gesehen und auch nicht davon gehört. Es machte ihm Angst.

Natürlich kannte er Gerüchte über Menschen, die eigenartige Anfälle hatten – man nannte so etwas einen *Rausch*. Gemm 16884 überlief es kalt. Dabei klappte gerade alles so gut. Er und seine Zwillingsschwester würden bald die Große Wahl treffen. Ganz bestimmt hatten sie alle Gesetze strengstens befolgt. Körperlich und geistig waren sie in Bestform. Sie standen in der Blüte ihrer Jugend. Nein, es konnte nichts mehr schief gehen.

Gemm beugte sich dem sanften Summen des Bildschirms entgegen. Die von ihm ausgehenden, gleichmäßigen Vibrationen beruhigten ihn. Er fühlte sich nach seinem Traum so aufgewühlt wie nach einem Besuch in der Glücks-Kuppel. Wobei sich natürlich niemand hinterher genau daran erinnern konnte, was in der Glücks-Kuppel wirklich passierte. Es blieb immer nur dieses Gefühl zurück, eine Art stille Glückseligkeit. Mit seinem Traum war es anders. Die Erinnerung daran verblasste nicht.

Vergangene Woche, nachdem der Traum ihn wieder heimgesucht hatte, wollte er vom Führer des Quadranten wissen, ob es möglich war, von etwas zu träumen, das jenseits aller eigenen Erfahrungen und Vorstellungen lag.

Führer 77520 hatte sich übers Kinn gestrichen und nervös die Fingerknöchel aneinander gerieben. »Selbstverständlich nicht«, antwortete er voller Überzeugung. Auf dem Stehkragen seines goldfarbenen Overalls stand seine Kennnummer. Gemm kannte seinen informellen Namen nicht und hatte nicht den Mut, danach zu fragen. »Im Gehirn sind nur die Informationen gespeichert, die es selbst aufgenommen hat, und Träume sind, wie wir wissen, auf Hirnströme zurückzuführen.« Führer 77520 hob die Fingerspitzen an die Schläfen und rückte seine Maske zurecht. Es war ein perlgraues Modell mit vollen, dunklen Brauen, das dem Führer ein gelehrtes Aussehen verlieh. »Worum ging es in dem Traum?«, erkundigte er sich.

»Ach, um nichts Besonderes«, erwiderte Gemm und wandte sich zum Gehen. »Es war alles ziemlich wirr. Ich kann mich gar nicht mehr genau daran erinnern.«

»In Freundschaft und Liebe«, sagte Führer 77520. »Ich empfehle dir, dich analysieren zu lassen.«

»In Liebe«, antwortete Gemm 16884, »ich danke dir. Vielleicht werde ich das tun.« Gemm holte tief Luft und versuchte, sein heftig klopfendes Herz zu beruhigen. Er hatte keineswegs die Absicht, sich dieser Prozedur zu unterziehen.

Führer 77520 schien seine Gedanken zu lesen. »Du weißt, dass du dir bei jedem Medi-Comp einen Ausdruck holen kannst. Stehst du nicht kurz vor der Großen Wahl? Du willst doch bestimmt nicht, dass noch etwas dazwischenkommt, nicht wahr?«

»Natürlich nicht«, versicherte ihm Gemm mit respektvollem Nicken und fügte hinzu: »In Liebe. Ich danke dir.«

Führer 77520 machte einen Schritt auf ihn zu. »Hol dir einen Serotonin-Trunk«, riet er ihm. »Du wirkst etwas erregt.«

Gemm bemerkte, dass der Führer bereits den Comp-Schalter an seinem Ärmel gedrückt und dadurch ihre Unterhaltung aufgezeichnet hatte. Gemm 16884 verbeugte sich tief. Er bereute es, die Sache angesprochen zu haben, aber andererseits waren die Führer schließlich genau für diese Fragen zuständig. Und es war unnatürlich, Geheimnisse zu haben. »Seelenruhe regiert«, verabschiedete sich Führer 77520.

»Seelenruhe erzeugt Frieden«, antwortete Gemm.

Führer 77520 legte ihm kurz die Hände auf die Schultern. Die plötzliche Wärme wirkte zunächst verwirrend und dann unendlich beruhigend. Gemm fühlte sich schlagartig besser.

Jetzt senkte er seine Antigravitationsliege zu Boden, stand auf und ging auf den Bildschirm zu. Er strich mit dem Handgelenk über den Scanner und meldete: »Gemm 16884, freier Tag, Vergnügungsausflug in den Aroma- und Landschaftspark in Begleitung von Zwillingsschwester und mehreren Gefährten.«

Die Stimme aus dem Monitor schnarrte: »Bitte Gefährten nennen.«

»Kir und Kira. Vielleicht noch ein paar andere.«

»Kennnummern, Kennnummern«, forderte ihn der Apparat auf.

»Schau doch selbst nach«, entgegnete Gemm leicht verstimmt. Er musste dringend zur Frühstücksbar. Wenn Gemma seine gereizte Stimmung bemerkte, würde sie ihn sicher überreden, sich scannen zu lassen, aber dazu war ihm die Zeit zu schade. Er hatte sich so sehr auf den freien Tag ohne Prüfungen und Unterweisungen gefreut – und er hatte ihn verdient! Während er neben dem Apparat stehend auf eine Antwort wartete, vernahm er das atmosphärische Wispern.

»Vierter Tag frei. Lobpreiset den Tag!«

»Suche, Suche«, erklang der monotone Singsang des Bildschirms – und dann: »Überprüft. Du bist freigestellt. Möge dir Freude beschert sein.«

»In Liebe. Ich danke dir«, antwortete Gemm und trat in die Säuberungsschleuse, wo ihn sofort angenehm warmer und duftiger Sprühnebel umfing. Er blieb etwas länger als nötig unter der Trockenleuchte stehen und schlüpfte dann in seinen Overall. Obwohl er sich bewusst war, dass neben ihm seine Kameraden mit ihrer Morgenwäsche beschäftigt waren, wendete er den Blick von ihnen ab, wie es üblich war, und stellte sich vor den Reflektor, um seine Maske zurechtzurücken.

Es war ein relativ dezentes Modell in zartem Pfirsichrosa, nahezu augenbrauenlos und mit kurzem braunen Haar aus feiner Seide. Gemm trug diese Maske schon seit Monaten, ohne auf den Gedanken gekommen zu sein, sie auszutauschen. Aus unerfindlichen Gründen hätte er heute aber lieber eine andere getragen. Er begutachtete die Auswahl auf dem Ständer, fand aber keine, die ihm gefiel. Halb so schlimm – in einem Monat kamen bereits die neuen Modelle heraus. Wie alle Mädchen war Gemma deshalb schon jetzt ganz aufgeregt. Sie hockte jedes Mal stundenlang vor dem Bestellmonitor, bis sie ihre Wahl getroffen hatte. Das letzte Mal hatte er nur ihr zuliebe Interesse geheuchelt. Heute hätte er aber wirklich gern eine andere Maske getragen. Was für eine Auswahl! *Unbegrenzte Möglichkeiten* – dachte er. Plötzlich schoss ihm durch den Kopf, dass man jeweils immer nur zwischen zwölf Modellen wählen konnte. Bei Einführung eines neuen Modells wurde gleichzeitig eines der alten ausgemustert. Aber das war ja auch nur so eine Redensart. Und in der Regel hatte man tatsächlich unter tausend Möglichkeiten die Wahl. *Unbegrenzte Möglichkeiten.* Die Worte summten in seinem Kopf. Gemm 16884 stellte fest, dass sich seine Laune besserte. »Lobpreiset den Tag«, murmelte er. Er schritt zügig durch die Haupthalle auf die Loggia zu, wo Gemma morgens meistens auf ihn wartete. Durchgänge öffneten und schlossen sich. Das synthetische Dach erzeugte eine Vielzahl von Düften, Wolken und Farbmustern, und während Gemm durch die Halle lief, wisperte und flüsterte es um ihn herum: »Tag der Freude... Tag der unbegrenzten Möglichkeiten... Seelenruhe ist Frieden.« Plötzlich mischten sich die Rhythmen und Klänge aus seinem Traum zwischen die Hintergrundgeräusche der Halle. Gemm beschleunigte seine Schritte – entschlossen, sie zu verdrängen.

Er entdeckte Gemma, die gerade mit Kira plauderte, während Kir und die anderen nicht weit von den beiden entfernt um eines der neuen multidimensionalen Geduldsspiele herumstanden. Die meisten ihrer Gefährten im Quadranten trugen noch die blassgelben Overalls, auf deren Vorderseite schwarz die Geburtsnummer zu lesen war. Ein paar ihrer Freunde durften aber bereits die Farben der Wahl tragen, die sich nach dem Beruf richteten, für den sie sich entschieden hatten.

Als er näher kam, hörte er, worüber Gemma und Kira sprachen. Kira, die wie immer übers ganze Gesicht strahlte, erzählte mit fröhlicher, lauter Stimme: »Kir und ich haben übrigens an den Prüfungen zur Ausbildung als Sporttechniker und als Wärter im Robot-Zoo teilgenommen. Zwei noch unterschiedlichere Berufe kann man sich ja wohl kaum vorstellen, oder?«

»Kaum«, erwiderte Gemma mit leisem Lachen. »Aber für beide braucht man technisches Verständnis – und du und Kir, ihr seid ja so geschickt. Alle bewundern euch.«

»Stimmt nicht, ihr werdet viel mehr bewundert!«, protestierte Kira, aber man hörte, wie geschmeichelt sie sich fühlte.

Die beiden Mädchen hatten sich an den Armen untergehakt. Gemma war etwas größer und schlanker als Kira. Natürlich stammten sie alle aus derselben Geburtsserie, waren alle Freunde der obersten Klasse. Kira und Gemma trugen meistens die gleiche Maske. Heute war es ein Modell in einem hellen Bronzeton mit auffällig geschnittenen und violett umrahmten Augenöffnungen – wirklich schön, wie Gemm fand.

»Einen freudigen Morgen!«, grüßte er in die Runde.

»Möge er dir Freude bereiten«, erwiderten alle.

»Sollen wir unseren Morgentrunk holen?«, fragte Gemm.

»Wenn es dich erfreut«, antwortete Gemma und gab den anderen ein Zeichen.

Eine Gruppe Mädchen aus dem nächsthöheren Quadranten, die sich angeregt miteinander unterhielten, ging an ihnen vorbei. »Es ist wirklich niedlich zu beobachten, wie sie sich allmählich entwickeln«, rief eine von ihnen aus. »Die putzigen Kleinen – waren wir eigentlich auch mal so?«

»Und einer sieht aus wie der andere«, meinte eine zweite. »Ich kann mich vor allem an die Feierlichkeiten erinnern und an die vielen schönen Dinge…«

Kira und Gemma drängten sich dichter an ihre Zwillingsbrüder.

»Die haben es schon hinter sich«, stellte Gemma mit einer Spur von Neid in der Stimme fest. »Schaut doch nur, wie schön ihre neuen Armbänder glänzen!«

»In ein paar Monaten ist es bei dir auch so weit«, tröstete Gemm sie.

»Es soll auch gar nicht wehtun«, ließ Kira hoffnungsvoll vernehmen.

»Tut es sicher nicht«, sagte Kir. »Ich habe gehört, man fühlt sich nur ein bisschen unwohl – und auch das dauert höchstens ein, zwei Tage.«

»Du hast leicht reden!« Die Mädchen kicherten nervös. »Jungs behaupten immer, dass es nicht wehtut. Woher wollt ihr das denn wissen?«

»Immerhin dürfen wir dann aber Gold tragen«, sagte Gemma und hob ihren Arm in die Luft, an dessen Handgelenk das breite, silberne Geburtsarmband glänzte, das nach der Parentisierung durch ein goldenes ersetzt werden würde. »Ich liebe Gold«, sagte sie.

»Alle Menschen lieben Gold«, behauptete Kira. »Früher haben die Leute sogar alle möglichen Sachen aus Gold hergestellt.«

»Woher weißt du das denn?«, fragte Gemma verblüfft.

»Das hab ich irgendwann einmal auf dem Monitor gesehen. In einem Folklore-Fakt. Da wurde erzählt, dass die Menschen in der Alten Zeit Schmuckgegenstände gesammelt haben und... sie haben sogar Münzen hergestellt und sie dann als Tauschmittel benutzt – wahrscheinlich, um Schmuck und...«, Kira geriet ins Stocken, »und lauter verschiedene Dinge einzutauschen. Oder so.«

»Aber wieso wollten sie denn verschiedene Sachen haben?«, fragte Gemma entgeistert und stemmte die Hände in die Hüften. »Verschiedenartigkeit erzeugt Feindschaft.«

»Ich weiß«, sagte Kira. »Aber das Ganze war doch bloß ein Folklore-Fakt. Ist doch irgendwie witzig.«

»Ja, schon«, stimmte Gemma ihr zu. Sie ließen sich mit der Menge zur Serotonin-Bar treiben.

»Hast du gut geschlafen?«, erkundigte sich Gemm. Als er sich zu Gemma hinüberbeugte, hätte er gern... er wusste selbst nicht genau, was. Plötzlich musste er wieder an seinen Traum denken, an den Rhythmus. Er blickte neben sich, wo ein Räumer geräuschvoll über den Rasen pflügte. *Rumm-summ-klicker-klicker.* Gemm lauschte so aufmerksam, dass er Gemmas Antwort kaum hörte. *Rumm-summ-klicker-klicker* tönte es in seinen Gedanken fort.

Gemma sagte: »Nach einem Abend in der Glücks-Kuppel schlafe ich immer gut. Und was ist mit dir?«

»Bitte übernachte heute bei mir, Gemma.«

»Selbstverständlich, wenn es dir Vergnügen bereitet.«

Sie gingen schweigend ein paar Schritte weiter und hoben die Hand, um andere Paare zu grüßen, die aus den verschiedenen Richtungen auf die Serotonin-Bar zuströmten.

»Ich hatte wieder diesen Traum.« Die Unentschlossenheit ließ sein Herz heftig klopfen. Sollte er ihr alles anvertrauen? Wenn jemand ihn verstand, dann Gemma. Sie waren Zwillinge, lebenslang miteinander verbunden, genetisch ebenbürtig, füreinander geboren. Und trotzdem waren sie nicht in jeder Hinsicht gleich. Sosehr er sich auch bemühte, seine Wünsche den ihren anzupassen, gab es doch Unterschiede. Seine Träume waren nur ein Beispiel.

»Was war das für ein Traum?«, fragte Gemma leichthin. Sie winkte einigen Freunden zu. Ihr Silberarmband mit der Geburtsnummer, 16884, funkelte im Sonnenlicht.

»Das ist es ja gerade«, antwortete Gemm. »Ich weiß gar nicht, wie ich es beschreiben soll. Ich war in einem großen Gebäude, das so aussah wie die Glücks-Kuppel, und um mich herum vibrierte alles. Mein Körper bewegte sich und ich machte komische Geräusche mit der Stimme – es klang wie eine Art Sprechgesang, aber doch anders.«

»Der Bildschirm vibrierte, meinst du? Und das Flüstern und das Singen, das war in der Atmosphäre …«

»Nein! Das war ich selbst! Ich – es war so ein merkwürdiges Gefühl.« Er schüttelte den Kopf und hob hilflos die Arme. »Ich weiß auch nicht … es – na ja, es beunruhigt mich.«

»Hol dir lieber gleich einen Doppeltrunk zum Frühstück«, riet ihm Gemma fürsorglich.

»Aber es war wieder derselbe Traum, den ich schon so oft hatte!«

»Träume sind schnell wieder vergessen«, sagte Gemma und lief schneller.

Gemm hielt sie zurück. »Dieser nicht«, beharrte er. »Ich erinnere mich genau daran.«

Sie waren in der Serotonin-Bar angekommen. Als Gemm mit dem Armband, auf dem seine Kennnummer stand, über den Scanner strich, fiel ihm wieder ein, was Kira über das Gold erzählt hatte.

Diese Folklore-Fakts waren wirklich spaßig. Er selbst hatte einmal in einem gesehen, wie die Menschen in der Alten Zeit Münzen aus Gold prägten. Damals musste man für Dinge bezahlen. Armbänder mit Kennnummern und Kreditkartenfunktion hatte es nicht gegeben. Er warf einen Blick auf den Bildschirm, auf dem in grünen Lettern die Aufforderung *Geschmacksrichtung wählen* aufleuchtete. »Lobpreiset den Tag«, murmelte er in tief empfundener Dankbarkeit.

»Lobet den Tag«, erwiderte Gemma ehrfürchtig.

»Was hättest du gern?«, fragte Gemm 16884 Gemma 16884.

»Ich weiß noch nicht. Lass mal überlegen. Die Auswahl ist so groß. Unbegrenzte Möglichkeiten …«

»Unbegrenzte Möglichkeiten«, wiederholte er inbrünstig. Tatsächlich blinkten auf dem Bildschirm unzählige Reihen von Symbolen, die für jedes erdenkliche natürliche oder synthetisch hergestellte Aroma standen. Gemma entschied sich schließlich, wie Gemm es erwartet hatte, für den platinierten Pekannuss-Trunk.

»Mögest du Genuss empfinden«, sagte er.

»Du auch«, antwortete sie.

Er hörte das durchdringende Rattern des Räumers, der die Rasenfläche entkeimte. *Rumm-summ-klicker-klicker.*

Geistesabwesend schnalzte Gemm im Rhythmus des Räumergeräuschs mit den Fingern.

»Hör auf«, bat Gemma 16884.

»Womit?«

»Du weißt schon, mit dem Schnalzen. Das klingt so grob«, beschwerte sie sich und wandte sich von ihm ab.

»Entschuldige.« Gemm schob die Hände unter seine Schärpe. Er beugte sich vertraulich zu seiner Zwillingsschwester vor und sagte leise: »Vielleicht könnten wir beide heute mal allein aufs Land fahren. Nur dieses eine Mal.«

Sie fuhr herum. »Aber wieso denn? Kir, Kira und die anderen...«

»Lass nur.« Gemm 16884 schüttelte sich. »Es war bloß so ein Gedanke.« Der Rhythmus des Räumers pulsierte in seinem Körper, als sei etwas in ihm gefangen und dränge nach draußen. »Was ist denn mit dir los? Du hast deinen Trunk ja noch gar nicht gewählt. Vielleicht solltest du dich vom Medi-Comp untersuchen lassen.«

»Nichts ist los!« Gemm entschied sich hastig für vulkanischen Zimtzauber. Kurz darauf strömte die Flüssigkeit blubbernd und würzig duftend in einen Becher.

Gemma kratzte sich am Nacken. Gemm sah unter dem Rand ihrer Maske rote Haarsträhnen hervorlugen. Hastig stopfte Gemma sie wieder darunter und kämmte das seidige, bronzefarbene Kunsthaar darüber, das ihr den Rücken hinabhing. »Was hast du dir denn geholt?«, erkundigte sie sich.

Er ließ sie probieren. Sie spuckte aus. Unverzüglich rollte

der Räumer heran und saugte den feuchten Fleck vom Boden auf.

»Igitt!«, rief sie. »Was ist nur mit dir los, Gemm 16884? Sonst nimmst du doch immer Aprikosentraum oder Mandel-Misch.«

»Darf man nicht mal etwas Neues ausprobieren?«

»Natürlich darfst du!«, rief sie. »Unbegrenzte Möglichkeiten…«

Kir und Kira, die sich untergehakt und ihre Schritte einander angepasst hatten, kamen auf sie zu. »Los, gehen wir!«, sagte Kira.

»Sollen wir in den Realtier-Zoo?«, schlug Kir vor.

»Wenn es dir Vergnügen bereitet«, sagte Gemm. Er strich mit seinem Armband über den Abtaster am Durchgang und gab das Fahrtziel ein: *Realtier-Zoo*.

»Habe ich eigentlich schon erzählt, was das letzte Mal passiert ist, als wir da waren?«, flüsterte Kira. Sie unterdrückte ein Kichern. »Das mit den Hunden?«

»Ich erinnere mich gut«, sagte Kir in ernstem Ton. »Wir waren mit Zo und Zoa und ein paar anderen dort. Ich hatte keine Ahnung… ich meine…« Er senkte seine Stimme. »Sie haben sich gepaart.«

»Gepaart?«, rief Gemm 16884. »Wieso hast du mir davon nichts erzählt?«

»Es war zu abstoßend«, erwiderte sein Freund. Er räusperte sich.

»In der Alten Zeit haben die Menschen das ganz genauso gemacht!«, schaltete sich Kira fröhlich ein.

»Hör auf, Kira«, ermahnte sie ihr Zwilling. »Rede nicht so. Wir wollen einen Tag des Vergnügens erleben. Nach dem Zoo könnten wir zum Klettern ins Rotfels-Gebirge.«

Kira lachte. »Wozu sollen wir uns abmühen? Ich würde

mich lieber in den Muskelmanipulator setzen – das ist nicht so anstrengend.«

Die beiden Mädchen tuschelten. Gemm 16884 war klar, dass sie darüber sprachen, wie sich Tiere paarten und dass die Menschen in der Alten Zeit ebenfalls Vergnügen empfunden hatten, wenn sie... er mochte die Worte nicht einmal denken und spürte, wie er unter seiner Maske rot anlief.

Ein Vogel, der über ihnen am Himmel kreiste, stieß einen hohen Schrei aus. Einen durchdringenden, vibrierenden Ton.

Gemm sah zu dem Vogel hinauf. Sein Herz raste. Am liebsten wäre er losgelaufen, um sich selbst in die Lüfte zu erheben und solch einen hohen, kraftvollen Ton hervorzubringen – lang und süß, wie der Klang aus seinem Traum. Tief in seiner Brust wallte ein Gefühl in ihm auf, flatternd wie die Flügel jenes Vogels, drängte es nach draußen. Er wollte... er wollte... er wusste nicht, wie er es in Worte fassen sollte, aber es hatte mit dem Vogel zu tun, mit dem Räumer und mit seinem Traum.

»Gemm 16884!«, rief seine Zwillingsschwester. »Jetzt komm schon! Was guckst du denn?«

Aber Gemm 16884 konnte sich nicht losreißen vom Anblick des Vogels, von seinem herrlichen Gesang und dem Verlangen, das die Töne in ihm wach riefen. Er spürte plötzlich, wie er sich hin und her wiegte und Schultern und Arme im Rhythmus des in ihm wogenden Klangs bewegte, der dem Schrei des Vogels nicht unähnlich war. »*A-la – la-la-la – aa, ihh-duh!*«

Als die Klänge aus ihm herausströmten, fühlte sich Gemm vollkommen gelöst, so als hätte er in Fesseln gelegen und wäre unvermutet befreit worden. »*A... a... lo... lo... la... di... di... ooh!*«

Die anderen umringten ihn hastig. Sie betteten ihn auf den Rasen und beugten sich zu seinem Gesicht hinunter. Eine Hand fühlte am Handgelenk nach seinem Puls, eine andere legte sich auf seinen Hals.

»Wir müssen ihn zur Zentralhalle zurückbringen.«

»Schnell, er muss an einen Medi-Comp angeschlossen werden.«

»Sollen wir Hilfe rufen? Ihn abholen lassen?«

»Geht weg!«, schrie Gemm 16884. »Lasst mich in Ruhe. Ich brauche keine Hilfe!«

Sie ließen nicht von ihm ab. »Sch! Ruhig! Was ist denn in dich gefahren? Was waren das für grässliche Geräusche?«

»Lasst mich! Ich will… ich muss…« Er hob das Kinn und ließ die Klänge aus seinem Brustkorb strömen – die glücklichen, freien und wundervollen Klänge. *»La... la... la... dam... da... da!«*

Sie berührten ihn und versuchten, ihn zu beruhigen. Gemm stieß sie weg, mit aller Kraft. Sie fielen nach hinten und schrien vor Schreck auf. Stoßen war nicht erlaubt. Wut und Aggression kannte man nur von kleinen Kindern, die noch nicht zur stillen Seelenruhe erzogen worden waren. Was war nur in ihn gefahren? Gemm 16884 rappelte sich auf und stolperte rückwärts davon. Sie beobachteten ihn wie erstarrt. Gemma hielt sich die Hand vor den Mund. Kira begann zu weinen.

Kir streckte ihm die Hände entgegen. »In Liebe. Wir rufen Hilfe für dich.« Seine Finger fuhren leicht über den Komm-Knopf an seiner Manschette.

»Ich brauche keine Hilfe!«, rief Gemm 16884. »Lasst mich doch in Ruhe!« Er bückte sich, hob einen der künstlichen roten Gesteinsbrocken auf und schleuderte ihn nach ihnen. Der Stein streifte Kir am Kopf und zersplitterte dann am

Boden. Blut sickerte am Rand von Kirs Maske hinab und tropfte auf seinen gelben Overall. Gemma schrie auf.

Kir drückte jetzt panisch auf den Komm-Knopf und forderte Hilfe an. »Brauchen dringend Unterstützung!«

Gemm wurde von Angst gepackt. »Kir! Kira und Gemma! Hört mich doch erst einmal an. In Liebe, ich bitte euch um Vergebung. Bitte ruft sie nicht! Lasst nicht zu, dass sie mich mitnehmen.«

Innerhalb kürzester Zeit traf ein Luftkissenschiff mit vier Beförderern ein. Die in strenge, rot-schwarze Overalls gekleideten Männer eilten auf Gemm 16884 zu und führten ihn ab.

Zweites Kapitel

Gemm hörte, wie sie über ihn sprachen. Er hatte das Gefühl, sich in einem Tunnel zu befinden oder in der Glücks-Kuppel, kurz nachdem die Vibrationen und das Farbrauschen aufgehört hatten. Wenn die Ekstase nachließ und der Körper in seinen gewohnten Zustand zurückkehrte, fühlte man sich immer einen Moment lang leicht benommen und verwirrt.

Auch jetzt war Gemm verwirrt und verspürte ein wenig Angst. Der Mediz fuhr mit seiner Befragung von Gemma und ihren Gefährten fort.

»Ist so etwas früher schon vorgekommen? Diese plötzlichen Aggressionen?«

»Nein, natürlich nicht«, antwortete Kir. »Er ist sonst immer ganz passiv und friedlich.«

»Könnt ihr mir sagen, was den Ausbruch hervorgerufen hat? Hat er heute Morgen seinen Serotonin-Trunk zu sich genommen?«

»Ja, natürlich!«, rief Gemma. »Wir haben alle zusammen gefrühstückt.«

»Wann ist er das letzte Mal gescannt worden?«

»Wir gehen einmal monatlich, genau wie es vorgeschrieben ist!«

Gemmas Stimme hatte einen schrillen Unterton. Gemm 16884 hörte die darin liegende Panik. Falls einer von ihnen für mangelhaft befunden wurde, würde ihnen die Parentisierung verwehrt werden. Gemma wäre untröstlich. Keine Nachkommen zu haben, es sei denn, man hätte sich bewusst dagegen entschieden, war beinahe so schlimm, wie als Einling zu leben.

Als Gemm die Augen öffnete, sah er, dass seine Oberarme an einen Medi-Comp angeschlossen waren.

Der Mediz wandte sich Gemma zu und sagte schroff: »Beruhige dich, Fem 16884, sonst müssen wir davon ausgehen, dass sein Zustand ansteckend ist.«

»In Liebe«, antwortete Gemma hastig. »Ich bitte um Vergebung.«

»Gewährt.«

Gemm 16884 öffnete den Mund. »Ich bitte ebenfalls all jene um Vergebung, denen ich zu nahe getreten bin.«

»Gewährt«, sagten Kir und Kira im Chor, und auch der Mediz murmelte zustimmend.

Gemm warf einen Blick auf den Monitor, auf dem seine Vitalfunktionen wiedergegeben wurden. Das Gerät zeichnete Puls, Hirnströme und Hormonwerte auf und überwachte ein Dutzend anderer Faktoren, die seine Gesundheit und seine seelische Verfassung beeinflussten. Er holte tief Luft und setzte die Methoden der Körperbeherrschung ein, die ihnen von klein auf beigebracht worden waren. Selbstverständlich konnte er damit nicht die chemische Zusammensetzung seines Bluts verändern, doch das Atem-Bio-Feedback ermöglichte es ihm, seine Stimmungen zu regulieren. Er ließ das Mantra in sein Bewusstsein strömen: *Gleichheit erzeugt Harmonie…*

»Ah, er wird ruhiger«, stellte der Mediz fest. »Gut. Nur

noch wenige Monate bis zu eurer Großen Wahl, was? Das kann einen natürlich unter Druck setzen. Und dann die Parentisierung – die Feierlichkeiten, all die Fragen bezüglich der Gerichte, der Farben, der Unterhaltung...« Während der Mediz redete, ließ er die Messdaten nicht aus den Augen. Gemm sah, dass sich die Werte allmählich wieder im Normalbereich bewegten. Gut.

»Ja. Ich bin mir sicher, dass es damit zu tun hat«, sagte Gemm. Er erinnerte sich daran, dass er eine Spritze bekommen hatte, als er von den Beförderern weggebracht worden war. Vermutlich ein Serotonin-Konzentrat. Er fühlte sich jetzt sehr friedvoll und heiter – wie in Watte gebettet... warm... weich... Das rhythmische Surren des Medi-Comp ließ ihn plötzlich aufhorchen, drang in seine Träumereien ein. Nur mühsam gelang es Gemm, seine Gedanken wieder auf das Mantra, die Fünferleiter, zu lenken: *Gleichheit erzeugt Harmonie erzeugt Seelenruhe erzeugt Frieden erzeugt das allumfassend Gute. Lobpreiset den Tag!*

Der Mediz stand über Gemm gebeugt und schwenkte ein Sonarskop, um seine Reflexe zu überprüfen. Wie beiläufig sagte er: »Dein Zwilling hat uns da etwas von einem Traum erzählt.«

»Ich bin bereit, Medikamente zu nehmen«, erklärte Gemm hastig. »Ich bitte um Vergebung...«

»In diesem Traum gibst du angeblich gewisse Töne von dir – Musik?« Der Mediz überspielte seine Verlegenheit mit einem leisen Hüsteln. »Ist dir bewusst, was du getan hast? Kennst du die Gesetze?«

»Natürlich kenne ich sie«, beeilte sich Gemm zu antworten.

»Und heute wolltest du mit deinem Zwilling alleine sein? Etwas ohne die anderen unternehmen? Stimmt das?«

»Ich dachte nur... es war dumm von mir und unnatürlich«, räumte Gemm ein. »Ich stand in letzter Zeit ziemlich unter Stress. Ich musste mich ja auf die Berufswahl vorbereiten.«

Der Mediz tippte die Messdaten ein, um sie Gemms Datensatz hinzuzufügen. Das Modell seiner Maske – schneeweiß mit blauer Nase und dreieckigen blauen Augenbrauen – wurde vor allem von Lehrern oder Gesetzeshütern gern getragen, weil es Kinder zum Lachen brachte und dem Gegenüber die Angst nahm. Gemm fragte sich, wie der Mediz wohl ohne seine Maske aussah. Augenblicklich erfasste ihn Panik. Der Computer gab ein durchdringendes *Piiiep* von sich. Der Mediz schrak zusammen.

»Du meine Güte... mit dir ist eindeutig irgendetwas ganz und gar nicht in Ordnung. Ich messe hier einen drastischen Anstieg deiner Hormonwerte. Hör mal, ich bin nur Mediz und kein Gesetzeshüter, aber ich rate dir, diese Ausbrüche zu zügeln. Ich muss dir ja nicht erklären, warum. Du weißt selbst, dass solche... solche leidenschaftlichen Gefühlsausbrüche der Seelenruhe im Wege stehen, und stattdessen... nun, unnötig, es auszusprechen. Musik.« Er spuckte das Wort voller Verachtung aus. »Nein, wirklich! Ich bin überrascht. Keiner der anderen aus deiner Geburtsserie zeigt derartige Verhaltensanomalien.«

Mit allergrößter Anstrengung gelang es Gemm 16884, seine Gedanken und Körperfunktionen wieder unter Kontrolle zu bringen. Der Monitor gab jetzt ein leises Summen von sich, beinahe ein Schnurren.

Der Mediz strich sich über die Schläfen seiner Maske und zupfte sich nachdenklich am Kinn. »Tja, vielleicht ist es tatsächlich der Stress durch die bevorstehende Große Wahl. Aber«, fügte er streng hinzu, »trotzdem möchte ich, dass du dich sofort bei uns meldest, falls sich diese Anfälle wiederholen. Solche Auffälligkeiten müssen unverzüglich behandelt werden. Verstanden?«

»Wir haben verstanden«, verkündeten Gemm und Gemma im Chor.

»Ich verschreibe dir Dorm-i-Wol, das du jeden Abend vor dem Zubettgehen nehmen wirst. Das Mittel unterbindet zwar nicht deine Träume«, erklärte der Mediz, »aber es sorgt für angenehmere Traumbilder. Verstanden?«

»Verstanden«, sagte Gemm. »In Liebe, ich danke dir.«

Der Mediz rollte das Kabel des Medi-Comp auf und versetzte dem Gerät mit der Fußspitze einen sanften Stoß. Er nickte.

»Friede.«

»Seelenruhe«, antworteten Gemm und Gemma.

»Der Vorfall ist vergessen«, erklärte Kir freundlich.

»Aber natürlich«, pflichtete Kira ihm bei.

Als sich Gemm 16884 erhob, stellte er fest, dass seine Augen brannten. Er spürte eine Verletzlichkeit in sich, ein Sehnen, ein Wollen – das er nicht genau definieren konnte. Er wusste nur, dass dieses Gefühl dort nicht hingehörte. Deshalb rückte er seine Maske zurecht, straffte die Schultern, ging entschlossenen Schritts voran und sagte in betont festem Ton: »Kommt, wir gehen zum Rotfels-Gebirge! Wir haben noch genug Zeit. Und danach zu den Duftzelten. Na los, Freunde!«

Es war eine dieser schönen Nächte, in denen Gemma neben ihm auf der Antigravitationsliege lag und sie stundenlang miteinander redeten. Gemma legte ihre Fingerspitzen auf Gemms Gesicht und er spürte den leichten Druck und die Wärme ihrer Finger durch die Maske. Wie die anderen Kameraden ihrer Geburtsserie im Quadranten, empfanden auch die Zwillinge eine gewisse Beunruhigung, wenn sie an die Zukunft dachten. Ihr sechzehnter Geburtstag rückte immer näher. Das sechzehnte Lebensjahr – das Jahr der Großen Wahl.

»Sag, wofür willst du dich entscheiden?«, fragte Gemm 16884 Gemma 16884, die neben ihm ruhte. Süße Düfte umwehten sie. Über ihren Körpern lag warmer Nebel wie eine hauchzarte Decke.

»Ich würde mich sehr gern parentisieren«, antwortete Gemma ernst. »Ich hätte gern das goldene Armband. Findest du das schlimm?«

»Natürlich nicht«, beruhigte Gemm sie. »Das ist dein Geschenk dafür, dass du dich der Prozedur unterziehst.«

»Ich habe Angst«, gestand Gemma ihm mit leiser Stimme. »Angst, dass es wehtun könnte.«

»Aber du weißt doch, dass es nicht wehtut«, sagte Gemm. »Du bekommst Medikamente und kannst den gesamten Vorgang auf dem Bildschirm verfolgen.«

»Ich möchte nicht zusehen.«

»Das musst du auch nicht.«

»Ich möchte meinen Teil dazu beitragen«, sagte Gemma. »Meinen Teil zum allumfassend Guten. Ich möchte meine Eier spenden.«

»Dann tu das. Weißt du was? Hinterher könnten wir uns mal im Brutraum die Föten anschauen. Das soll sehr interessant sein. Oft berühren die Zwillinge einander schon. Sie sind wie ein Wesen.«

»So wie wir«, sagte Gemma. »Deine Freude ist meine Freude.«

»Genau. Wahrscheinlich haben wir einander im Brutraum auch schon berührt. Wir haben immer dieselben Wünsche gehabt und dieselben Gefühle.« Unvermittelt spürte Gemm, wie ihn ein Stich durchzuckte – eine Art Warnung. Vor ein paar Monaten hatten sich er und Gemma darauf geeinigt, einen technischen Beruf zu ergreifen. Erstens fand Gemma die lila Overalls der Techniker so hübsch, und zweitens hatten beide besondere Fähigkeiten im Umgang mit Maschinen bewiesen, ganz besonders im Bereich der Beförderung. Jetzt murmelte er zaghaft: »Hör mal, Gemma, ich habe mir überlegt, dass ich vielleicht gerne… Lehrer werden würde. Findest du ihre karierten Overalls nicht auch schön?«

Er spürte, wie Gemma sich versteifte. »Ich habe gedacht, wir wollten uns für die Fliegerausbildung bewerben.«

»Ich weiß. Ich dachte nur…«

»Lehrerin ist so ein öder Beruf«, stöhnte Gemma. »Ich hätte keine Lust, die ganze Zeit mit Kindern zusammen zu sein. Die sind so laut und müssen noch so viel lernen. Ich fände es schrecklich, Gemm. Aber wenn es dir Freude bereitet, wäre ich natürlich…«

Aus der Richtung des Bildschirms ertönte ein lautes *Piep,* und ein Schriftzug leuchtete auf – Folklore-Fakt: »In der Alten Zeit traf der Tod Menschen aus allen Altersgruppen. Im Übrigen war es ihnen untersagt, sich zu erneuern.« Es machte wieder *Piep* und Bild und Ton erloschen abrupt.

»Stell dir das mal vor!«, entfuhr es Gemma.

»Was?«

»Na, dass die Menschen in der Alten Zeit noch nicht mal über ihren eigenen Tod entscheiden durften. Ist das nicht unglaublich?«

»Sag nicht *Tod*«, tadelte Gemm sie liebevoll. »Das klingt so grob.«

»Na gut. Erneuerung. Würdest du es nicht schrecklich finden, wenn du nicht die Wahl hättest? Ach, übrigens: Mori und Mora haben mir gestern erzählt, dass sie es nächste Woche tun wollen.«

Gemm fröstelte. Es war ein Gefühl, als würden eiserne Hände seine Schultern umklammern und sich zu seinem Herz vortasten.

»Mori und Mora? Du meinst, sie wollen... gehen. Aber wieso?«

Er hatte Gemma erschrocken am Handgelenk gepackt. Sie riss sich los. »Was hast du denn? Vielleicht langweilen sie sich ja einfach. Sie haben eben keine Lust auf die Parentisierung. Und einen Beruf, der ihnen zusagen würde, haben sie auch nicht gefunden. Außerdem ist es schließlich ihr gutes Recht, sich zu erneuern, wann immer sie wollen.«

»Ja, schon... aber... aber macht dich das denn nicht traurig? Ich dachte, du magst sie.«

»Natürlich mag ich Mori und Mora, aber es gibt doch noch so viele andere – was ist bloß los mit dir, Gemm? Warum nimmt es dich so mit, dass sie sich für die Erneuerung entschieden haben? Sie haben das Recht dazu.«

Gemm 16884 überkam plötzlich ein Gefühl der Leere, das er nur mit der Empfindung vergleichen konnte, die ihn überwältigt hatte, als damals der Kost-Kamerad leer gewesen war und es Stunden gedauert hatte, bis er repariert wurde. Gemma war zum zuständigen Führer gelaufen, der sofort ein Technikerteam gerufen hatte. Gemms Atem ging jetzt stoßweise, und seine Stimme hörte sich sogar für seine eigenen Ohren fremd an: »Sie werden mir fehlen«, murmelte er. »Ich... ich wünschte...«

»Wünsche sind Verschwendung«, leierte Gemma den auswendig gelernten Spruch herunter.

In diesem Moment stand Gemm das Bild aller Menschen

vor Augen, die er jemals gekannt hatte. Im Gleichschritt marschierten sie an ihm vorüber, sie alle trugen gleich geschnittene Overalls, die sich nur durch ihre Farbe unterschieden, und sogar ihre Masken sahen gleich aus, obwohl die Maskenschöpfer versucht hatten, sie witzig und interessant zu gestalten. Irgendwo tief in ihm klaffte eine gähnende Lücke, die ihn am Sehen und Begreifen hinderte, auch wenn er nicht sagen konnte, was genau ihm fehlte.

»Gemma«, raunte er. Ein furchtbares Drängen hatte ihn erfasst. Er hatte das Gefühl, wenn er die Gelegenheit jetzt nicht beim Schopfe packte, würde etwas Lebenswichtiges für immer verloren gehen. »Gemma, lass mich dich anschauen.«

»Ich bin doch bei dir«, murmelte sie schläfrig. »Komm, schlaf ein, Zwillingsbruder.«

»Ich meinte … ich möchte … ich muss …« Als hätten seine Fingerspitzen ihren eigenen Willen, begannen sie, der Rundung ihrer Wangen nachzuspüren, dem Bogen ihres Kieferknochens, und Gemm stockte der Atem, als er mit zittrigen Fingern ihre Maske anhob.

»Was machst du denn da?«, schrie sie verängstigt auf. »Gemm 16884, bist du jetzt vollkommen *berauscht*?«

»Bitte«, wisperte Gemm und suchte verzweifelt nach den richtigen Worten, um sein Verhalten zu erklären. »Ich bitte dich, lass mich nur einmal einen Blick auf dein Gesicht werfen. Nimm die Maske ab. Nur für einen Moment. Ich möchte gern sehen …«

Die Liege unter ihnen geriet ins Torkeln, als Gemma hastig auf den Schalter schlug.

Sekunden später eilte sie den Gang entlang und floh aus seinem Blickfeld.

Drittes Kapitel

Gemm 16884 war vorher noch nie ganz allein in die Nacht hinausgerannt. Gemma war bestimmt bei Kira, Zoa oder einer anderen Freundin. Ihr Leben war einfacher, was vielleicht auch daran lag, dass sie eine Fem war. Sie war auch nicht so anhänglich wie er. Seit frühester Kindheit war Gemm anders gewesen und hatte oft eine merkwürdige Bindung zu einem besonderen Spielzeug oder einem bestimmten Kameraden entwickelt. Er wusste, dass sein unnatürliches Verhalten in seinem Datensatz gespeichert war. Mit acht Jahren hatte ihm der Führer anlässlich seiner Beurteilung versprochen, dass sich die Auffälligkeiten mit zunehmendem Alter legen würden. Er hatte sich die größte Mühe gegeben, sich in seine Lektionen vertieft und eifrig die Weisheiten auswendig gelernt, mit denen jeder per Bildschirm versorgt wurde.

Als Gemm 16884 jetzt, nachdem er sein Armband über den Scanner gezogen hatte, aus der Zentralhalle hinauslief, erfüllte ihn eine schreckliche, lähmende Angst. Er war *anders*. Das Wort dröhnte bedrohlich in seinem Kopf. Er sprintete über die Rasenfläche auf das künstliche Rotfels-Gebirge zu. Es kam ihm beinahe so vor, als würde er seinen Traum in Echtzeit erleben. Anders war er, nicht normal. Im

Rausch. Sein eigener Zwilling war voller Abscheu vor ihm geflohen. Vielleicht wäre es das Beste, sich wie Mori und Mora für die Erneuerung zu entscheiden und alldem ein Ende zu machen. Der Gedanke traf ihn wie ein Keulenschlag.

Natürlich hatte er schon häufig bei der Erneuerung der Alten zugesehen. Das Verfahren hatte ihn jedes Mal mit Staunen und Verwunderung erfüllt. Es begann mit einer Fünf-Sinne-Stimulation in der Glücks-Kuppel. Eine absolut einzigartige Erfahrung, wie es hieß, die aber nur denen vorbehalten war, die sich erneuern ließen. Natürlich spürten die Zuschauer nichts davon, aber sie sahen den Ausdruck seliger Verzückung auf den Gesichtern derjenigen, die gingen, und hörten ihr freudiges Jauchzen.

Aber jedes Mal, wenn Gemm einer Erneuerung beigewohnt hatte, war er von einem gewissen Kummer erfüllt gewesen, einer Art Leere im Herzen. Sterben! Nie mehr die Sterne sehen – weder die echten, noch die synthetischen. Nie mehr neben seinem Zwilling liegen, sich unterhalten, herumschlendern, atmen und dazugehören! Nein. Er wollte die Höchstquote von 120 Jahren voll auskosten. Danach konnte er die Erneuerung als natürliches und endgültiges Ereignis akzeptieren. Außerdem wäre es Gemma gegenüber nicht anständig. Wenn er sich erneuern ließe, müsste sie als Einling zurückbleiben. Die meisten Einlinge entschieden sich nach kurzer Zeit dafür, ihren erneuerten Zwillingen nachzufolgen. Allein war das Leben fast unerträglich.

Er wusste, wie sehr sich Gemma auf die Parentisierung freute, auf die Feierlichkeiten und die Spiele, die kulinarischen Spezialitäten, die neuen Kleider und am meisten auf das Gold. Sie sprach zwar viel von ihren Ängsten, aber das war nur Gerede – typisches Fem-Geschwätz. Die Mädchen aus seiner Geburtsserie konnten an nichts anderes mehr denken, und jede von ihnen, so energisch sie jetzt vielleicht auch noch widersprach, würde sich schließlich parentisieren lassen. Falls nicht in diesem Jahr, dann im nächsten. Wenn er Gemma jetzt verlassen würde, hätte sie dazu keine Chance.

Gemm begann, langsam das künstliche Rotfels-Gebirge zu erklimmen, und spürte schon bald die Beschwingtheit, die sich bei echter körperlicher Betätigung immer einstellte. Im Dunkeln suchte er mit seinen nackten Füßen nach Halt im Gestein und klammerte sich mit den Händen an Vorsprüngen und Kanten fest, an denen er sich bis zum Gipfel hinaufzog. Als er schließlich ganz oben stand, breitete er die Arme aus und warf den Kopf in den Nacken. Die laue Nachtluft umfing ihn und über ihm funkelten die Sterne. Er holte tief Atem und füllte seine Lungen mit Sauerstoff. Dann öffnete er den Mund und ließ es geschehen. Ah! Ah! Melodie. Gesang. Rhythmus. Was er bislang nur aus den zur allgemeinen Belustigung gedachten Folklore-Fakts kannte, schien sich mit einem Mal in ihm zu entfalten. Das Wort verband sich mit einer Empfindung: *Musik*. Es war Musik, die sich in ihm regte und nach außen drängte – er musste sie aus sich herauslassen oder er würde sterben! Die Hände in die Hüften gestemmt und beide Beine gespreizt, stand Gemm auf dem Gipfel des Rotfels-Berges und sang aus voller Kehle, ohne nachzudenken, unbekümmert, als würde ein Loch im Universum klaffen, das er mit seiner Stimme füllen konnte.

»Komm mit.« Die Stimme klang sanft und mechanisch. »Zeit zu gehen. Sei ein braver Junge.«

Die vier Beförderer standen direkt unter ihm. Sie wurden von hinten angestrahlt, sodass Gemm beim Anblick der rotschwarzen Overalls mit den strahlend weißen Nummern darauf blinzelte.

»Na, komm schon. Sei ein braver Junge.«

»Nicht! Oder ich springe!«

»Es ist dir nicht erlaubt, deinen Körper zu verletzen. Das weißt du. Komm schon. Niemand will dir wehtun.«

»Ich fürchte mich nicht vor Schmerzen.«

»Mangelnde Harmonie ist der einzige Grund für Schmerz. Komm mit uns. Gleichheit erzeugt Harmonie erzeugt Seelenruhe…«

Gemm spürte einen Stich in der Wange. Der Strahl hatte seine Maske durchdrungen und die Betäubung breitete sich rasch über sein gesamtes Gesicht aus und befiel schließlich auch den Rest seines Körpers. Zusammen mit der Taubheit kam ein Gefühl der Übelkeit und dann die Empfindung zu schweben. Seine Gedanken waberten leicht und angenehm im Rhythmus der farbigen Wogen, die um ihn herum vibrierten.

Träumend wurde er auf einer Trage zum Förderband gebracht und versank zuletzt in tiefe Dunkelheit und einen langen, langen Schlaf.

Wörter drangen flatternd in sein schlafendes Bewusstsein ein. Klänge, die zu Rhythmen wurden. Rhythmen, die zu Liedern wurden. In seinem Schlaf sang und tanzte Gemm 16884. In seinen Träumen war die Musik das Einzige, was zählte.

Stimmen weckten ihn. Er bewegte sich schläfrig und schlug die Augen auf. Eine Lichtsäule strahlte ihm direkt ins Auge. Über ihn gebeugt, stand ein Mediz mit einer Lasersonde in der Hand. Der Medi-Comp war an Gemms Armen befestigt. Schwach drang ein rhythmisches Geräusch an sein Ohr: *Umpa, pumpa, humm, da-humm-ta.* Was war das? Ach so – es war die Luft, die durch die Ventile strömte. Sie erzeugte Geräusche, die wie Musik klangen. *Umm, humm, pumpa, umm.*

»Fühlst du dich besser, Gemm 16884?«

»Ich bin... etwas benommen.« Er bemerkte die Kopfhörer auf dem kleinen Nachttisch neben seinem Bett. »Seit wann bin ich hier?«

»Seit drei Tagen und Nächten«, antwortete der Mediz. »Während dieser Zeit haben wir dich einer Schlaf-Schulung unterzogen, wie du siehst.« Der Mediz trat zurück. »Steh auf«, sagte er. »Geh ein paar Schritte.«

Gemm 16884 gehorchte. Er schwang seine Beine über die Bettkante und stellte sich hin. Dann, langsam und vorsichtig einen Fuß vor den anderen setzend, ging er los, wobei er versuchte, sich ganz normal zu bewegen. Aber der Rhythmus hatte Besitz von ihm ergriffen – *umpa, pumpa, humm di* –, und zwang ihn, die Arme zu schwingen und die Beine im Takt zu heben.

»Geh noch ein Stück«, forderte der Mediz ihn auf und fragte dann kopfschüttelnd: »Sag mal, bist du schon immer so gegangen?«

»Wie denn?«

»Na... wie ein auf den Wellen wippendes Boot. Du weißt schon... immer auf und ab. Nicht wie... wie wir Übrigen.« Der Mediz beobachtete ihn mit schräg gelegtem Kopf. Er drückte mehrere Knöpfe, griff nach einem Ausdruck, überflog ihn rasch und sagte: »Das wurde bereits diagnostiziert, als du acht warst. Hier steht es: merkwürdige Gangart. Hat man dir nichts davon gesagt?«

»Ich kann mich nicht daran erinnern.« Gemm schüttelte den Kopf. Gleichzeitig bemühte er sich, den Rhythmus und die Melodie abzuschütteln, die immer intensiver wurden und in seinem Kopf überzuschwappen drohten: *Umpa, pumpa, humm, di.*

»Vermutlich«, fuhr der Mediz fort, »würde jeder versuchen, solch eine ... Anomalie zu verdrängen.« Seine Stimme hatte jetzt einen schroffen Unterton. »Hast du auch diese Geräusche schon früher erzeugt? Wie nennt man das noch? *Musik? Lieder?* In der Alten Zeit, heißt es, haben sich die Menschen häufig auf alle möglichen Arten bewegt und dazu solche Laute ausgestoßen. Sie taten es sogar zur Unterhaltung anderer, johlten und hüpften herum und stellten überhaupt widerwärtige Dinge mit ihrem Körper an.«

»Etwa so?«, rief Gemm. Er lachte laut auf, und dann wirbelte er herum, drehte sich im Kreis und sang im Takt zu den Klängen in seinem Kopf. »*Umpa, pumpa, humm, di!*« Er griff nach der Hand des Mediz. »Versuch es selbst! Das ist toll! Bitte, versuch es doch wenigstens einmal. Es ist wirklich gut. *Humm, di... la, la!*«

Erschrocken riss sich der Mediz los und streckte den Arm aus, um auf einen Knopf an der Wand hinter sich zu drücken und Hilfe zu rufen. Obwohl Gemm es bemerkte, hörte er nicht auf – er konnte nicht aufhören. Er sang!

»Offensichtlich«, stieß der Mediz schwer atmend hervor, »hat die Schlaf-Schulung nichts genutzt. Du bist wirklich sehr krank, Gemm 16884. Komm. Du musst dich ausruhen.« Er hielt Gemm am Arm fest und führte ihn zum Bett. »Seit wann hast du diese Anfälle schon? Diese Rauschzustände? Diese Träume? Das geht wohl schon seit einiger Zeit so, vermute ich. Richtig? Du musst es mir sagen, Gemm 16884. Durch diese Ausbrüche gefährdest du dich selbst und andere. Sprich schon.«

»Ich ... weiß nicht. Vielleicht schon immer.«

»Aber das musst du doch wissen. Es ist unnatürlich, Geheimnisse zu haben.« Der Mediz hielt Gemms Arm fest umklammert. »In Liebe, ich bitte dich – lass mich dir helfen!«

Gemm sah die Augen des Mediz durch die Schlitze in der Maske. Sie schauten ihn so durchdringend an, dass er Angst bekam und plötzlich wieder nüchtern wurde.

»Schon sehr lange«, gab Gemm zu. »Als kleines Kind habe ich immer… wollte ich immer…« Seine Wangen glühten. Nein, er konnte es nicht aussprechen. Wollte es nicht aussprechen. Doch der Mediz brachte sein Gesicht ganz nahe an das von Gemm und legte ihm beide Hände auf die Brust. Eine merkwürdige, beängstigende Berührung.

»Ich wollte geküsst werden.«

»Geküsst?« Die Stimme des Mediz verriet seinen Widerwillen. »Von wem?«

»Von jedem. Von meinen Lehrern. Meinem… Zwilling.«

»Du bist aber nicht so weit gegangen, oder…?«

»Nein. Nein. Nie. Ich schwöre!«

»Leidenschaft erzeugt Schlechtigkeit«, zitierte der Mediz streng. »Emotion untergräbt Seelenruhe. Du weißt, dass solche Empfindungen verboten sind.«

»Ich weiß.« Die Augen des Mediz waren kalt geworden. Gemm schauderte es.

»Kannst du mir nicht etwas geben? Mich weiterschulen, oder etwas Ähnliches?« Gemm wand sich auf seinem Bett und versuchte sich aufzusetzen. »Ich… ich glaube, es geht mir schon besser. In Liebe, ich bitte um Vergebung.«

»Das wird nicht genügen«, erwiderte der Mediz ruhig. Aus dem Hintergrund traten zwei weitere Medizes hinzu. Sie trugen ebenfalls das Weiß ihres Berufsstands. Einer hatte eine graue Maske, die des anderen war blassblau.

»Ich denke, wir benötigen eine Beförderungsmaßnahme«, sagte der erste Mediz. »Untersucht ihn selbst und entscheidet, ob ihr zum selben Ergebnis kommt. Seine Vitalfunktionen sind sprunghaft, die Hormonwerte gefährlich erhöht. Er leidet seit längerem unter einem regelmäßig wiederkehrenden *Rausch*, der sich in aggressivem und ... abweichendem Verhalten äußert.«

Die letzten Worte schienen im Zimmer nachzuhallen.

»Hast du es mit Rehab-Training oder Schlaf-Schulung versucht?«

»Ohne Ergebnis. Er hing schon drei Tage an der Maschine.«

Einer der Medizes kratzte sich am Nacken. »Sieht mir stark nach einem Erneuerungskandidaten aus.«

»Ganz meine Meinung.«

Gemm spürte, wie seine Arme plötzlich heruntergerissen und fixiert wurden und sich etwas Schweres, Metallisches – eine Art Blech – auf seinen Brustkorb senkte. Er schrie und versuchte sich zu wehren, aber die Fesseln hinderten ihn daran. »Wartet! Wartet!«, brüllte er. »Ihr habt nicht die Befugnis, nicht das Recht ... ich habe immer noch die Möglichkeit der Wahl!«

»Was drei beschließen«, antworteten die Medizes im Chor. »Was drei beschließen, wird getan.«

»Nein! Ich möchte – ich verlange, meine Zwillingsschwester zu sehen!«, wimmerte Gemm.

»Gewährt«, sagte der erste Mediz, der ihn mit durchdringendem Blick ansah. »Du darfst mit ihr sprechen. Aber ändern wird das nichts.«

Sie hatten ihm einen wunderschönen, weichen, weißen Overall angezogen, der kühl und angenehm wärmend zugleich war. Das Gewebe verströmte einen eigenen Duft, ein luftiges, blumiges Parfüm. Trotzdem kam Gemm nicht zur Ruhe.

»Das hat mit deiner ... Krankheit zu tun«, erklärte der Mediz, als Gemm über seine innere Anspannung klagte. »Manchmal nützen auch die besten Medikamente nichts. Das liegt an einer – nun ja, einer Anfälligkeit für ... also, es ist auf eine angeborene Missbildung zurückzuführen.«

»Aber wenn sie angeboren ist«, wandte Gemm ein, »dann müsste mein Zwilling doch auch davon betroffen sein, oder? Wir sind doch – abgesehen von unserem Geschlecht natürlich – genetisch absolut identisch. Und was ist mit meinen Spendern? Es müsste dann doch mehr Menschen wie mich geben, Verwandte...«

»Verwandte!«, stieß der Mediz erschrocken hervor. »Wie kommst du denn auf solche Ideen? Du meinst, wie in der Alten Zeit, als die Menschen noch in Familien zusammenlebten? Diese Zeiten haben wir zum Glück hinter uns gelassen. Abgesehen davon wird nicht alles durch die Gene bestimmt. Aber laut Gesetz wird dir das alles sowieso noch genauer von einem Führer erklärt werden. Dein Zwilling wird dabei anwesend sein und ihr dürft auch Gefährten eurer Wahl hinzuziehen. Alles wird vorschriftsmäßig abgewickelt«, versicherte ihm der Mediz. Er wandte sich zum Gehen, drehte sich kurz vor der Tür jedoch noch einmal um und fügte hinzu: »Du musst keine Angst haben. Die Erneuerung ist eine im höchsten Maße erhebende Erfahrung. Man sagt, der Erneuerte erreiche den Zenit seiner Gefühle.«

Gemm schwieg. Alles, was er jetzt sagte, konnte gegen ihn verwendet werden und als weiterer Beweis seines abweichenden Verhaltens betrachtet werden. Er lehnte sich zurück und versuchte, sich ins Gedächtnis zu rufen, was er über das wusste, was ihm bevorstand – Gerüchte, Gerede und Getuschel. Die ganze Nacht lang lag er wach und zerbrach sich den Kopf, aber am Ende war er auch nicht schlauer. Er wusste lediglich, dass ein Führer kommen würde, um ihn offiziell zu benachrichtigen. Sein Datensatz würde gekennzeichnet werden, und ein rot-schwarzer Transporter würde ihn zur Erneuerungskammer bringen, von wo er nie mehr zurückkehren würde.

Gemm 16884 ging zum Fenster. Doch weil es aus Milchglas war, schien es ihn noch zu verhöhnen: Nie mehr die Bäume sehen, oder die Sterne oder den Himmel! Er dachte an all die Dinge, die er mit Gemma und seinen Freunden noch zu erleben gehofft hatte. Sie hatten davon gesprochen, in die Wildnis zu fliegen, sich die Ruinen aus der Alten Zeit anzusehen, die Knochen ausgestorbener Tiere und Reste uralter Siedlungen. Sie wollten an der Galaxie-Mission teilnehmen, zu den äußeren Meeren fliegen, von Planet zu Planet reisen und in Mondkrater klettern. Es gab noch tausende von Spielen zu spielen, Rätsel zu lösen, Menschen kennen zu lernen, Spezialitäten zu kosten und Programme zu testen. Sollte er etwa auf all das verzichten?

Gemm hörte Schritte. Er stürzte zur Tür, konnte jedoch außer seinem verschwommenen Spiegelbild nichts erkennen. So ganz in Weiß gekleidet – bis auf die Maske – sah er unwirklich aus, beinahe so, als habe er sich bereits erneuert und wäre schon zu Gas und Staub geworden.

Die elektronische Tür surrte nach oben und Gemma lief ihm mit ausgestreckten Armen entgegen.

»Gemm 16884!«, rief sie.

»Gemma! Hast du noch jemanden mitgebracht?«

»Nein.« Sie zitterte. »Sie … alle …« Ihre Stimme versagte. »Sie schneiden mich.«

»Oh, nein! Kir und Kira etwa auch? Und Zo und Zoa? Alle?«

Sie nickte, das Gesicht in den Händen vergraben. »Nur Mori und Mora setzen sich noch zu mir und reden mit mir. Denen macht es nichts aus. Sie lassen sich ja sowieso erneuern. Ach, Gemm. Ich habe mich so allein gefühlt. Wenn du gehen musst, komme ich mit. Alleine halte ich es nicht aus!«

Erneut hob sich die Tür. Zuerst sah Gemm die goldfarbenen Overalls, dann die Nummern – 77520. Es waren zwei, Mann und Frau. Führer 77520 kam zügigen Schritts in den Raum. Seine Zwillingsschwester folgte ihm und nickte Gemma zu.

»Seelenruhe«, grüßte Führer 77520 in Gemms Richtung. Er wies kopfnickend auf seinen Zwilling. »Das ist Fem 77520. Unsere informellen Namen lauten Eti und Eta. Es ist euch unter diesen besonderen Umständen gestattet, sie zu benutzen.«

»Danke sehr«, wisperte Gemma. Sie hatte die Hände unter dem Kinn gefaltet. Die fliederfarbene Maske, die sie trug, ließ sie unterwürfig und irgendwie verhärmt wirken.

»Wir sind hier, um dich aufzuklären und vorzubereiten«, erklärte Eti.

»So entspricht es dem Gesetz«, fügte sein Zwilling hinzu.

»In Liebe, wir machen dich zunächst mit der Auswahl vertraut.«

»Der Auswahl?«, wiederholte Gemm. »Welcher denn?«

»Du hast unbegrenzte Möglichkeiten«, erinnerte ihn Eta sanft. »Vor deiner Erneuerung kannst du deine Mahlzeit wählen, außerdem Kleidung, Farben, atmosphärisches Flüstern, Bilder auf dem Monitor – alles wird genauso sein, wie du es wünschst. Du wirst dich in vollkommener Glückseligkeit erneuern.«

Gemma unterbrach sie. »Gibt es nicht noch eine andere Möglichkeit?«

Das Schweigen, das ihrer Frage folgte, wurde lediglich durch das Summen des Monitors unterbrochen. »Es gibt immer eine andere Möglichkeit«, erwiderte Führer 77520. »Dazu wollte ich gerade kommen.«

Er warf seinem Zwilling einen raschen Blick zu. »Du kannst ein Bittgesuch einreichen.«

Eta beugte sich dicht zu Gemm vor. »Nur wenige haben damit Erfolg.«

»Die Chance muss ihm eingeräumt werden«, warf Eti ein. »So entspricht es dem Gesetz.«

»Welche Chance?«, rief Gemm aus. »Man hat mir gesagt, es gäbe keine Aussicht auf Heilung für mich.«

»Das letzte Wort haben natürlich die Ältesten«, sagte Eti leise. »Und du müsstest Entscheidungen treffen – tief greifende Entscheidungen.«

Eti 77520 ließ sich auf einem Körperformer nieder und bedeutete seinem Zwilling und Gemma, sich ebenfalls zu setzen.

»Wir werden dir alles erklären. Dir wird keine Information vorenthalten.« Er klopfte nervös die Fingerknöchel aneinander, holte tief Luft und fuhr dann fort. »Kennst du den Gebäudekomplex hinter den drei Tälern hoch oben im Gebirge? Auf einer Luftkissenschifffahrt ist er dir vielleicht schon einmal aufgefallen.«

»Ach, der Palast?«, fragte Gemma. »Der ganz aus Glas und aus Alabaster gebaut ist?«

»Das ist kein Palast«, berichtigte Eta sie mit leisem Lachen. »Auch wenn ihn die Leute so nennen. In Wahrheit handelt es sich um das Herz, die Schaltzentrale...«

»Das genügt, Eta«, unterbrach sie ihr Zwilling. »Die beiden brauchen nur das zu wissen, was sie jetzt direkt betrifft.«

»In Liebe, du hast Recht«, antwortete Eta und senkte den Kopf. »Dieser Komplex enthält unter anderem auch eine Klinik«, fuhr sie fort.

»In besonderen Fällen«, übernahm Eti wieder das Wort, »ist es Personen mit abweichendem Verhalten erlaubt, um die Therapie zu bitten. Allerdings wird ein solches Bittgesuch nur in seltenen Fällen erhört. Und noch seltener wird die Therapie dann auch tatsächlich durchgeführt.«

»Aber wieso?«, fragte Gemm atemlos. Jetzt erinnerte er sich auch wieder an die Gerüchte über merkwürdige Vorgänge in den abgelegenen Bergen, dass Leute dort verschwanden oder irgendwie transformiert wurden. Aber inwiefern transformiert? Er und seine Freunde hatten diese Geschichten immer für Mythen gehalten, für etwas in der Art der Folklore-Fakts, bei denen man auch nie wusste, ob sie wahr oder nur zur Unterhaltung erfunden worden waren. Das also war es gewesen, woran er sich in der vergangenen Nacht so verzweifelt zu erinnern versucht hatte. *Es gab eine Therapie.*

Die beiden Führer warfen sich lange, unbehagliche Blicke zu.

»Erstens«, sagte Eti sanft, »ist die Therapie mit Schmerzen verbunden.«

»Schmerzen«, wiederholte seine Zwillingsschwester.

»Und zweitens«, fuhr Eti fort, »gibt es nur wenige Menschen, die sich die Therapie zutrauen. Vor die Wahl gestellt, entscheiden sich die meisten für den raschen und angenehmen Prozess der Erneuerung. Da wissen sie, worauf sie sich einlassen. Und der Vorgang ist schmerzlos.«

Gemm 16884 sah seine Zwillingsschwester an. Keiner von

ihnen hatte jemals richtige Schmerzen erfahren müssen. Sie kannten lediglich blasse Abbilder von Schmerz – Krämpfe oder winzige Schnittwunden, die fast augenblicklich von einem Medikamenten- oder Laserstrahl gelindert oder geheilt wurden. Trotzdem erfüllte schon der bloße Gedanke an Schmerz Gemm mit Todesangst. Er hörte, wie auch Gemma schneller atmete, und sah das Glitzern in ihren Augen.

»Bitte, Gemm«, sagte sie und ging auf ihn zu. »Du musst keine Schmerzen ertragen. Nicht mir zuliebe. Ich komme mit dir – es wird schnell gehen und schön sein. Es heißt, die Erneuerung sei ein faszinierendes Erlebnis, überwältigend und…«

»In Liebe«, unterbrach Gemm 16884 sie mit fester Stimme. »*Ich* muss die Entscheidung treffen, nicht du. Ich werde mich für den Schmerz entscheiden und das Bittgesuch einreichen. Ich tue alles, um weiterzuleben.«

Viertes Kapitel

Es wurde Gemma nicht gestattet, ihren Zwillingsbruder zu begleiten, obwohl sie die Führer anbettelte: »Wir waren doch noch nie voneinander getrennt. Gemm, willst du denn nicht auch, dass ich bei dir bleibe?«

»Doch, natürlich!«, rief er und griff nach ihrer Hand.

»Genug«, sagten die Führer. »Wir werden diesen ungebührlichen Gefühlsausbruch nicht melden, weil du unter extremem Druck stehst. Aber du, Fem 16884, reiß dich zusammen. Geh zu deinen Gefährten und lass dich von ihnen in die Serotonin-Bar begleiten.«

»Darf ich ein letztes Mal mit meinem Zwilling sprechen?«, bat Gemma mit leiser Stimme. Sie saß mit hochgezogenen Schultern und gesenktem Kopf da.

»Fass dich kurz«, entgegnete Eta streng.

Gemma beugte sich zu Gemm hinüber und flüsterte ihm ins Ohr: »Gib auf dich Acht, mein Zwilling. Ich habe mit Mori und Mora gesprochen. Sie wurden in die Klinik gebracht, wo man ihnen schreckliche Auswahlmöglichkeiten angeboten hat. Mora hat sie abgelehnt. Du kannst es genauso machen.«

»Aber du hast doch gesagt, sie hätten die Erneuerung gewählt, weil sie das Leben langweilig finden!«, entfuhr es Gemm.

»Es wird Zeit«, mahnten Eti und Eta gleichzeitig.

»Nur noch einen Moment, ich bitte euch«, bat Gemm und wandte sich wieder Gemma zu. »Was haben sie dir noch erzählt?«

»Bei Mora wurde … abweichendes Verhalten festgestellt. Ich weiß nicht genau, wie sich das geäußert hat. Jedenfalls behauptete man, dass sie eine Gefahr für die Gesellschaft darstelle. Sie haben sie in diese Klinik gebracht und ihr dort verschiedene Möglichkeiten unterbreitet, aber die müssen so furchtbar gewesen sein, dass sie sich für die Erneuerung entschieden hat.«

»Genug jetzt«, unterbrachen die Führer das Zwillingspaar. Sie packten Gemm an den Armen und nahmen ihn in ihre Mitte. »Es ist unnatürlich, sich derart seinen Gefühlen hinzugeben. Das wisst ihr ganz genau!«

Die beiden setzten sich neben Gemm in den Transporter, der noch ein paar Sekunden in der Luft schwebte und dann abhob. In dem Moment, in dem er in den Himmel stieg, wurde Gemm von maßloser Einsamkeit erfasst. Er sah auf die Zentralhalle seines Quadranten hinab, auf die Rasenfläche, das künstliche Rotfels-Gebirge und die herumwirbelnden bunten Farbflecke, die seine Freunde in ihren Overalls waren. Womöglich würde er all das nie mehr wieder sehen. Er konnte nicht begreifen, wie sich jemand für die Erneuerung entscheiden konnte. Beim besten Willen nicht. Das hatte sicher mit seiner Anomalie zu tun, dachte er schweren Herzens. Er kannte wenige Menschen, die mit solcher Leidenschaft am Leben hingen wie er.

Nach einiger Zeit erblickte Gemm einen Komplex aus mehreren roséfarbenen Gebäudeelementen, die nur scheinbar fest verankert, offensichtlich aber beweglich und mobil waren.

Die Tür des Transporters schwang auf. »Aussteigen«, befahl Eti.

»Kommt ihr denn nicht mit?«, fragte Gemm. Die Luft schien hier anders zu sein; er konnte kaum atmen.

»Nein«, antwortete Eta. »Man braucht eine Vorladung.«

»Bin ich denn vorgeladen worden?«

»Dein Bittgesuch wurde bereits erhört. Und das bedeutet, du bist vorgeladen. Nun geh schon«, wies ihn Eti an.

»Was wird aus meinem Zwilling?«, wollte Gemm wissen. Er sah zu dem Alabasterbau mit dem monumentalen Eingangstor hinauf, das – wie er jetzt bemerkte – aus massivem Stahl bestand, obwohl es wie Perlmutt schimmerte.

»Wenn die Therapie nicht anschlägt«, erwiderte Eta, »darf sie entscheiden, ob sie zusammen mit dir erneuert werden will.«

»Und falls die Therapie Wirkung zeigt? Wird dann alles wieder so wie vorher?«

»Später ist noch genug Zeit, um diese Dinge zu besprechen«, antwortete Eti ausweichend.

»Ich möchte es aber jetzt wissen!«, stieß Gemm 16884 hervor. »Es ist unnatürlich, Geheimnisse zu haben!« Doch der Transporter hatte sich bereits vom Boden erhoben und war einen Augenblick später verschwunden. Gemm stand allein da. Er war von Ödland umgeben, einer endlosen Wüste, in der es nicht einmal Felsen – weder natürliche noch künstliche – geschweige denn Bäume, Pflanzen, Vögel oder irgendeine andere Form von Leben zu geben schien. So weit das Auge reichte, sah er nichts als grobkörnigen Sand. Kahl und unwirtlich war es hier.

Jetzt schwang das Tor auf. Er ging hindurch. Vor ihm gähnte eine riesige Röhre, die in ein hohes Gewölbe, eine Art Höhle hineingebaut war. Ihr Inneres war stockdunkel.

Gemm stand da – er wusste nicht, wie lang – bis er nach einiger Zeit die Wände der Röhre ausmachen konnte und sah, dass an ihrem Ende ein schwaches, blaues Licht glimmte. Er stand bewegungslos und hörte nur seine eigenen Atemzüge. Todesangst erfasste ihn. Die Wände schienen wie von selbst an ihm vorüberzugleiten. Er hob den Kopf. Alles in ihm konzentrierte sich auf den einen Satz: *Lobpreiset den Tag! Lobpreiset den Tag!* Doch was war an diesem Tag schon lobenswert? Er dachte angestrengt nach. Er war am Leben. Ihm blieb immer noch die Möglichkeit der Wahl. *Lobpreiset den Tag!*, rief es in ihm.

Am Luftzug spürte er, dass er sich fortbewegte. Ob auf- oder abwärts konnte er nicht feststellen – aber die Geschwindigkeit ließ ihn die Augen schließen. Er beugte sich vor und stützte sich mit den Händen auf den Knien ab. Mit einem Mal verlangsamte sich das Tempo. Gemm spürte, wie er fast unmerklich hochgehoben und dann sanft wieder abgesetzt wurde, wie ein Blütenblatt im Wind. Er sah auf. Die Röhre war von Licht erfüllt. Körperlose Stimmen forderten ihn zum Weitergehen auf, bis er erneut vor einer Tür stand, die diesmal grünlich glühte und wie ein Kraftfeld zu vibrieren schien.

»Scanner«, ertönte eine Stimme.

Gemm hob sein Handgelenk in die Höhe. Das pulsierende Licht wurde intensiver. »Wir haben dich erwartet«, sagte die Stimme. »Wenn du bitte dem Gang folgen würdest.«

Eine weitere Tür öffnete sich, dann noch eine und noch eine, und Gemm 16884 schritt voran, wobei sein Herz immer heftiger schlug, bis er es schließlich aufgab, seine Angst unterdrücken zu wollen. Er saß in der Falle, wie eine Spielfigur in einem dreidimensionalen Irrgarten, wie ein von Flammen umzüngelter Zweig. Das Raunen und Wispern geleitete ihn weiter, bis er endlich in einen großen Saal mit durchscheinenden Seitenwänden gelangte, durch die er undeutlich ansteigende Sitzreihen wie in einem Theater erkannte.

Etwa sechs der Plätze waren besetzt. Gemm 16884 konnte nur die Umrisse der Zuschauer sehen, die in Umhänge aus tiefblauem Samt gehüllt waren. Dieses Material und die Farbe galten als heilig und blieben den Ältesten vorbehalten. Ihre Masken waren aus Goldfäden gewirkt, sodass ihre Gesichter schimmerten. Gemm hatte noch nie zuvor einen Ältesten aus der Nähe gesehen, aber natürlich waren sie ihm von den Abbildungen auf dem Monitor her vertraut. Und einmal war eine Gruppe von ihnen in einiger Entfernung an ihm vorübergeschritten.

Gemm kannte niemanden, der jemals einen Ältesten direkt angesehen oder angesprochen oder auch nur daran gedacht hatte, es zu tun. Seine Beine fühlten sich merkwürdig taub an, als jetzt eine Stimme ertönte, deren Echo im Saal widerhallte, und ihn in strengem Tonfall anwies: »Stell dich bitte in die Form!«

Als sich Gemm 16884 umdrehte, stellte er verblüfft fest, dass sich eine der durchscheinenden Wände in ein Hologramm verwandelt hatte, das in unzähligen Farben erstrahlte und auf dem sich die Umrisse eines menschlichen Körpers abzeichneten. Gemm ging auf die Wand zu und stellte sich breitbeinig und mit gespreizten Armen in die darin ausgesparte Form. Sofort veränderte sich das Hologramm. Es leuchtete abwechselnd in allen Regenbogenfarben auf und wurde von verschiedenen Mustern durchzuckt, während auf den Bildschirmen die unterschiedlichsten Darstellungen erschienen.

Eine dröhnende Stimme erfüllte den Raum. »Du darfst wieder aus der Form treten.«

Sobald Gemm seinen Platz in der Mitte des Saals eingenommen hatte, kam durch die holografische Wand eine Person auf ihn zu. Gemm starrte auf den nachtblauen Samtumhang, die goldene Maske und die mit Blattgold in den Stehkragen geprägte Nummer des Ältesten. Er schien auf einem Luftpolster heranzugleiten und nickte unablässig, während er sich Gemm näherte.

»Gleichheit erzeugt Harmonie«, sagte der Älteste. Seine Worte schienen wie leuchtende Gestirne in der Luft zu schweben.

Gemm senkte den Blick zu Boden und beugte ehrfurchtsvoll den Kopf. Er antwortete mit leiser, bebender Stimme. »Harmonie erzeugt Seelenruhe.«

»Das gilt jedoch nicht für dich«, rügte der Älteste streng. »Von der Seelenruhe bist du weit entfernt. Aber Mut – den hast du, Gemm 16884.«

»In Liebe«, entgegnete Gemm demütig. »Ich danke dir.« Ihm schwindelte, so verwirrt war er. Manche sagten, die Ältesten seien gar keine richtigen Menschen. Es gab Gerüchte, sie seien in der Lage zu fliegen, tote Gegenstände zum Leben zu erwecken und einen Menschen durch ihre pure Willenskraft von einem Ort an einen anderen zu befördern.

»Oh, nichts zu danken«, antwortete der Älteste. »Bald hast du womöglich eher Grund, mich zu verfluchen.«

»Niemals!«, stieß Gemm entsetzt hervor. Das musste ein Scherz gewesen sein. Aber machten die Ältesten überhaupt Scherze? Er wusste es nicht.

»Dieses Hologramm«, fuhr der Älteste fort, »zeigt verschiedene genetische Modelle und Gehirnstrukturen.« Tatsächlich setzte sich das Hologramm, während er noch erklärte, zu immer neuen Mustern und Strängen zusammen.

»Was du hier vor dir siehst, ist die Analyse und Entschlüsselung deines DNS-Codes. Sie ist beinahe abgeschlossen. So – fertig. Und hier haben wir deinen Datensatz. Auf dem neuesten Stand – alles da, bis zur letzten Nanosekunde.«

Ein Teil der Wand glitt zur Seite und enthüllte die übrigen Ältesten, die ihm frontal gegenübersaßen. Der Anblick ihrer schimmernden Masken ließ ihn blinzeln und raubte ihm den Atem. Niemand würde ihn fragen, warum er hier war, was er verbrochen hatte. Sie wussten es bereits. Sie kannten nicht nur seinen genetischen Code, sondern sein gesamtes Leben – jeder einzelne Fehltritt, jedes Verdienst, jede wichtige Entscheidung, die er getroffen hatte, war hier akribisch verzeichnet. Gemm 16884 lief es eiskalt über den Rücken. Es gab keinen Ort, an dem er sich hätte verstecken können.

Der Älteste trat mit hinter dem Rücken gefalteten Händen auf ihn zu und verkündete: »Gemm 16884, dein Verhalten wurde als abweichend diagnostiziert. Sämtliche denkbaren Versuche, dich zu resozialisieren, sind fehlgeschlagen. Du bist ein Krimineller, Gemm 16884 – aggressiv, feindselig und nicht anpassungswillig. Deine Neigung zur *Andersartigkeit* drückt sich in deiner Gangart und deinen Träumen aus, insbesondere aber durch dein wiederholtes Beharren...« Der Älteste räusperte sich. »...Musik erzeugen zu wollen.«

Im Saal blieb es still. Das einzige Geräusch war das Klicken des Hologramms, das Gemms DNS-Sequenzen abspulte.

Der Älteste schwieg einen Moment und fuhr dann fort. »Aus den Aufzeichnungen ist zu entnehmen, dass während der Entwicklung deines Hirns bestimmte nicht steuerbare Prozesse stattfanden, auf die unsere Gentechniker keinerlei Einfluss hatten. Die DNS eines Menschen stellt nichts weiter als eine Art Bauplan dar – in manchen Fällen kommt es zu spontanen Mutationen. Wenn das passiert, wenn unsere Technik fehlschlägt, dann müssen diese Fehlschläge einer Erneuerung unterzogen werden. Das ist nicht schön, ist aber nicht persönlich gemeint. Ich bin mir sicher, dass du das verstehst.«

Gemm nickte. Er hatte Schwierigkeiten zu begreifen, dass der Älteste mit ihm sprach – über ihn. Er wirkte so distanziert.

»Was ist passiert?«, fragte er leise und erkannte seine eigene Stimme kaum. »Was stimmt mit meinem Gehirn nicht, dass ich mich so abweichend verhalte?«

»In deinem Fall«, erklärte der Älteste mit einer Kopfbewegung in Richtung des Hologramms, »scheint sich das Kleinhirn – der Teil des Gehirns, der unter anderem für Rhythmus und Klang mitverantwortlich ist – übermäßig entwickelt zu haben. In der Alten Zeit besaßen alle Menschen derart hoch entwickelte Kleinhirne, was zahllose Konflikte zur Folge hatte. Unsere Gentechniker haben Methoden entwickelt, um das Kleinhirn auf eine angemessenere Größe zu schrumpfen. Man könnte dich als eine Art Rückfall in eine frühere Entwicklungsstufe bezeichnen. Wir wissen nicht, wie es dazu gekommen ist. Womöglich ist es bereits im Brutraum passiert. Auch ein Sturz im Säuglingsalter könnte deine Hirnstruktur verändert und letztendlich zu dieser Wucherung geführt haben. Die Ursache ist nach so langer Zeit schwer festzustellen.«

»Kann man es herausoperieren…dieses vergrößerte Kleinhirn?«, fragte Gemm 16884. »Oder es irgendwie verkleinern.«

»Nein.« Der Älteste schüttelte den Kopf. »Es gibt nur eine einzige Behandlungsmöglichkeit – die Therapie. Falls du bereit bist, dich ihr zu unterziehen.«

»Ja, ich bin zu allem bereit!«, stieß Gemm heftig hervor.

Dieser Gefühlsausbruch wurde mit eisigem Schweigen quittiert. Offenbar sah man in seinem Temperament ebenfalls ein Symptom seiner Anomalie.

Der Älteste trat einen Schritt zurück. Er hatte seinen Vortrag noch nicht beendet und fuhr jetzt damit fort, wobei er sowohl Gemm als auch sein Publikum ansah, das mittlerweile auf mehrere dutzend Zuschauer angewachsen war, die alle tiefblaue Samtumhänge und Goldmasken trugen.

»Höre, Gemm 16884«, begann der Älteste wieder. »Wir sind der unumstößlichen Überzeugung, dass ungezügeltes Verhalten wie das deine eine Gefahr darstellt, und zwar nicht nur für den Einzelnen, sondern für die gesamte gesellschaftliche Ordnung. Ja, früher, in der Alten Zeit, gab es eine Epoche, in der man die Vielfalt rühmte. Die Menschen förderten sie sogar. Sie waren richtiggehend darauf erpicht, sich voneinander zu unterscheiden.«

Aus dem Zuschauerraum ertönte peinlich berührtes Gelächter, das rasch verstummte, als der Älteste mit erhobener Stimme fortfuhr: »Ja, sie taten alles, um sich in Kleidung, Äußerem und Besitz voneinander abzuheben. Wie man sich gut vorstellen kann, führte das zu starker Konkurrenz, zu Streitereien – sogar zu Morden und zu Kriegen. Oh ja, so war es!«, rief der Älteste und übertönte das Raunen, das von den Zuschauerrängen drang. »Vielleicht fragt ihr euch, was die Musik damit zu tun hat? Nun, in der Alten Zeit dachten sich die Menschen auch so genannte ›Lieder‹ aus, in denen sie zum Beispiel die Eigenarten bestimmter Individuen besangen. Euch kann ich es erzählen, weil ihr in einem gereiften Alter seid und dieses Wissen euch nicht aus der Bahn werfen wird. Die Menschen wählten sich auch einen Lebenspartner aus – eine ganz bestimmte Person, die sie dann gerade aufgrund ihrer Einzigartigkeit *liebten*.«

Das Publikum murmelte ungläubig.

»Aber das ist noch nicht alles!« Der Älteste bat mit erhobener Hand um Aufmerksamkeit. »Die Menschen komponierten Musik und dichteten und schrieben aus der Vorstellung heraus, dass jeder Mensch *anders sei* und das Recht habe, seiner Andersartigkeit Ausdruck zu verleihen. Sie glaubten doch tatsächlich, die Welt verändern, ja sogar *verbessern* zu können, und zwar nicht durch Gentechnik, Medikamente oder Therapien, wie wir das heute tun, sondern durch abweichende Verhaltensweisen, für die sie Ausdrücke wie ›Kunst‹, ›Kreativität‹ oder ›Dialog‹ erfanden. Diese absurde Entwicklung setzte sich immer weiter fort!«

Der Älteste gab seinen Zuhörern einen Augenblick Zeit, diese unerhörten Tatsachen zu verdauen. Dann hob er erneut beide Hände und seine Stimme schwoll zu einem Donnern an. »Heute wissen wir es besser. Die Verschiedenartigkeit erzeugt in Wahrheit nicht das allumfassend Gute, sondern das Böse. Wir wissen, dass Musik, bildende Kunst, Tanz, Poesie – all diese altertümlichen und abweichenden Verhaltensweisen – nur das eine bewirken: Sie setzen die Gefühle in Brand. Und deshalb gilt es, sie auszumerzen. Vor langer Zeit haben wir entdeckt, dass nur ein Weg zum allumfassend Guten führt. Und am Anfang dieses Weges steht die Gleichheit.«

Jetzt begannen die Zuschauer, ihre Stimmen zu erheben, und auch Gemm fiel in den Sprechchor mit ein: »Gleichheit erzeugt Harmonie erzeugt Seelenruhe erzeugt Frieden erzeugt das allumfassend Gute. Lobpreiset den Tag.«

Anschließend legte der Älteste ihm die Hände auf die Schulter und blickte ihm tief in die Augen. »Gemm 16884, ich habe eine Frage an dich: Strebst du aufrichtig die Gleichheit an?«

»In Liebe, das ist mein innigster Wunsch«, antwortete Gemm 16884. Er war den Tränen nahe, doch dann holte er tief Luft und versuchte, Fassung zu bewahren.

»In diesem Fall gibt es für dich nur eine Möglichkeit. Die Therapie ist schmerzhaft und ihr Erfolg ist ungewiss. In ihrem Verlauf wirst du in Bereiche vordringen, die außerhalb deiner Vorstellungen und Erfahrungen liegen und über die du dich mit niemandem austauschen kannst.«

»Worin besteht die Therapie?«, flüsterte Gemm.

Der Älteste nahm eine feierliche Haltung ein, verschränkte wieder die Hände hinter dem Rücken und warf dem Publikum, das in ehrfürchtigem Schweigen verharrte, einen bedeutungsvollen Blick zu, bevor er ansetzte: »Nun, Gemm 16884, aus der Alten Zeit liegen uns umfangreiche Aufzeichnungen über Geschehnisse vor, die sich tatsächlich ereignet haben. Sie werden unter dem Oberbegriff ›Geschichte‹ zusammengefasst. Diese Aufzeichnungen benutzen wir nur in Extremfällen wie dem deinen. Wir können aus dem Fundus der Geschichte ein bestimmtes Ereignis herausgreifen, das auf deinen Zustand zu passen scheint, und es dich unmittelbar durchleben lassen. Es besteht die Hoffnung, dass diese Therapie dich von deinem Leiden befreit.«

Gemm blickte an dem Ältesten vorbei auf das Hologramm, auf dem in diesem Augenblick überdeutlich sein gesamter innerer Aufbau dargestellt wurde. Er fragte: »Aber wie kann ich erleben, was sich doch in der Alten Zeit ereignet hat?«

Der Älteste antwortete: »Wir übermitteln das Geschehen aus unseren Archiven direkt in dein Gehirn. Es handelt sich dabei um ein Programm, das alle körperlichen, geistigen und emotionalen Zustände bis ins kleinste Detail wiedergeben kann. Du wirst das entsprechende geschichtliche Ereignis erleben, als seist du tatsächlich dabei. Anders ausgedrückt: Du wirst zu einem anderen Menschen, Gemm 16884, der in der Alten Zeit lebt, und du wirst sein Werden und Leiden am eigenen Leibe erfahren. Noch Fragen?«

Gemm war so verwirrt, dass er sich erst einen Moment sammeln musste, bevor er sich erkundigte: »Inwiefern kann diese Erfahrung mich gesund machen?«

»Vereinfacht ausgedrückt«, entgegnete der Älteste, »lässt sich sagen, dass wir alle durch unsere Erfahrungen geprägt werden. Falls unsere Behandlung Erfolg hat, wird diese Erfahrung in dir den abweichenden Wunsch, Musik zu machen, auslöschen. Musik – die Basis für Gefühl, Leidenschaft und abweichendes Verhalten – wird nach der Therapie vollständig aus deinem Bewusstsein getilgt sein. Schon der bloße Gedanke an Musik wird dich mit Widerwillen erfüllen. Anders gesagt: Du bist dann im höchsten Maße angepasst. Kuriert.« Der Älteste trat ein Stück zurück, bedachte Gemm mit einem durchdringenden Blick und nickte. Die Lichtreflexe auf seiner goldschimmernden Maske schienen Gemm wie ein Strahl direkt zwischen die Augen zu treffen, sodass er beinahe nichts mehr sah.

»Nun, da du gewarnt wurdest, stellen wir dich vor die Wahl«, sagte der Älteste. »Wie lautet deine Antwort?«

»Ich bin bereit«, erklärte Gemm.

Auf den Tisch gefesselt, lag Gemm vollkommen bewegungslos da. Er konnte das Geschehen auf mehreren Bildschirmen verfolgen und wusste, dass zahllose Zeugen die Prozedur und seine Reaktion darauf beobachteten. Aber was machte das schon aus? Für sie war er nichts weiter als ein Forschungsgegenstand, transparent und ohne Empfinden. Ein Objekt, das man gründlich untersuchen und analysieren und anschließend womöglich entsorgen konnte. All dies akzeptierte Gemm 16884. Aber selbst in diesem Moment, während er den Erklärungen des Ältesten folgte, hörte er leise, wunderschöne Gesangsfetzen, die irgendwo weit draußen in der Atmosphäre und dann auch wieder ganz nah, tief in ihm selbst, erklangen. Dieser Zwiespalt verlieh ihm Kraft, die in ihm aufsteigende Panik zu ertragen.

Jetzt wurde er von Spezialtechnikern umringt. Gemm spürte ihre Fingerspitzen auf seinem Kopf und an seinem Körper. Er hörte das Summen der digitalen Scanner.

Während sie sich an ihm zu schaffen machten, fuhr der Älteste mit seinen Erläuterungen fort. »Als Erstes implantieren wir die Elektroden in dein Gehirn. Eine wird in den posterioren Hypothalamus eingesetzt, genau in das Zentrum des autonomen Nervensystems. Hier ist der Sitz der Neuronen, deren Botenstoff Serotonin ist. Wie du ja weißt, wird das Serotonin auch Glückshormon genannt und fördert die Seelenruhe. Die Freisetzung dieses Hormons wird nun teilweise blockiert. Eine weitere Elektrode führen wir in das Tegmentum des Zwischenhirns ein. Dadurch steigern wir das Schmerz- und das Glücksempfinden. Eine dritte Elektrode im Hypothalamus regt die Histaminfreisetzung an, um dein gesamtes System zu stimulieren und in – insbesondere sexuelle – Erregung zu versetzen.«

Gemm erhaschte einen Blick auf die winzigen Elektroden und die unterschiedlichen Instrumente, mit denen an seinem Gehirn gearbeitet wurde. Er verspürte keinerlei Schmerzen. Offenbar begann das Mittel, das sie ihm zuvor gespritzt hatten, bereits zu wirken.

Im weiteren Verlauf der Operation spürte er hin und wieder doch etwas. Es war ein merkwürdiges, aber keineswegs unangenehmes Gefühl. »Da haben wir es«, sagte der Älteste zu den Technikern. »Auf dem Monitor ist es deutlich zu erkennen – das vergrößerte Kleinhirn. Hier liegt die Ursache des Problems. Wie ich bereits erklärt habe, ist das Kleinhirn unter anderem für den Gleichgewichtssinn und das Rhythmusempfinden zuständig. Eine groteske Überentwicklung führt dazu, dass der Betroffene für Rhythmen und Klänge besonders empfänglich ist – mit anderen Worten: für die Grundelemente der Musik.«

»Ist seine merkwürdige Art zu gehen auch auf das Kleinhirn zurückzuführen?«

Gemm 16884 hörte leises Gelächter. »Genau. Es würde mich nicht überraschen, wenn er außerdem eine Anfälligkeit für das Tanzen an den Tag legen würde.«

Die Umstehenden schwiegen erschüttert.

Nach einer Weile meldete sich einer der Techniker zu Wort: »In Liebe, dürfte ich eine weitere Frage stellen?«

»Nur zu.«

»Nach welchen Kriterien wird das Ereignis aus der Alten Zeit ausgewählt? Kämen nicht eine ganze Reihe von Situationen in Frage?«

»Ja, nun, dafür stehen uns unsere Experten zur Seite. Unsere ausgezeichneten Bio-Historiker sind so geschult, dass sie ein geeignetes Szenario für den jeweiligen Patienten auswählen können. In diesem Fall, wo sich das abweichende Verhalten des Betroffenen musikalisch äußert, entschieden wir uns für ein geschichtliches Ereignis, bei dem Musik eine auffällige Rolle spielt – und mit Schmerz verbunden ist.«

Gemm hörte seltsam unbeteiligt zu.

»So. In wenigen Augenblicken«, teilte der Älteste Gemm

leise mit, »wirst du dort sein. In der Alten Zeit. Betrachte das Ganze als Abenteuer.«

»Aber ... solange ich dort bin, in der Alten Zeit ... weiß ich denn, wer ich in Wirklichkeit bin? Erinnere ich mich noch an die Gegenwart?« Gemm richtete seinen Blick an die Decke mit ihren wechselnden farbigen Mustern; er sog die mit Duftstoffen angereicherte Luft tief in seine Lungen ein. Er konnte sich das Leben in der Alten Zeit nicht vorstellen. Ein Leben ohne seine Freunde oder seine Zwillingsschwester.

Der Älteste schwieg einen Moment und holte dann tief Luft. »Nein, du wirst dich nicht daran erinnern«, antwortete er. »Aber es ist möglich, dass die chemischen Wirkstoffe, die wir deinem Körper zuführen, zeitweilig in geringerem Maße aufgenommen werden und dass sich diese Momente als ›Rückblenden‹ auf dein Leben in der Gegenwart äußern. Vermutlich wirst du sie als Träume oder vage Gedanken registrieren – ähnlich, wie du jetzt Musik wahrnimmst.«

»Aber ich werde trotzdem nicht wissen, dass ich aus der Neuen Zeit komme«, murmelte Gemm schläfrig.

»Nein, das wirst du nicht«, bestätigte der Älteste ernst.

»Und wann stellt sich heraus, ob die Therapie erfolgreich war?«, fragte Gemm.

»Sobald du aufwachst. Wie aus einem Traum.«

»Wie lang werde ich in der Alten Zeit bleiben?« Gemm machte einen schwachen Versuch, sich zu bewegen. Es ging nicht. Etwas hinderte ihn daran. Seine Lider wurden schwer.

»Einen ganzen Tag lang«, erwiderte der Älteste. »Aber dir wird es vorkommen wie ein Jahr.«

»Wenn ich nicht ich selbst bin, wer bin ich dann? Wohin komme ich überhaupt?«

Der Älteste beugte sich dicht zu ihm hinab und blickte ihm in die Augen. »Du wirst in der kleinen Stadt Straßburg leben, in einem Land, das in der Alten Zeit Deutschland hieß. Und zwar im Jahr 1348. Und du wirst Johannes heißen, Sohn des Juden Menachem.«

»Was ist das, ein ›Jude‹?«, murmelte Gemm schläfrig.

»Das wirst du bald herausfinden«, versprach der Älteste.

Fünftes Kapitel

Straßburg, Deutschland
1348

Die Erde ist um diese frühe Stunde noch mit Raureif bedeckt. Fuhrwerke rumpeln eilig vorüber, aus den Nüstern der Pferde dampft weißer Atem. Menschen huschen hastig durch die engen Gassen. Der Wind bläst den Frauen die Röcke bis über die Knöchel und fegt den Männern die Kappen von den Köpfen. Auf dem Münsterplatz ist das Kopfsteinpflaster nass und schlüpfrig. Hier drängt sich das Volk geschäftig, um Ware an den Mann zu bringen und womöglich von einem fahrenden Händler oder einem gerade aus Avignon zurückgekehrten Mönch die eine oder andere Neuigkeit aufzuschnappen.

Wir sind alle wie ausgehungert – sowohl nach Neuigkeiten wie auch nach knospendem Grün.

Es ist wieder einmal Frühling. An einigen verborgenen Stellen leuchtet bereits das erste Gelb der Osterglocken: gleich neben unserem Ritualbad, der *Mikwe*, unten bei der Mühle und auch zwischen den kurzen, knorrigen Weinstöcken, die den ganzen Winter über im Schlummer lagen.

Aus irgendeinem Grund ist mir, als könne ich im Winter nie so gut spielen, als würden die Töne aus meiner Flöte zwischen den kalten Wänden des Hauses erfrieren oder in der Gluthitze des Kaminfeuers ersticken. »Spiel uns doch etwas, Johannes«, bittet Großmutter und lächelt bereits in freudiger Erwartung der Musik. Ich spiele die Melodien, die Großmutter liebt, doch ihr trauriger Klang macht alle müde und bedrückt, und dann tritt Vater aus dem Alkoven, wo die Schatullen mit dem Geld stehen, klatscht in seine großen Hände und ruft: »Genug gespielt, Kinder. Jetzt wird gelernt!«

Sorgsam hebt er den schweren Band vom Wandbord herunter, drückt ihn fast zärtlich an seine Brust und legt ihn dann auf die dicke Tischplatte. Er lässt sich mit dem Aufschlagen Zeit, so als dürfe man der Welt die weisen Worte nicht zu rasch oder zu achtlos preisgeben. »Diese Woche lesen wir die *Parascha*...«, und dann nennt er den Namen des jeweiligen Wochenabschnitts aus der Thora. *Bereschit* oder *Noach* oder *Lech Lecha*, je nachdem, welcher an der Reihe ist. Die Lesung ist stets mit Geschichten verwoben, manchmal auch mit Gelächter, wenn Großvater uns von Begebenheiten aus der Zeit erzählt, als er ein Knabe war und in Frankreich lebte, noch vor der Vertreibung. Großvater kann nicht verwinden, dass er seine geliebte Heimat verlassen musste, bloß weil er Jude ist.

Jetzt stehe ich draußen, an die Hauswand gelehnt, die Flöte in der Hand und hoffe auf Zuhörer – keine beliebigen, nein, ich hoffe auf zwei ganz besondere – auf Margarete und ihre kleine Schwester Rosa, die genauso alt ist wie meine Schwester Rochele. Margarete ist sechzehn, wie ich. Den ganzen Winter über waren Margaretes Wangen rosig vom Frost und sie trug ihr dickes, rotes Haar fast vollständig unter einem schweren schwarzen Wolltuch versteckt. Ihre Augen haben immer das gleiche strahlende Braun, in dem ein Lachen blitzt. Es macht mich so glücklich, wenn Margarete mich anlacht und mit dem Fuß den Takt klopft. Vater und Mutter sagen, es sei ein Geschenk Gottes, dass ich die Melodien so lustig hüpfen und springen lassen kann. Mein Oheim David lacht, rollt mit den Augen und behauptet, ich könne sogar einen Rabbi auf einer Beerdigung zum Tanzen bringen!

»Johannes, was um alles in der Welt treibst du da draußen? Gibt es denn nicht noch genug zu tun für den Sederabend, statt herumzustehen und Maulaffen feil zu halten?« Mutters Stimme ist kräftig und volltönend. Sie schimpft oft, wie alle Mütter, aber sie besänftigt auch mit einem einzigen Kuss oder mit einer flüchtigen Berührung ihres Handrückens.

Außerdem bin ich den ganzen Tag auf den Beinen gewesen, habe Holz für das Feuer geholt, den Wein besorgt und dann Kerzen und Eier und zuletzt noch mehr Eier eingetauscht.

»Ich habe Hunger!«, rufe ich, aber aus meiner Stimme klingt der Schalk. Vor dem heutigen Abend bekommen wir nichts zu essen – freilich nicht! Es wird uns umso besser schmecken, weil wir den ganzen Tag fasten mussten, während durchs Haus der Duft des Suppenhuhns zog und das Aroma des Fischs und der Äpfel, die so fein gehackt sind, dass sie auf der Zunge zergehen. Außerdem dreht sich ein ordentliches Stück Lamm auf dem Spieß. Bei seinem Anblick schwinden einem fast die Sinne. Am Sederabend, dem ersten Abend des Pessachfests, wenn wir Juden den Auszug aus dem Ägypterland feiern, bereiten wir immer das beste Festmahl des Jahres zu. Für jedermann gibt es dann Wein, sogar für die Kinder. Der zwölfjährige Benjamin und die kleine Rochele bekommen den ihren mit einem kräftigen Schluck Wasser verdünnt. Ich darf meinen schon seit zwei Jahren ganz pur trinken – ah, schmeckt der gut, süß und berauschend. Wir werden singen und uns wiegen und den Wein trinken, wobei wir uns im Stuhl zurücklehnen, um zu zeigen, dass wir freie Menschen sind und nicht mehr Knechte des Pharaos.

Großmutter hockt am Feuer und knackt schon den ganzen Tag Walnüsse für die *Charosset*, das gelbliche Mus aus Äpfeln und Nüssen, dessen Farbe dem Lehm gleicht, aus dem wir im Ägypterland die Ziegel formen mussten. Großmutter beklagt sich, dass sie mit ihren wenigen Zähnen nicht mehr recht kauen kann, und doch gibt sie immer noch mehr Nüsse in die Apfelmischung, als wolle sie der Natur die Stirn bieten. Es ist ungewöhnlich, dass gleich zwei so alte Menschen in einem Haushalt leben. Großmutter und Großvater schlafen in der kleinen Kammer neben der Stube. Wir anderen schlafen oben. Wir können uns glücklich schätzen, dieses Haus zu besitzen.

Großvater hat es vor vielen Jahren erworben, als es uns Juden noch erlaubt war, Besitz zu haben.

Plötzlich stößt Großmutter mit verängstigter Stimme hervor: »Oje, die Kinder! Wo sind die Kinder?«

Mutter, die sich über den Kessel beugt, fährt herum und eilt zu ihr. »Hattest du sie nicht Wasser holen geschickt?«

»Das ist schon lange her, Miriam! Es ist beinahe Zeit fürs Angelusläuten. Wo sind sie nur?«

Mutter kommt nach draußen und tippt mir auf die Schulter.

»Hast du die Kinder gesehen, Johannes?« Die Kinder, das sind Benjamin und Rochele. Ich zähle bereits zu den Großen und helfe meinem Vater im Geschäft. Die Christen kennen mich als Johannes, Sohn vom Geldleiher Menachem. Mein ganzes Leben lang wird man mich wohl als den Geldleiher Johannes kennen und nicht als den Musikanten Johannes. Obwohl ich tief in meinem Herzen weiß, dass ich ein Musikant bin.

Ich beruhige meine Mutter: »Keine Angst. Die Sonne steht noch hoch am Himmel. Sie spielen sicher bei der Brücke, vielleicht fangen sie Frösche, wer weiß?« Dann blase ich ein paar Töne auf der Flöte, um ihr zu beweisen, wie wenig Sorgen ich mir mache. Als Mutter ins Haus zurückkehrt, weht mir der

Duft des Holzfeuers und des Essens entgegen, mit dem die Luft geschwängert ist.

Die Schwestern lassen sich nicht blicken. Margarete ist bestimmt daheim und hilft bei den Vorbereitungen für den *Seder*. Ihr Vater, der Metzger Elias, hat traurige Augen und ein ruhiges Wesen. Er muss die Verachtung der christlichen Metzger ertragen, die jedes Mal vor ihm ausspucken, wenn sie ihm begegnen.

»Johannes!«, höre ich Großmutter barsch und ungeduldig rufen. »Lauf die Kinder suchen. Rasch, spute dich! Sie sollen am heutigen Tage so spät nicht mehr draußen sein.«

Ich gehe ins Haus, wo Großmutter am Spinnrad sitzt und mit ruckartigen Bewegungen den Faden auf die Spindel spult. Wenn man ihre Fingerspitzen berührt, spürt man die Schwielen, die sie vom Spinnen bekommen hat. Mutter bringt Schalen und Löffel zum Tisch. Heute Abend werde ich zu meines Vaters Linken sitzen. Er hat mir versprochen, dass ich einen Teil des Segens lesen darf. Ich kann es kaum erwarten.

»Ich gehe ja schon, Großmutter.« Als ich ihr beruhigend eine Hand auf den Rücken lege, spüre ich sogar durch den schweren Wollstoff des Tuchs ihre spitzen Schulterblätter und den krummen Rücken.

Ich verstaue die Flöte in dem mit Samt ausgeschlagenen Kasten und greife nach Hut und Umhang. Mutter ruft mir hinterher. »Ach, Johannes, hol doch noch einmal sechs Eier von der Rivka und gib ihr dafür diesen Seidel Honig.«

Sie reicht mir den kleinen, mit Stroh gefüllten Nesselsack für die kostbaren Eier. Früher hielten wir selbst ein paar Hennen, aber die lebten nie lange – entweder gingen sie an Krankheiten zugrunde oder sie wurden von bösen Hunden gerissen. Darum tauschen wir jetzt Honig gegen Eier und Münzen gegen Hühner.

Ich schlendere durch die schmale, gewundene Gasse. Vorbei an der armseligen Behausung vom krummen Mosche. Früher hat er mit seinen langgliedrigen Fingern Stoffe gewoben, bis den Juden solche Handwerke verboten wurden. Mosche besitzt eine alte Fidel und spielt damit bei Hochzeiten auf. Zemel, der Bäcker, steht am Ofen und blickt auf, als ich an seinem Haus vorbeikomme. Die Erschöpfung ist ihm deutlich anzusehen. Er hat für alle Juden von Straßburg *Matzen*, unser ungesäuertes Pessachbrot, backen müssen, und seine Hände sind geschwollen und von Brandblasen bedeckt. Nicht weil er unvorsichtig wäre – er ist einfach überarbeitet. Schließlich darf er bloß zwei Gesellen beschäftigen und muss für jeden von ihnen hohe Abgaben entrichten. Für diese Dinge hat der Stadtrat genaue Vorschriften erlassen. Es darf in der Stadt nur einen jüdischen Bäcker geben, nur einen Schlächter, einen Rabbi, drei Lehrer und zwei Schneider. Lediglich die Anzahl der Geldhändler wurde nicht eingeschränkt – sollen sich die Konkurrenten doch gegenseitig in den Ruin treiben.

Aus seinem Dachzimmer ruft Dovie, der Bootsbauer, der schon lange ohne Arbeit ist, herunter: »Grüß dich, Johannes! Gib auf dich Acht. Morgen beginnt zwar die Karwoche, aber man weiß ja nie...«

Ich zucke mit den Schultern und grinse zu ihm hinauf. »Ich weiß schon, ich weiß.«

Aus Sauls Garten weht aromatischer Kräuterduft zu mir herüber. Es gibt sogar Christen, die sich über die Gesetze hinwegsetzen und von ihm kaufen. Sauls Hütte ist so winzig, dass seine Kinder im Sommer draußen auf dem Dach schlafen müssen. Letztes Jahr ist eines hinabgefallen und gestorben. Sauls Frau beweint es noch heute.

Und da oben am Fenster steht Rabbi Meier mit seinen Söhnen, nickt mir zu und winkt. »*A gutn jomtew!*«, rufen die drei zu mir nach unten und ich wünsche ihnen ebenfalls einen frohen Festtag.

In der Nähe des Münsters stehen die herrschaftlichen Häuser einiger begüterter Juden, wie das von Vivelin Rote, der damit prahlt, er habe König Edward III. von England einundsechzigtausend Florin geliehen. Er und Jeckelin, ein anderer reicher Geldhändler, tragen Mäntel, die mit Pelzwerk verbrämt sind. Das schöne Haus an der Ecke schließlich gehört Jakon, dem Sänger, der seinen Reichtum von seinen Großeltern geerbt hat. Wenn die anderen Juden ihn sehen, zwinkern sie einander zu und sagen: »Das eine kannst du mir glauben, wenn ich so viel Gold hätte wie der, dann würde ich auch singen!« Meister Jakon und ich haben schon miteinander musiziert. Die Leute sagen, seine Stimme und meine Flöte klängen zusammen wie der Chor der Engel.

Am Fluss halte ich nach Benjamin und Rochele Ausschau und rufe ihre Namen. Rochele hält sich gern am Brunnen auf und schwatzt mit den Leuten. Mutter hat ihr schon tausendmal eingeschärft, nicht mit den Fremden zu sprechen, aber sie tut es dennoch. Und mit Benjamin ist es kaum besser. Wenn er etwas besorgen soll, macht er an jeder Brücke Halt und stochert im Wasser, um Fische oder Frösche aufzustöbern.

Doch am Fluss sind die Kinder nicht. Ein plötzlicher Windstoß fährt zwischen den hohen Stadttürmen hindurch. Dahinter liegt der dunkle, dichte Wald, in dem sich wilde Tiere herumtreiben. Einmal ist ein Rudel Wölfe ganz ungeniert auf den Friedhof spaziert. Dort standen sie dann mit hängenden Zungen und sahen sich um. Sie haben sich aber friedlich zurückgezogen. Die Priester behaupteten, es sei ein Zeichen des Himmels gewesen – wofür das Zeichen stand, wusste allerdings keiner zu sagen. Es passierte nämlich nichts. Ich bin mir sicher, dass Benjamin und Rochele nicht in den Wald gehen würden. Sie haben schließlich genug Geschichten gehört von Kindern, die im Wald verschwunden sind, und Rochele fürchtet sich schrecklich vor Wölfen.

Als ich über die niedrige Holzbrücke renne, fühle ich mich selbst wieder wie ein Kind. Mir steigt der stechende Geruch der Häute in die Nase, die überall zum Trocknen aufgehängt sind. Neben den Gerbern haben die Metzger ihr Viertel. Im Wasser der Gosse treiben Eingeweide und Fellbüschel. Endlich erreiche ich den Münsterplatz. Erst jetzt fällt mir wieder der Nesselsack mit dem Honig ein, den ich noch immer in der Hand halte. Ich habe die Eier vergessen. Aber die kann ich ja auf dem Heimweg noch holen.

Auf dem Platz sind die Händler bereits dabei, ihre Buden abzubauen und das Pflaster zu fegen, Eimer mit schmutzigem Wasser auszuschütten und mit den Füßen die Pferdeäpfel und den Dreck beiseite zu schieben. Dazwischen laufen kreischende Kinder umher, und die Mütter schimpfen: »Schluss jetzt. Hört auf zu toben!« Doch die Kleinen schreien und johlen so sorglos, als müssten sie niemals groß werden und die Mühsal des Lebens kennen lernen.

Gegenüber vom Münster hat sich eine kleine Menge zusammengefunden, um dem flammenden Vortrag eines wandernden Bettelmönchs zu lauschen. Eine dicke Kordel hält seine weite Leinenkutte zusammen, die einstmals weiß war, jetzt aber braun-grau, fleckig und zerschlissen ist. Der Zottelbart hängt ihm bis zur Brust hinunter, sein Haar steht wild nach allen Seiten ab. Und da erblicke ich auch Rochele und Benjamin, die sich zwischen den Zuhörern drängen. Ich packe Benjamin an der Schulter und Rochele am Arm. Sie haben den Wassereimer einfach abgestellt – die achtlosen Kinder! – und lauschen gebannt. Der Mönch ruft mit donnernder Stimme: »Und nun sollt ihr erfahren, wie es den Sündern ergehen wird!«

»Kommt weg da!«, schimpfe ich, doch Benjamin schiebt meine Hand zur Seite.

»Los, ihr müsst nach Hause. Mutter wartet. Die Großmutter ist schon ganz krank vor Sorge. Ihr habt hier bei dem Marktvolk nichts verloren!« Aber in Wirklichkeit haben die Worte des Mönchs auch meine Neugier geweckt.

»Bei meiner Seele, es war erst im letzten Herbst, dass ein Schiff in den Hafen von Messina, der großen Seestadt auf Sizilien, einfuhr und alle Mann lagen tot an den Rudern oder waren im Sterben begriffen. Auf ihrer Haut, unter den Achselhöhlen und in der Leistengegend schwärten ihnen Beulen. Grauenhafte, schwarze Beulen waren das, aus denen flossen Blut und Eiter. Und sie selbst haben Blut gespien und stanken nach giftiger Pestilenz. Binnen fünf Tagen waren sie allesamt tot.«

Rochele stößt einen erschreckten Schrei aus. Benjamin fragt mich: »Wo ist Sizilien?«

»Woher soll ich das wissen?«

»Es ist die Pestilenz, die Gott der Herr den Menschen geschickt hat, als Strafe für ihre Lüsternheit und Habgier. Tut Buße, ihr Sünder! Tut Buße!«

»Oh, ja!« Mehrere Frauen nicken beifällig und falten die Hände über der Brust. »Das ist sicherlich ein Zeichen unseres Allmächtigen. Erst letzte Woche fand Pastor Richards einen Blutflecken auf der Altardecke«, murmeln sie und bekreuzigen sich rasch.

Die Menge verläuft sich wieder. Händler kehren an ihre Stände zurück. Rochele zupft mich am Ärmel. »Warum mussten die Seeleute sterben? Waren sie böse, so wie Jonas? Hat Gott sie bestraft?«

»Das weiß keiner«, antwortet Benjamin. »Nur dass es eine merkwürdige Pestilenz ist.«

»Von welcher Krankheit bekommt man schwarze Beulen?«, fragt Rochele. »Und fängt an zu stinken?« Es schaudert sie. »Kommt die Krankheit auch zu uns?«

»Nein, nein«, tröste ich sie. »Dieses Leiden... das ist etwas, das nur Leute auf See befällt«, behaupte ich, obgleich ich in Wirklichkeit nichts davon weiß.

»Es sind nicht nur Seeleute, die sterben«, erklärt Benjamin düster.

»Der Gevatterin Rivka sind beide Kinder gestorben«, sagt Rochele. »Aber in unserer Familie«, setzt sie dann mit tiefer Überzeugung hinzu, »sterben keine Kinder. Das liegt daran, dass Großmutter ihren Segen über uns spricht.«

»Schweig!«, rufe ich. »So etwas darfst du nicht laut sagen. Nie.«

»Du sollst den Teufel nicht in Versuchung führen«, zitiert Benjamin, »indem du dich mit deinem glücklichen Los brüstest.«

Ich zerre die beiden mit mir davon. »Kommt, wir müssen uns beeilen.«

Wir gehen über den Platz, vorbei am riesigen Bischofspalast, durch die Gassen mit den Gasthäusern und feinen Läden und den Häusern der Patrizierfamilien.

Das Rathaus mit der Ehrfurcht einflößenden Fassade und den vielen Schnitzereien ist mit einer violett und goldenen Fahne aus feinstem Seidenstoff geschmückt. Aus der Trinkstube gleich daneben dringen fröhlicher Lärm und Gelächter. Zwei Männer wanken Arm in Arm auf die Gasse. Der mit dem roten Kopf ist Betschold, der Metzger. Der andere ist der Edelmann Zorn. Der Metzger torkelt, fällt fast hin und deutet auf mich. »Da ist der Judenjunge«, lallt er. »Können die Judenweiber nicht einmal damit aufhören, einen kleinen Geldleiher nach dem anderen zu werfen?« Er lacht und entblößt dabei seine braun verfärbten Zähne.

»Lauft!«, zische ich den Kindern rasch zu: »Lasst den Eimer stehen. Lauft nach Hause!« Benjamin und Rochele machen sich klammheimlich davon.

Die Männer stolpern auf mich zu. Ich schmecke meinen eigenen Hass auf der Zunge, doch ich fühle mich wie erstarrt, unfähig zu sprechen. Der Edelmann Zorn ist kräftig gebaut. Er trägt Beinkleider aus Samt und einen Umhang mit hermelinverbrämtem Kragen. In seinen Gehstock sind Ornamente aus Elfenbein eingelegt. »Du Judenbalg«, stößt er hervor, und in seinen Mundwinkeln sammelt sich der Speichel. »Was hast du hier zu suchen? Habt ihr heute nicht eure Blutnacht?«

»Vielleicht ist er ja gekommen, um uns auszuspähen, Claus«, knurrt der Metzger. »Du weißt ja, wie sie uns Christen verabscheuen. Sie wünschen unseren Untergang.«

Ich fühle mich wie betäubt. Ich kenne den Metzger und vor allem seinen Sohn Konrad. Konrad, der »die Schlange« genannt wird.

Der Edelmann übernimmt wieder das Wort. »Gib Antwort!«, schnarrt er. »Du! Sohn vom Geldleiher Menachem, weißt du denn nicht, dass ihr alle in der Hölle braten werdet?« Die beiden stellen sich mir in den Weg und blasen sich bedrohlich auf. Jetzt umringen uns auch schon ein paar Händler und Kinder, die darauf warten, dass der Spaß beginnt.

Wären sie nicht so betrunken, würden diese Männer mich keines Blickes würdigen. In ihren Augen bin ich kaum mehr als ein Mistkäfer auf einem Pferdeapfel. Doch so... ein Windstoß reißt mir den Hut vom Kopf. Ich will danach greifen. Das Gesetz schreibt vor, dass alle männlichen Juden den schwarzen, spitzen Hut tragen müssen. Doch noch bevor ich ihn zu fassen bekomme, hat Metzger Betschold bereits seinen Fuß darauf gestellt. »Bitte, Herr, mein Hut«, sage ich. Mir klopft das Herz bis zum Hals.

Betschold tritt einen Schritt zurück. Ich hebe den Hut auf und setze ihn mir wieder auf den Kopf.

Da holt der Edelmann aus und fegt ihn mir mit einem einzigen Faustschlag wieder herunter. Er lacht. Ein zweiter Schlag trifft mich am Hals, sodass ich einen Augenblick nach Luft ringe.

Ich höre den Widerhall ihres Gelächters, als würde es vom Kopfsteinpflaster aufsteigen und von den Wänden abprallen. Wieder bücke ich mich nach meinem Hut. Ich greife auch nach dem Wassereimer und gehe dann langsam davon, eifrig darauf bedacht, nicht zu rennen. Denn wenn ich renne, bin ich verloren.

»Teuflische, geldgierige Ratte«, giftet jemand.

»Packt euch fort, Kinder. Seht ihn bloß nicht an. Ihr könntet davon erblinden.«

»Euch ist ja bekannt, was sie in der heutigen Nacht mit dem Blut anstellen.«

Das Angelusläuten ertönt. Das Volk zerstreut sich. Es ist Zeit für das Abendgebet, und die Pfaffen warten schon in ihren Kirchen, um von der Sünde zu predigen.

»Na, endlich ist er weg!«, kreischt eine Frau.

Ich umklammere den Henkel des Eimers und den Nesselsack. Wenigstens haben sie mir nicht den Honig genommen. Ich bewege meine Finger, als würde ich auf meiner Flöte spielen und Musik machen, doch mir zittern die Knie, der Atem stockt mir, und in meinem Herzen ist keine Musik.

Als ich endlich zu Hause bin, gebe ich Mutter die Eier. Mir geht so vieles im Kopf herum, und ich frage: »Sag, Mutter, wütet denn wirklich eine Pestilenz im Land, von der die Leute eitrige Beulen bekommen und sterben?«

»Aber nein«, beruhigt sie mich. »Wie kommst du nur auf

solche Geschichten? Los, wasch dir die Hände. Es ist gleich Zeit für unser Festmahl.«

Rocheles Haar glänzt. Sie trägt ein neues Gewand mit einem breiten, weißen Kragen und gerüschten Ärmeln. Benjamin hat neue Lederschuhe bekommen. Aber morgen werden sie sicherlich schon abgewetzt aussehen, weil Benjamin immer wie ein ungestümes Füllen herumtollt.

Jedermann hat sich herausgeputzt und ist frisch gewaschen. Die Christen halten uns für verrückt, weil wir so häufig baden, und tippen sich an die Stirn, wenn sie uns Juden aus dem Ritualbad kommen sehen.

Vater tritt eilig ins Zimmer und reibt sich erwartungsvoll die Hände. Seine Bücher und die Schatullen mit dem Geld hat er zur Seite geräumt. Er trägt den weißen Leinenkittel, in dem er eines Tages auch begraben werden wird. Diese Tracht zieht er sonst nur noch an einem anderen Tag an, am höchsten Feiertag des Jahres – an *Jom Kippur*. Er und Mutter tauschen Blicke aus, ein Lächeln. Ich muss unversehens an Margarete denken.

Da klopft es an der Tür. Alle schrecken zusammen. Großvater umklammert die Lehne seines Stuhls. Rochele kauert sich rasch an ihrem Lieblingsplatz am Feuer zusammen. Da – wieder klopft es. Lauter diesmal.

»Ich gehe«, sagt Vater.

Ich komme mit ihm, wobei ich mich dicht an seiner Seite halte. Die schwere Tür schwingt auf. Der Mann, der draußen wartet, atmet schwer, sein Bauch hängt ihm über den Gürtel. Er trägt prächtiges Schuhwerk aus geprägtem Leder und auf dem Kopf ein Barett aus kastanienbraunem Samt.

Vater öffnet die Tür weit. »Ach, edler Herr, Ihr seid's! Kommt doch in die Stube. Der Wind bläst heute stark. Ich bitte Euch, tretet ein.«

Ich erkenne den Mann. Es ist der Bruder meines Peinigers vom Münsterplatz.

Zorn schüttelt den Kopf. »Die Angelegenheit, die mich zu Euch führt, ist rasch erledigt«, sagt er. »Außerdem ist mir bekannt, dass heute der Abend Eures...« Ich sehe ihm an, dass er das Wort *Pessach* nicht aussprechen will. Es widerstrebt ihm. Er wirft einen raschen Blick auf den Tisch, in der Hoffnung, etwas zu erblicken, das seinen Abscheu bestätigt.

»Ich bin bloß wegen des Pfands gekommen«, sagt er mit fester Stimme.

»Ach so, nun...«, stammelt mein Vater und weicht einen Schritt zurück. Er hat seine Geschäfte für den heutigen Feiertag zur Seite gelegt. Geschäft ist eine Sache, die Seele eine andere – und am heutigen Abend soll der Geist vorherrschen. »Ich werde es unverzüglich holen«, verspricht er dennoch.

Als Zorn nun doch ins Haus tritt, ist sein Blick unverwandt auf den Tisch und die darum versammelte Familie gerichtet. Mutter eilt auf ihn zu. »Wollt Ihr nicht Platz nehmen, edler Herr?«

»Nein, danke.«

Großmutter nestelt an ihrem Wolltuch. Sie vermeidet es, den Mann anzusehen, so als würde er mehr Macht über uns gewinnen, wenn sie ihn zur Kenntnis nähme.

Ich kann seine Anwesenheit im Raum förmlich spüren. Es ist, als würde er uns die Luft zum Atmen rauben. Und mit einem Mal weiß ich genau, was geschehen wird, so als habe es sich bereits ereignet. Sein Kommen kann nur einen Grund haben – zumal an diesem Abend.

Vater holt das Schuldbuch vom Wandbord herunter und den Kasten, in dem er die Pfänder seiner Schuldner aufbewahrt – Ringe, Ketten und andere Kostbarkeiten. Er nimmt den Ring des Mannes heraus, der aus schwerem Gold geschmiedet ist und den ein leuchtend blauer Stein ziert. Ich höre das Knistern des Feuers, Großvaters rasselnden Atem.

Vater öffnet die Hand, auf der der Ring liegt. Der Edelmann Zorn tut einen Schritt auf ihn zu, schnappt nach dem Ring und streift ihn sich über den Mittelfinger.

Vater fährt erschrocken zusammen. »Nun, Herr«, wendet er ein. »Da wäre noch die Frage der Rückzahlung.« Er zeigt Zorn das Buch, dessen Pergamentseiten mit ordentlichen Auflistungen bedeckt sind.

Der Edelmann wirft einen kurzen Blick hinein. Er lacht. »Ah, aber das haben wir doch schon vor geraumer Zeit besprochen, wisst Ihr nicht mehr? Letzten Monat schickte ich einen meiner Männer, um einen Teil des Geldes zurückzuzahlen. Ihr wart ausgegangen. So hat mein Mann das Geld Eurem Sohn übergeben. Den Rest habe ich hier.« Zorn hält ihm eine kleine Hand voll matt glänzender Münzen hin. »Du musst dich doch noch daran erinnern, Johannes. Hast du es denn nicht niedergeschrieben?«

Ich starre den Mann an. Wie könnte ich es wagen, ihm zu widersprechen? Meine Lippen beginnen zu zittern und auch meine Hände. Vermaledeite Feigheit! Ich presse die Hände an die Schenkel, balle sie zu Fäusten.

»Alle Rückzahlungen«, sagt mein Vater, »sind in diesem Buch verzeichnet. Hier muss ein Irrtum vorliegen, edler Herr.«

Zorn richtet sich auf und plustert beleidigt die Backen auf.

»Ich irre mich niemals«, verkündet er. »Bringt Ihr Eurem Sohn lieber bei, wie man die Bücher ordentlich führt. Vielleicht verhält es sich aber auch so...« Er wirft mir einen listigen Blick zu, »dass der Bursche sein eigenes kleines Geldversteck unterhält, was?«

Mir ist, als müsse mir der Kopf platzen. Einen Sohn zu beschuldigen, den eigenen Vater zu bestehlen!

»Ich versichere Euch, Herr«, ruft mein Vater. »Mein Sohn ist ein...«

»Mag sein, dass es nur Nachlässigkeit war. Aber dennoch«, fährt Herr Zorn ungerührt fort, »das Gesetz nimmt es in dieser Hinsicht sehr streng. Mein Schwager, der Ratsherr, kann es Euch sagen. Letzten Monat erst weilte er im Schloss und durfte erfahren, dass er bald zum Kämmerer des Fürsten bestellt wird.«

Der Mann blickt sich mit seinen kleinen Fuchsäuglein im Raum um. »Ihr wisst wohl, dass ich mich als Euren Freund betrachte. Ein anderer würde über einen solchen Versuch des Betrugs nicht so leicht hinwegsehen, nicht in diesen Zeiten. Ihr kennt sie ja selbst, die Geschichten, die man sich allerorten erzählt.«

Zorn sieht erneut zum Tisch hinüber. Wir alle, sogar die kleine Rochele, wissen, wonach er Ausschau hält. Von Kindesbeinen an hören es die Christen, wird es ihnen in den Gassen zugeraunt und von den Kanzeln gepredigt. Sie träumen in ihren schlimmsten Albträumen davon. »Am Abend des *Pessach* begehen die Juden ihren Gottesdienst, indem sie das Blut eines Christenkindes saufen.« Wo aber ist das Blut? Wo? Der Edelmann geht mit großen Schritten zum Tisch und schleudert seine Münzen auf die Tischplatte. Ein paar von ihnen kullern zu Boden.

Der Mann verlässt uns, doch die frostige Stimmung bleibt. Schweigen ergreift alle und keiner rührt sich. Still sammle ich die Münzen auf und räume sie weg. Ich fühle mich besudelt.

»Wie kann er es wagen herzukommen!«, entfährt es mir.

Vater sieht mich bedeutungsvoll an. Er zitiert aus unserem Achtzehnbittengebet: »*Gegenüber jenen, die mich schmähen, lass meine Seele schweigen.* Johannes, dies ist ein besonderer Abend, ein Abend der Freude. Komm zu Tisch.«

Es klopft erneut an der Tür. Diesmal wird der Ankömmling jedoch mit Freudenrufen empfangen. Mein Oheim David ist gekommen und er hat seine Laute mitgebracht. Vater wirft einen Blick nach draußen. Es ist noch hell. »Es bleibt noch etwas Zeit für ein kurzes Lied«, sagt er, »bevor der Sederabend beginnt. Fällt dir eins ein, David?«

Davids Mund öffnet sich unter dem dichten, lockigen Bart zu seinem breiten Lächeln. »Aber gewiss doch«, sagt er. Seine Augen blitzen heiter. David ist Mutters Bruder. Er hat ihre Augen, breite Wangenknochen und einen freundlichen Mund.

»Zuerst ein kleines Tänzchen«, kündigt er an. Als er in die Saiten greift, klopft Mutter mit dem Fuß den Takt. Sie fasst Rochele bei den Händen und wirbelt sie im Kreis herum. David zwinkert mir zu, und ich eile davon, um meine Flöte zu holen. Ich begleite ihn, füge seinem Spiel hohe Töne und Triller hinzu. Unsere Musik fügt sich aufs Herrlichste zusammen. Es ist eine vertraute Melodie, eine, die jedes Kind kennt. Doch mein Oheim David schmückt sie so schön aus, dass sie uns allen zu Herzen geht. Schließlich verkündet er: »Jetzt ist es an der Zeit, den Dank zu sagen.« Und er singt den Segen mit Inbrunst und preist den Ewigen, der uns diesen Festtag hat erleben lassen.

Ich sehe, wie Mutters Antlitz im Kerzenschein rosig glüht. Das weiße Kopftuch, das sie sich umgebunden hat, verstärkt den Glanz ihrer dunklen Augen und das Rot ihrer Wangen. Sie ist noch immer sehr schön anzusehen. Nur das Gesicht meines Vaters ist mir ein Rätsel. Seine Augen sind verhangen, seine Lippen verkniffen, als er in meine Richtung blickt. Ist es möglich, dass er tief im Inneren doch Zweifel an mir hegt? Ich versuche zu lächeln, doch ich spüre Groll in mir emporsteigen. Ich weiß nicht, wie ich mich davon frei machen soll.

Sechstes Kapitel

Ich gebe mir Mühe, den Gedanken an den betrügerischen Edelmann aus meinem Kopf zu verbannen und die Ermahnung meines Vaters zu beherzigen. Dies ist ein Tag, an dem man feiern soll.

Das Pilgerspiel gehört dazu. Benjamin, als Pilger verkleidet, mit einem Spielzeugschwert in der einen und einem hölzernen Wanderstab in der anderen Hand, kommt ins Haus geschlurft. Er hat sich mit Holzkohle einen Bart ins Gesicht gemalt. Rochele trippelt hinter ihm her. Sie trägt einen Korb und spielt sein Weib. Benjamin fragt mit tiefer Stimme: »Ist es Euch möglich, zwei Pilgern wie uns Obdach zu gewähren?«

Vater antwortet ernst: »Woher kommt Ihr, Pilger?«

»Aus dem Ägypterland, wo Adonai Wunder an meinem Volk vollbracht hat, gegen den bösen Pharao.«

Rochele hat sich ein weißes Wolltuch um den Kopf und um die Schultern geschlungen. Sie freut sich und klatscht in die Hände. »Wir sind frei!«, jubelt sie, wie ich es sie gelehrt habe.

»Wohin zieht Ihr?«, will Großvater wissen.

»Nach Jerusalem«, antworten Benjamin und Rochele gemeinsam.

»Nun«, sagt Vater, »dann bleibt doch ein Weilchen bei uns

und lasst uns feiern, dass uns der Herr hinweggeführt und uns aus der Knechtschaft befreit hat.«

Jetzt kommt die Erzählung unserer Knechtschaft und schließlich Befreiung, gefolgt von den Dankesgebeten.

Benjamin bemüht sich, still zu sitzen, ist aber so aufgekratzt, dass er kichernd hin und her rutscht. Er bettelt darum, reinen Rotwein zu bekommen, doch Vater verdünnt ihn trotzdem.

Mutter und Rochele tragen die Suppe auf. Vater und Großvater löffeln aus einer Schüssel und Benjamin und Onkel David und ich teilen uns ebenfalls eine. Rochele, Großmutter und Mutter essen zusammen am anderen Ende des Tischs. Ihre Köpfe berühren sich fast, so tief beugen sie sich über die blaugraue Schale. Sie scheinen ganz gelassen zu sein, während sich bei mir im Kopf alles dreht.

Kurz vor dem Erwachen heute Morgen hatte ich einen merkwürdigen Traum. Er ängstigt mich, jetzt wo ich mich an ihn erinnere. Keiner der Menschen in meinem Traum hatte ein echtes Gesicht. Jeder verbarg sein Antlitz hinter einer glatten Maske in den unterschiedlichsten Farben. Wie seltsam! Vielleicht ist es ein Zeichen – aber wofür? Ich muss Rabbi Meier fragen. Träume können das Künftige weissagen. In meinem Traum stand ich außerdem auf einem wunderlichen Berg aus rotem Fels, den ich noch nie gesehen habe. Was mag das bedeuten? Werde ich mich auf eine Reise begeben?

Keiner spricht ein Wort, während wir die würzige Suppe mit dem darin schwimmenden Hühnerfleisch und den Möhren essen. Als Nächstes kommt das Lamm. Ich trage es auf einem tiefen Holzteller zum Tisch. Dazu gibt es Feldfrüchte, so viele, wie Mutter zu dieser Jahreszeit eben herbeischaffen konnte. Kohl, Kürbis und Bohnen. Das alles und auch Fleisch, Eier und Fisch bei einem einzigen Mahl! Und Matzenbrot, um es in die Bitterkräuter zu stippen, die uns an die bitteren Leiden der Juden im Ägypterland gemahnen, und in das süße Apfelmus. Es bleibt sogar noch genug davon übrig, um es mit dem Fleisch zu verzehren. Mit den Fingern fangen wir die Tropfen des mit Pfeffer und kostbarem Salz gewürzten Bratensafts auf. Wir lehnen uns zurück, wie es Brauch ist, zum Zeichen unserer Befreiung. Freie Menschen dürfen sich zurücklehnen. Knechte haben zu knien oder zu stehen.

Während der Geschichten, die wir uns erzählen, und der Rätsel, die wir uns stellen, lausche ich immer wieder nach draußen, wo heulend der Wind ums Haus bläst. Nach den Ereignissen dieses Tages schwant mir Böses. Wie kann Vater nur lächelnd essen, nach dem, was Zorn getan hat? Wie können sie alle so ruhig sein, wo ich selbst beim kleinsten Laut aufschrecke? Ich muss ein erbärmlicher Feigling sein, ein Schwächling, der ständig voller Angst ist, wenn ich mich auch bemühe, es niemandem zu zeigen.

Als es abermals an der Tür klopft, erbleicht Rochele. »Elias«, flüstert sie ängstlich, denn es heißt doch, dass der Prophet in der Nacht des *Pessach* jedes jüdische Heim aufsucht, um die Ankunft des *Maschiach*, des Messias, zu verkünden.

Die Tür wird aufgestoßen. »Grüßt euch. Bin ich zu spät? Darf ich hereinkommen?«

Ich bin außer mir vor Freude. »Jakob!«

Mutter stürzt auf ihn zu, um ihn zu begrüßen. »Guter Gott! Es ist Jakob, unser lieber junger Freund. Du bist zurückgekehrt! Komm herein! Warst du lange unterwegs? Du kommst gerade recht zum Mahl. *Wer hungrig ist, komme und esse!*«

Jakob grüßt alle in der geziemenden Reihenfolge. David erhebt sich und schlägt ihm auf den Rücken. »Jetzt seht euch nur den jungen Medicus an!«, ruft er. »Als Knabe hat er uns verlassen und nun trägt er bereits einen Bart!« Die dunklen

Haare auf Jakobs Kinn sprießen zwar noch spärlich, aber es ist doch schon ein richtiger Bart.

Mutter läuft umher wie ein aufgescheuchtes Huhn. »Rasch, Rochele, bring die Schüssel und den Krug, damit sich Jakob waschen kann.«

»Hier, setz dich neben mich«, fordert Vater ihn auf und macht Platz.

Jakob und ich grinsen uns an und dann greift er lachend an meinen Oberarm. »Kriegt man diese Muskeln etwa vom Geldwechseln?«, ruft er aus. »Das fühlt sich an, als müsstest du Felsbrocken und Baumstämme schleppen. Rochele, mein Kleines, du siehst aus wie ein Engel. Und du, Benjamin – bist du viel geritten in der letzten Zeit?«

Es ist wie früher, als Jakob mit seinen Eltern noch im Nachbarhaus wohnte, bevor er nach Paris ging, um dort die Kunst des Heilens zu erlernen. Obwohl sein Blick erschöpft und sorgenvoll ist, lacht er Großmutter an und ruft aus: »Wie ich sehe, trägst du zur Feier des heutigen *Jomtews* ein neues Schultertuch. Möge es fadenscheinig und alt werden und mögest du ein neues bekommen!«

Mutter legt ihm eine Hand auf die Schulter. »Es ist schön, dich hier zu haben, Jakob. Iss, und dann können wir reden. Du musst furchtbar hungrig sein. Bleibst du denn in Straßburg? Hast du die Medizinschule beendet? Weiß Gott, wir könnten einen wie dich hier gebrauchen.« Sie seufzt und wirft Vater einen Blick zu, doch dann erhellt sich ihre Miene wieder. Heute ist ein Festtag und der darf nicht durch düstere Gedanken verdorben werden.

Jakob langt tüchtig zu. Wir lassen uns nicht anmerken, dass wir sehen, wie ausgehungert er ist. Vater stimmt die ersten Noten eines Lieds an. »Sing mit, Johannes«, fordert die Großmutter mich auf.

»Ja, ja. Du hast die schönste Stimme«, fallen die anderen ein. Ich weiß, dass die Flöte meine wirkliche Stimme ist, aber an Feiertagen dürfen wir, wie auch am *Schabbat*, natürlich keine Instrumente spielen. Also singe ich mit den anderen, bis sie verstummen und mich allein weitersingen lassen: »Gelobt seist du, unser Gott, denn dein Erbarmen währt ewiglich.«

Ich bin in Hochstimmung. Jakob ist da. Ich erinnere mich noch gut an den festlichen Abschied, als er zum Studieren fortzog. Und an die Trauer, die unsere Gemeinde erfasste, als Jakobs Eltern dann innerhalb von nur drei Tagen vom Fleckfieber dahingerafft wurden. Rabbi Meier ließ es Jakob durch einen Brief mitteilen, den er einem reisenden Mönch mitgab. Ein Jahr ist seitdem ins Land gegangen und nun ist er wieder nach Straßburg zurückgekehrt.

»Bleibst du jetzt bei uns, Jakob?«, frage ich.

Jakob richtet sich auf und seufzt. »Was kann ich hier schon tun? Es gibt in Straßburg bereits einen jüdischen Arzt. Ich dachte, ich sollte mich in Colmar oder Freiburg umschauen, vielleicht sogar in Frankfurt.«

»Unser Arzt ist schon recht betagt«, sagt Mutter nachdenklich. »Ist es nicht möglich, dass er einen Gehilfen braucht?«

Vater schaut düster drein. »Du weißt, dass nur eine bestimmte Anzahl von Ärzten zugelassen wird«, erinnert er sie leise.

»Nun, vielleicht könnten wir ein Gesuch an den Bischof oder den Stadtrat richten.« Mutter hebt zaudernd die Hände. »Oder der Edelmann Zorn könnte sich für ihn verwenden. Ich habe gehört, dass bei ihm im Haus jemand krank ist.«

»Weck keine falschen Hoffnungen in dem Burschen, Miriam.«

»Entsinnt ihr euch noch, damals«, hebt die Großmutter an zu sprechen, »als der König einmal krank darniederlag? Erinnert ihr euch an die Geschichte? Wie sie nach einem jüdischen Arzt riefen, der den ganzen langen Weg aus Spanien anreiste?«

»Das war in den alten Tagen«, brummt der Großvater. Er lehnt sich sinnend im Stuhl zurück. »Ich habe keine Sehnsucht nach dieser Zeit.« Großvater sieht von einem zum anderen. »Damals herrschte die große Hungersnot. Die Menschen haben Hunde und Katzen gegessen.«

»Aber nicht die Juden«, fügt David rasch hinzu. »Hunde und Katzen sind doch nicht koscher.«

Das gibt ein großes Gelächter.

»Wir Juden haben uns von Wurzeln ernährt«, sagt Großvater vorwurfsvoll.

»Still jetzt, du alter Kerl«, rügt die Großmutter. Ihr Gesicht ist voller Runzeln, dass man meint, sie würde lächeln, selbst wenn sie's nicht tut. »Die Kinder haben genug gehört von den Entbehrungen und der alten Zeit. Lass sie sich doch freuen!«

»Es ist nur recht, wenn sie davon hören«, beharrt der Großvater. »So wissen sie umso mehr zu schätzen, wie gut es ihnen hier geht. Wir Juden genießen den Schutz des Bischofs Berthold höchstselbst. Möge er nicht vom Pfad der Gerechtigkeit abkommen!«

Jakob rollt mit den Augen. »Wie geht es dem guten Bischof denn?«, fragt er.

»Er ist wohlauf, wie immer«, antwortet Vater. »Es heißt, er habe sich sämtliche Böden seines Palasts mit Marmor auslegen lassen, den sie aus dem fernen Italien heranschaffen mussten.«

Ich setze hinzu: »Und seine Finger sind mit Ringen beladen.«

Vaters Mund wird schmal. Der Bischof treibt die Judensteuer ein, und Vater ist stets voller Sorge, er könne sie abermals anheben. Doch Großvater ist so von Dankbarkeit erfüllt, dass er sich nicht beirren lässt. Er hebt den Kelch und erklärt mit lauter Stimme: »Auf unseren Freund Jakob! Auf ein gutes Jahr. Ein Jahr des Lernens und der guten Geschäfte! Auf dass der Markt uns gutes Geld bringen möge.«

Ich staune. Zwar habe ich gehört, wie sie über die Frühlingsmesse in Troyes gesprochen hatten, doch ich hatte keine Ahnung, dass sie bereits beschlossen hatten, dorthin zu reisen. Vater wird sich also auf den Weg machen, um Geld zu wechseln und zu verleihen. Ob er mich wohl mitnimmt? Eine Woge der Erregung durchläuft mich, doch ich lasse mir nichts anmerken, sondern frage leichthin: »Dann fahren wir also zur Messe?«

»Von ›wir‹ kann keine Rede sein«, weist Vater mich eilig zurecht. »Großvater und ich reisen hin. Und vielleicht kommt David mit, wenn er möchte.«

Ich bin wie vor den Kopf geschlagen und schäme mich. Mein Gesicht glüht.

»Es ist vielleicht gar kein schlechter Einfall, den Knaben mitzunehmen«, wirft mein Oheim ein. »Wenn er das Geschäft erlernen soll…«

Vater runzelt nur die Stirn und trommelt mit den Fingern auf dem Tisch. Ich spüre, dass er wegen der Anschuldigungen des Edelmanns verstimmt ist. Er lässt es sich nicht anmerken, doch ich sehe, dass er sich meiner nicht ganz sicher ist. Abermals steigt Groll in mir auf.

»Ach, die Messe findet also statt?«, fragt Jakob verwundert.

»Ja, weshalb denn nicht?«, erkundigt sich Großvater.

»Nun, weil doch im Süden von Frankreich die Pestilenz wütet. In Paris wurde die Vermutung laut, dass die großen Messen und Zusammenkünfte die Krankheit fördern, und man überlegte, ob es nicht besser wäre, sie abzusagen.«

»Auf dem Münsterplatz hat heute ein Mönch von der Hölle und den Sündern und der Pestilenz erzählt«, berichtet Rochele.

»Was hattest du denn auf dem Münsterplatz zu suchen?«, will Mutter wissen.

»Weshalb waren die Kinder heute überhaupt draußen«, fragt Vater.

»Sie sollten Wasser holen.«

»Was haben sie dann beim Münster zu schaffen gehabt? Wieso hast du nicht Johannes geschickt?«

»Er hat die Kinder gesucht. Wie sollte ich denn wissen...?«

»Willst du sagen, du hast zugelassen, dass Rochele...?«

»Na, na...« Großmutter will den Zwist schlichten, doch es ist zu spät.

»Von heute an«, schimpft der Vater laut, »treiben sich die Kinder nicht mehr draußen herum, es sei denn...«

Rochele piepst verängstigt: »Der Metzger Betschold und der Edelmann Zorn haben Johannes heute übel mitgespielt. Sie haben ihm den Hut vom Kopf gerissen und ihn geschlagen.«

Alle Augen sind auf mich gerichtet. Ich bin zornig auf Rochele und will ihr am liebsten über den Mund fahren. »So schweig doch!«

»Was ist da vorgefallen, Sohn?«, fragt Vater streng und erhebt sich halb von seinem Stuhl. »Hast du dich den Herren gegenüber anmaßend oder hochfahrend verhalten? Ist Zorn deshalb gekommen und meinte, uns hintergehen zu können?«

Die Worte platzen förmlich aus mir heraus. »Keineswegs! Ich bin ganz deinem Vorbild gefolgt und habe mich wie ein Hund von ihnen treten lassen. Ist es nicht das, was du von mir erwartest? Vor ihnen im Staub zu kriechen?«

Einmal heraus, lassen sich die hässlichen Worte nicht mehr

zurücknehmen. Mein Herz klopft wild in der Brust. Hätten wir nicht Feiertag und wäre Jakob nicht zugegen – Vater würde von oben den Riemen holen. Doch das kümmert mich nicht! Und wenn der Riemen hundertmal auf mich niedersaust!

Vater blickt mich nur stumm an. Er zeigt zur Tür.

Ich stehe auf und gehe. Mein Benehmen ist unverzeihlich, besonders an der feiertäglichen Tafel und dann noch in Gegenwart eines Gastes. Selbst das Gesicht meines Oheims spiegelt Missbilligung wider. Gott wird mich strafen, dessen bin ich mir gewiss. Draußen kriecht mir die Nachtkälte in die Knochen. Weit oben am Himmel funkeln die Sterne wie tausend anklagende Augen.

Auf der niedrigen Mauer hockend, lausche ich den Stimmen, die aus den Häusern dringen, in denen gefeiert und gesungen wird. Kerzen flackern. Schatten huschen über Wände. Alle sind glücklich, nur ich nicht. In mir gärt etwas. Vielleicht weiß der alte Saul ja ein Mittel gegen die düstere Stimmung, die mich befallen hat. Am Ende bin ich gar verhext und daher rühren auch die merkwürdigen Träume. Die Worte des Mönchs kommen mir in den Sinn: *Eiter, Beulen, Pestilenz.* Mich schüttelt es vor Entsetzen.

»Komm wieder herein, Johannes.« Mutter steht auf der Türschwelle. Ihr weißes Tuch und der Kragen ihres Kleides schimmern im Licht des Mondes. »Da draußen holst du dir den Tod. Komm herein.«

»Verzeih mir, Mutter.« Ich seufze schwer. »Ich weiß selbst nicht, was in mich gefahren ist.«

»Schon gut«, entgegnet sie. »Es ist die Witterung – mal kalt, mal heiß, dann feucht und dann wieder trocken. Das verträgt die Seele eines jungen Menschen schlecht. Jetzt lass uns weiter feiern. Die Kinder können es kaum erwarten, die andere Hälfte des Matzenbrots zu suchen, die Vater wie immer vor dem Sedermahl versteckt hat. Du kannst ihnen dabei helfen. Dem Sieger winkt als Preis eine Orange.«

Natürlich gewinnt Benjamin die süße Kostbarkeit. Rochele kann ihren Blick nicht von ihm abwenden, als er die Frucht schält, in zwei Hälften zerteilt und sich eine davon an die Nase hält, um ihren Duft einzuatmen. Lächelnd reicht er die zweite Hälfte an uns andere weiter. Mein Groll schmilzt dahin angesichts der Freigebigkeit meines wilden kleinen Bruders und der Süße der Orange, die ich auf der Zunge schmecke. Jetzt kann ich auch wieder mit den anderen lachen, während wir den letzten Kelch Wein leeren – ah, wie gut der mundet! Und es entspinnt sich wieder ein Gespräch.

»Der Mönch sprach von dieser Krankheit. Er sagte, ein Schiff sei in Medina in den Hafen eingelaufen, dessen gesamte Mannschaft tot gewesen sei oder im Sterben gelegen habe. Sie hätten Blut gespuckt und Eiter. Und das alles sei eine von Gott gesandte Strafe, wegen der Sünden der Menschen.«

»Etliche Studenten haben Paris verlassen. Sie fürchten, die Pestilenz könnte sich von einem Ort zum anderen fortbewegen.«

»Aber wie kann das sein? Wenn sie doch so weit weg ist, wie du sagst, in Italien und im Süden Frankreichs...«

»Es ist wohl bekannt, dass sich solche verheerenden Seuchen ausdehnen. Ich weiß noch gut, wie damals die große Hungersnot Erdbeben mit sich brachte. Durch diese Beben breiteten sich üble Säfte in der Luft aus, die wiederum Krankheiten erzeugten.«

»In Paris sagen manche, dies sei alles auf das Einwirken der Himmelskörper zurückzuführen. Saturn, Mars und Jupiter stehen im Sternbild des Wassermanns. Saturn und Jupiter bringen Krieg und Verheerung über die Welt und Mars und Jupiter verbreiten die Pestilenz in der Luft.«

»Was wird getan, um das Volk zu schützen?«

»Ich hörte, dass man einige Aussätzige zusammengetrieben und gezüchtigt hat.«

»Schon wieder die Aussätzigen!«

»Man wirft ihnen vor, die Verunreinigung von einem Ort an den nächsten getragen zu haben. In einigen Gegenden wurden sie gefangen genommen und aus der Stadt gejagt.«

Vater und Mutter sehen sich an. »Es ist spät.«

»Die Kerzen sind beinahe niedergebrannt«, sagt Mutter. »Wirst du über Nacht bei uns bleiben, Jakob? Du kannst den Strohsack mit Johannes teilen.«

»Ich bin euch sehr dankbar. Morgen mache ich mich wieder auf.«

»Nicht doch. Morgen darfst du nicht«, flüstere ich. »Wir haben Feiertag. Lass ihn uns gemeinsam verbringen.«

»Nichts lieber als das«, erwidert Jakob und fragt dann: »Sag, wie geht es der Familie des Metzgers?«

»Sie sind wohlauf.« Meine Gefühle sind mit einem Male zwiespältig. Die eine Hälfte meines Herzens läuft fast über vor Freude darüber, den morgigen Tag mit Jakob verbringen zu können, und in der anderen brandet Eifersucht auf. Ich weiß schon, wie die nächste Frage lautet, die Jakob mir stellen wird.

»Und seine junge Tochter, der Rotschopf? Hat sie denn schon einen Mann?«

»Nein«, sage ich, und mir jagt das Herz in der Brust. »Noch nicht.«

Siebtes Kapitel

Ich will mit allen und jedem Wiedersehen feiern!« Ohne sich um die beißende Kälte zu kümmern, stürmt Jakob ins Freie. »Doch zuerst will ich zur *Mikwe* und mich reinigen.« Er legt mir einen Arm um die Schulter und wir ziehen gemeinsam los zum Ritualbad.

»Du bist noch nicht verheiratet«, sage ich nach einer Weile.

Jakob lacht. »So wenig wie du!«

»Ich bin ja auch erst sechzehn. Du aber bist bereits neunzehn. Ist es denn nicht an der Zeit?«

»Allerdings! Doch bevor ich mir eine Frau nehme, muss ich sie erst einmal ernähren können.« Er stellt sich in einigem Abstand hin und betrachtet mich. »Bei dir ist das etwas anderes. Du hast einen Broterwerb. Du arbeitest in deines Vaters Geschäft.«

»Ein feines Geschäft ist das!« Ich berichte Jakob vom Besuch des Edelmanns Zorn und seinem Betrug an uns. »Und das Gemeinste ist, dass wir dennoch an den Bischof die übliche Abgabe für die Zinsen zahlen müssen, die Zorn uns für den geliehenen Betrag schuldete.«

»Obwohl er euch das Geld in Wahrheit nie zurückgegeben hat? Das ist ein starkes Stück!«

»Ich versichere dir, so ist es«, antworte ich bitter. »Sie werden die Bücher ansehen und sagen, dass er seine Schuld beglichen hätte. Sie verlangen für alles Mögliche Steuern von uns Juden. Großvater sagt immer, die Zeiten wären besser, jetzt, da wir unter dem Schutz des Königs stehen, aber dennoch...«

Mich überkommt ein brennendes Verlangen. »Ach, könnte ich doch nur nach Paris gehen, so wie du es getan hast!«

»Paris ist voller Menschen und voller Unrat«, gibt Jakob zu bedenken.

»Das kümmert mich nicht!«

»Du hast wenigstens Arbeit.«

»Schmutzige Arbeit!«, murmele ich. »Die Blicke, die sie uns zuwerfen – als wären wir Abschaum.«

»Aber sie brauchen euch«, sagt Jakob. »In dieser Welt dreht sich alles um den Handel. Ich wünschte nur, ich verstünde mich auf euer Geschäft, auf das Geldwechseln und Geldverleihen. Wenn ich allein schon an all die unterschiedlichen Sorten von Münzen denke, die es gibt. Wie gelingt es einem da nur, den Überblick zu behalten?«

Das ist wirklich etwas, worin ich mich auskenne! Ich kann es ihm erklären: »Also zunächst einmal gibt es Silber und Gold. Da aber niemand Barren aus Silber mit sich herumschleppen mag, haben wir die Münzen. Nimm nur den französischen Livre – der aus Silber geprägt ist. Aus einem Pfund Silber lassen sich genau 240 Silberpfennige herausschlagen, nicht wahr?«

Jakob zuckt grinsend die Achseln. »Wenn du es sagst.«

»Zwölf Pfennige wiederum ergeben einen Sous oder Schilling. Zwanzig Sous sind dann ein Livre.«

»Ja, aber was ist mit den übrigen Geldstücken? Dem Dukaten, dem Florin, dem Gulden...«

»Nun, die entsprechen alle mehr oder weniger dem Livre. Den Wert des Livre, der sich Woche für Woche, Monat für

Monat ändert, müssen wir kennen. Diesen Wert müssen wir eben in Erfahrung bringen.«

»Und wie tut ihr das?«

»Der Wert hängt davon ab, wie viel du für die Münzen erwerben kannst – ach, weißt du, das ist etwas schwierig zu erklären.«

Jakob zuckt mit den Schultern. »Mir schmerzt allein vom Zuhören der Kopf!«

Ich lache. »Nun, dann sollten wir gleich zum Gärtner Saul gehen und eine Kräuterarznei für dich holen.«

Während wir so nebeneinanderher zum Ritualbad laufen, sinne ich darüber nach, ob ich mich Jakob anvertrauen soll. Wird er mich nicht für töricht oder für toll halten? Doch ich schüttele alle Zweifel von mir ab und erzähle von meinem Traum und den wunderlichen Masken, welche die Leute darin tragen. »Alle Menschen hatten dasselbe Gesicht«, erkläre ich. »Niemand sah alt aus oder abstoßend. Sie waren… vollkommen. Und dennoch machte es mir Angst. Was sagst du dazu, Jakob?«

»Ich bin Arzt«, erwidert er, »kein Traumdeuter. Doch für mich hört es sich an, als suchtest du nach der vollkommenen Welt.«

»Nicht doch! Ich habe keinen Einfluss auf meine Träume. Das hat mir Angst gemacht, Jakob – keine wahren Gesichter zu sehen. Was mag das bedeuten? Verbirgt Gott sein Antlitz vor uns?«

»Vielleicht ist es eine Prophezeiung«, meint Jakob. »Dass bald der *Maschiach*, unser Erlöser, kommen wird und alle Menschen vollkommen sein werden, wie es in der *Thora* geschrieben steht.«

Wir schlendern weiter zur *Mikwe*. So ernsthafte Gespräche zu führen, bin ich nicht gewohnt, erst recht nicht so früh am

Morgen. Ich lache unbehaglich und muss dann rasch zur Seite springen, als eine Frau den Inhalt ihrer Nachttöpfe aus einem Dachfenster auf die Straße gießt.

Jakob fährt fort: »Wenn ein jeder dasselbe Antlitz hat, wie kannst du dann die erkennen, die du liebst? Und dass du keine Alten gesehen hast – bleiben die Menschen in deiner Welt für immer jung? Heißt das, dass sie nie sterben, nie in den Garten Eden gelangen?«

»Es war nur ein törichter Traum«, winke ich ab, obwohl mich die Bilder weiterhin verfolgen.

Im Ritualbad entledigen wir uns unserer Kleider und tauchen rasch im kalten Wasser unter, das vom Fluss hereinströmt. Mir kribbelt die Kopfhaut und meine Hände und Füße werden taub. Wir brüllen vor Kälte und springen dann eilig hinaus, schlagen uns bibbernd auf die Oberarme und teilen ein Tuch, um uns zu trocknen.

Plötzlich überkommt mich Lust zu singen und ich tu's einfach!

»*Ah! Didel-dum-bum-bum*«, ungehemmt lasse ich die hohen und tiefen Töne über meine Lippen fließen. Jakob steht lachend daneben und klatscht in die Hände.

Just in diesem Augenblick erschallt von draußen lautes, wüstes Gegröle. Ich kenne die Stimmen gut. Sie gehören Konrad, dem Metzgersohn, und seinen Gefährten. »Wollt ihr wissen, warum sie sich so häufig waschen müssen?«, johlt Konrad. »Um sich vom Blut zu säubern.«

Ein anderer schreit: »Schaut sie euch gut an! Schaut euch an, wie diese Teufel aussehen. Kommt, Burschen, nehmen wir ihnen die Kleider weg. Ha, mal sehen, wie die springen können!«

Fünf von ihnen stürmen ins Badehaus, stürzen sich auf unsere am Boden liegenden Sachen, schnappen sie sich und beginnen, an den Säumen zu reißen. »Was wollt ihr?«, fragt Jakob. Er bleibt ruhig. Seine Arme hängen locker an den Seiten herab; er schämt sich seiner Nacktheit nicht.

»Aus der Nähe betrachten wollen wir euch«, ruft einer – der Breiteste von ihnen. »Kein Wunder, dass ihr so kraftlos seid. Euch wird ja ein Stück von eurer Männlichkeit abgeschnitten. Wie ich höre, fließt aus der Wunde jeden Freitag aufs Neue Blut. Ist das wahr?«

Jakob will sich zum Gehen wenden, mich aber packt die Wut. »Wir sind nicht kraftlos!«

»Ach, ja? Dann beweist uns doch das Gegenteil«, höhnt Konrad. »Wie weit könnt ihr denn wohl pissen mit eurem beschnittenen Glied, hä?«

»Immer noch weiter als ihr!« Ich möchte mir am liebsten auf die Zunge beißen, doch der Hass auf Konrad, die Schlange, ist stärker als meine Vernunft. Sein bleiches Haar hängt so glatt herunter wie schlaffes Winterstroh.

»Das zeigt mir mal! Los, gegen die Mauer da. Ich mache den Anfang.«

Sie beschimpfen uns mit unflätigen Wörtern, während sie sich im Halbkreis aufstellen. Konrad Betschold zieht sich als Erster die Beinkleider herunter. Er bringt einen beeindruckenden Strahl hervor.

»Jetzt du.« Er deutet auf mich. Die anderen umringen uns.

Ich winde mich innerlich und halte den Atem an. Ich fühle mich solch einem Wettstreit nicht gewachsen und weiß bereits vorher, dass ich verliere.

»Zwei gegen zwei«, verkündet Jakob und macht einen Schritt auf die Burschen zu. »Du«, sagt er zu dem Größten, dem Anführer. »Der Sieger bekommt den Preis.«

»Welchen Preis?«, fragt der Anführer kampfeslustig.

»Na, die Ehre.«

»Und der Verlierer bekommt das Gesicht mit Schlamm gewaschen«, grölt Konrad lachend.

»Einverstanden.« Jakob nickt. »Willst du zuerst?«, fragt er den Anführer.

»Ja«, sagt der. »Ich fange an.«

Seine Getreuen jubeln. Als er fertig ist, messen sie den Abstand zur Wand und sind sehr zufrieden.

»Nun gut, ich werde mich hierhin stellen«, erklärt Jakob dann, »und trete, sobald der Strahl kommt, einen Schritt zurück und dann noch einen. Und dennoch werde ich die Wand treffen!«

»Mithilfe des Teufels!«, höhnen sie, doch dann sehen wir alle gebannt zu, wie Jakob seine Prahlerei wahr macht. *Gott sei Dank!* Ich murmele ein stilles Dankgebet, obgleich ich mich auch ängstlich frage, ob es überhaupt angebracht ist, dem Allmächtigen für solch einen Sieg zu danken. Von Freude überwältigt, rufe ich: »Wir haben gewonnen! Da habt ihr's.«

Das aber war ein Fehler. Gleich darauf haben sie mich schon gepackt, drücken mir die Arme auf den Rücken und schleifen mich nach draußen zur Grube, wo sie mein Gesicht in den kalten, übel riechenden Matsch drücken. Neben mir ist auch Jakob am Prusten und dann hört man für eine Weile nur unser Husten und Spucken. Die fünf Burschen haben sich verdrückt. Ich rappele mich auf und sehe Jakob an. In mir steigt Gelächter auf und quillt aus mir hervor wie Wasser aus einem Brunnen. Wir schlagen uns wiehernd auf die Schultern und biegen uns vor Lachen. »Denen haben wir es aber gezeigt, was?«, rufe ich. Was für ein Sieg! Ich platze fast vor Stolz.

»Wahrlich, das haben wir! Schade nur, dass wir niemandem davon erzählen können.«

»Das brauchen wir nicht. Wir wissen es. Wir beide.«

Wir säubern uns erneut in dem eiskalten Wasser, um uns dann rasch anzuziehen und nach Hause zu eilen, wo ein Morgenmahl aus *Matzen* mit Eiern und Honig auf uns wartet.

Jakob ist zu Rabbi Meier gegangen, um sich von der Beerdigung seiner Eltern erzählen zu lassen. Später wollen sie sich gemeinsam zum jüdischen Friedhof begeben, um das Grab zu besuchen. Jakob will mit dem Rabbi allein sein, weshalb ich Zeit für mich habe und spazieren gehen kann. Da ich ohnehin weiß, wohin mich meine Schritte lenken werden, nehme ich Rochele gleich mit.

Wir klopfen bei Margarete an der Tür. Von drinnen erklingt Gelächter. Immer noch kichernd, öffnen die beiden Mädchen die Tür. »Grüßt euch! *A gutn jomtew!*«, rufen Margarete und Rosa im Chor. Margaretes Mutter ist da und bietet uns erfrischenden Apfelmost und kleine, in Öl gebackene Küchlein aus Matzenmehl an.

»Ach, aber hier drinnen ist es so stickig und düster!«, beklagt sich Margarete. Obwohl sie den Blick gesenkt hält, weiß ich, dass ihre Augen fröhlich blitzen. »Lasst uns doch einen Korb richten und hinausgehen. Rosa und Rochele können mitkommen, wenn sie möchten.«

Und natürlich wollen die kleinen Mädchen mit. Sie hüpfen schon aufgeregt um uns herum.

Der Korb ist rasch gepackt – ein paar Äpfel und Walnüsse, die Küchlein und dazu noch den Apfelmost in einem Tonkrug, den wir mit einem zusammengeknüllten Tuch verschließen.

»Lauft aber nicht zu weit weg«, ruft die Mutter uns hinterher.

»Tun wir nicht«, versichert Margarete ihr.

Ich würde sie ja allzu gern an der Hand nehmen, doch das geht freilich nicht. So passe ich meinen Schritt dem ihren an und streife sie wie zufällig mit dem Arm, während wir gemächlich an den Häusern vorbei ins Grüne ziehen, wobei Rosa und Rochele vorausḧupfen.

»Habt ihr einen schönen Sederabend verlebt?«, will Margarete wissen.

»Oh ja!«, nicke ich. »Und Jakob ist zurückgekehrt.«

»Das hörte ich bereits.«

»Gut sieht er aus. Er will nach Frankfurt oder Basel gehen, um sich dort als Arzt niederzulassen.«

»Nach Frankfurt – so weit weg?«

»Wärst du denn so traurig darüber, Margarete?« Das hört sich hitziger an als beabsichtigt, doch mein Herz klopft wie wild, und ich fühle mich ganz wirr im Kopf. Ich beschleunige meine Schritte. Margarete tut es mir nach.

»Er ist dein Freund«, sagt sie. »Ich dachte, du wärst darüber traurig.« Jetzt wendet sie sich mir zu, sodass sich unsere Blicke treffen. Ich spüre, wie mir das Blut durch alle Adern pocht. Meine Kehle ist wie zugeschnürt. Schweigend gehen wir weiter.

Jenseits der Brücke und der hohen Stadttürme dehnen sich die weiten grünen Wiesen mit zartem Gras. Lämmer und Rinder weiden dort friedlich, bewacht von Hütejungen, die auf mich stets einen mürrischen und eigenbrötlerischen Eindruck machen. Margarete bleibt bei einem Birnbaum stehen und breitet ein Tuch aus weißem Leinen mit roten und weißen Fransen darunter aus.

»Was für ein schönes Tuch«, sage ich anerkennend und lasse mich neben ihr nieder. Die kleinen Mädchen spielen Fangen und tollen um eine mächtige Eiche herum.

»Ich habe es selbst genäht«, sagt Margarete. »Besticken wollte ich es auch noch, aber...« Sie zuckt mit den Achseln. »Ich verstehe mich nicht so gut aufs Stillsitzen.«

»Du willst wohl lieber herumtoben, was? So wie die Kinder?«

Margarete lacht und streicht sich die Locken aus dem Gesicht. Sicherlich fühlt sich ihr dickes Haar ganz weich an. Ich verschränke meine Hände ineinander, um sie ruhig zu halten.

»Das nicht gerade«, lacht sie. »Aber das Pflanzen und Säen bereitet mir Freude. Ich habe mir auch schon einen eigenen Garten mit Heilkräutern angelegt. Der alte Saul steht mir mit seinem Rat zur Seite.«

»Dann wird aus dir einmal eine Heilerin.« Ich sehe sie an. Die Sonnenstrahlen scheinen ihre Wange zu liebkosen.

Margarete nickt bedächtig. »Letzte Woche konnte ich meine arme Mutter von Krämpfen im Bein befreien. Es ist ein Wunder, was Kräuter auszurichten vermögen. Ich glaube fest daran«, sagt sie und reckt ihr Kinn vor, »dass gegen jede Krankheit ein Kraut gewachsen ist. Man muss es nur finden.«

»Es wäre schön, wenn du Recht hättest«, murmele ich und atme den Duft der Wiese tief in meine Lungen. Wie gerne ich mich jetzt ins Gras fallen lassen würde!

»Doch, da bin ich mir ganz sicher«, sagt Margarete ernst.

»Gott hat die Welt erschaffen und alles, was darin ist. Ganz bestimmt hat er auch an Heilmittel für unser Wohlergehen gedacht, ebenso wie er uns Nahrung bereitstellt.«

»Manchmal wird aber die Nahrung knapp«, gebe ich zu bedenken.

»Nun, das ist auch wahr.« Margarete seufzt und packt dann die Küchlein, die Äpfel und den Krug aus. Sie gibt den Mädchen davon und reicht mir einen Kuchen. Margarete hat mir noch niemals zuvor etwas zu essen gegeben. Ich nehme ihn aus ihrer Hand entgegen und spreche leise den Segen.

»Mhmm. Hast du die selbst zubereitet?« Die süßen, mit Nüssen und gedörrten Weinbeeren gefüllten Küchlein sind köstlich.

»Meine Mutter hat sie gemacht. Ich verstehe mich nicht so gut aufs...«

»Ich weiß schon.« Ich grinse. »Du bist eben keine Köchin, sondern eine Heilerin.«

»Du machst dich über mich lustig.«

»Nicht doch. Ich...« Was soll ich entgegnen? Ich greife in meinen Beutel. Was habe ich mir nur dabei gedacht – oder hat mir etwa der Teufel die Flöte da hineingelegt, um mich in Versuchung zu führen? Er weiß, dass es nicht erlaubt ist, am heiligen *Schabbat* oder an den Feiertagen Musik zu machen. Doch ich fühle mich so trunken vor Verliebtheit, dass ich die Flöte an die Lippen führe und zu spielen beginne. Die Melodie kenne ich noch aus meinen Kindertagen. Sie besteht aus nur zwölf Noten, doch ich denke mir neue dazu und schmücke das Lied damit aus. Die Noten steigen wie Vögel in die Lüfte empor. Jetzt kommen auch die Kinder herbeigeeilt, fassen sich an den Händen und drehen sich im Kreis. Und sogar die winzig kleinen, weißen Narzissen und flachköpfigen, gelben Blüten des Löwenzahns auf der Wiese wiegen sich im Wind, als würden auch sie tanzen.

Margarete sitzt mit im Schoß gefalteten Händen da und strahlt. Plötzlich springt sie auf, packt die beiden kleinen Mädchen an den Händen und wirbelt mit ihnen herum.

Die Sonne wandert über den Himmel, doch die Zeit hat keine Bedeutung. Niemand darf heute arbeiten, denn es ist ein Feiertag, an dem man ruhen und Dankbarkeit empfinden soll. Nur die Kühe müssen natürlich gemolken werden! Und da kommen auch schon die Melker mit den Eimern in der Hand über die Wiese gelaufen, Mutter und Sohn, beide von gedrungener, bäuerlicher Gestalt. Die Frau schwankt beim Gehen schwerfällig hin und her.

»Seid gegrüßt!«, ruft sie und nickt uns zu.

»Grüß dich, Greta! Grüß dich, Gunther.«

Die zwinkernde Greta, wie sie von allen nur genannt wird, weil sie unentwegt mit einem Auge blinzelt, verdient sich ihr Brot als Melkerin. Wenn einer, der eine Kuh besitzt, krank ist oder auf Reisen, schickt er nach der zwinkernden Greta und ihrem Sohn Gunther. Für ihre Dienste werden sie mit einem Teil der Milch entlohnt, aus dem die zwinkernde Greta Käse herstellt. Am *Schabbat* und an den Feiertagen melken Greta und ihr Sohn auch die Kühe der Juden, wie die Schwarz-Bunte von Margaretes Vater. Der Gefallen wird ihnen wiederum mit einem Gefallen vergolten. Die Euter der Kühe sind so voll, dass sie gemolken werden müssen, und diese Milch dürfen die Schabbatmelker dann ganz für sich behalten.

»So, einen schönen Feiertag wünsche ich euch«, sagt Greta und kneift die Augen im gleißenden Sonnenlicht zusammen.

Gunther bleibt ebenfalls lächelnd stehen. »Grüß dich, Johannes«, sagt er. »Wir haben schon von weitem deine Flöte gehört. Herrlich, wie du spielen kannst.«

Die zwinkernde Greta blinzelt mir zu. »Du bist ein Zauberer, der alle Leute zum Tanzen bringt – selbst eine alte Frau wie mich. Ich habe gute Lust verspürt, diesen Burschen da am Arm zu packen und mich mit ihm im Kreis zu drehen!«

»Ich danke euch schön«, sage ich und stecke die Flöte wieder weg. Margarete und ich sehen den beiden Gestalten nach, als sie nun zum Weg hinuntergehen.

»Eine herzensgute Frau ist die Greta«, bemerkt Margarete. »Sie geht so sanft mit unserer Kuh um.«

»Wenn doch nur alle so wären«, entfährt es mir, doch sogleich bereue ich meine Worte.

»Ich kann das Schlachten nicht ertragen«, stößt Margarete unvermittelt hervor. »Unsere Kuh... ich habe sie Channie genannt... Vater hat mir versprochen, sie nie zu töten, aber...«, sie seufzt. »Wir müssen ja essen.«

»Aber ist sie nicht eine Milchkuh?«, frage ich tröstend. »Eine Milchkuh wird er schon nicht schlachten.«

»Ich habe sein Gesicht gesehen«, fährt Margarete fort, ohne meinen Einwand zu beachten, »wenn er das Messer zum Schnitt ansetzt. Er leidet. Sein Gesicht ist gramvoll zerfurcht. Wieso tut er es dennoch, frage ich mich? Jahrein, jahraus.« Sie fährt herum und sieht mich mit blitzenden Augen an. »Weißt du«, sagt sie aufgeregt, »ich habe mir überlegt, dass ich so viele Feldfrüchte anbauen werde, dass wir gar kein Fleisch mehr essen brauchen.«

»Und was ist mit dem *Schabbat* und den Feiertagen?«, frage ich. »Und mit *Pessach*? Da sollen wir doch vom Lamm essen.« Aber ich kann sehen, dass sie keinen vernünftigen Einwand hören möchte. Aufgebracht wendet sie sich ab und vergräbt ihr Gesicht in den Händen.

»Herrje, Margarete. Verzeih mir bitte!«

Sie schluchzt.

»Was ist denn?« Ich ertrage es nicht, ihre Tränen zu sehen.

»War das, was ich gesagt habe, so schrecklich? Wenn ja, dann vergib mir, ich bitte dich!«

Margarete schüttelt den Kopf. »Ich schäme mich, Johannes! Denn manchmal, wenn ich Tierblut an meines Vaters Händen sehe, dann mag ich ihn gar nicht mehr anfassen oder auch nur ansehen.«

Ich kann sie nur allzu gut verstehen. »Ich weiß genau, wie du dich fühlst!«, beteuere ich. »Sieh mich an. Mein Los ist es, Geldleiher zu sein wie mein Vater. Und das macht mich krank. Wenn ich nur tun könnte, was ich wollte, gehen, wohin...«

»Was würdest du denn tun?«, fragt Margarete.

»Musizieren. Ich würde den Fluss überqueren, durch die Lande ziehen und auf meiner Flöte spielen. Doch die Welt ist – sie ist...« Mir fehlen die Worte, um meine Unzufriedenheit auszudrücken.

»Ich kann sie nicht leiden!«, stößt Margarete trotzig hervor und ruft dann mit strenger Stimme: »Kommt jetzt her, Mädchen!«

»Ich muss dir etwas erzählen«, sage ich, nachdem wir uns wieder auf den Weg gemacht haben. »Einmal war ich sehr früh auf den Beinen und habe auf der Brücke am Osttor etwas beobachtet, wovon ich noch niemandem berichtet habe. Noch nicht einmal mein Vater weiß davon.«

Margarete verlangsamt ihren Schritt. »Was denn?«

»Ein Mann stand auf der Brücke und hielt ein Bündel in den Armen. Ich saß halb verborgen im Dunkel unter der Brücke. Der Kerl beugte sich vor und warf etwas in den Fluss. Als er mich erblickte, flog ein fürchterlicher Ausdruck über sein Gesicht, als wenn er mich auf der Stelle töten wollte. Ich sah, dass er die Decke noch immer in den Händen hielt und das Bündel – das Neugeborene – versank langsam im Fluss.«

Margarete starrt mich an. Ihre braunen Augen füllen sich mit Tränen. Sie flüstert: »Weshalb hast du deinem Vater nichts davon gesagt?«

»Weil ich mir denken kann, was er mir geantwortet hätte. Dass es eben das ist, was manche Menschen tun, wenn ein Kind krank ist oder wenn sie zu arm sind, um es zu ernähren. Dass dies der Lauf der Welt ist und wir daran nichts ändern können.«

Wir gehen schweigend nebeneinanderher. Beide führen wir unsere Schwestern an der Hand. Die Kleinen sind ebenfalls verstummt. Ich drücke Rocheles Hand.

»Vielleicht können wir sie doch ändern«, sagt Margarete.

Es beginnt in der Dämmerung, um die Zeit, wenn Geräusche und Schatten Schabernack mit den Menschen treiben. Zuerst ist es nur ein feines Rascheln und Schaben, als ob jemand etwas zusammenkehren würde. Jakob und ich hocken vor dem Schachbrett und sind so in unser Spiel vertieft, dass wir nichts bemerken. Erst scheint Jakob zu gewinnen, dann wieder führe ich. Wir sind einander ebenbürtige Gegner.

Ein lauter Schlag gegen die Mauer lässt Jakob aufspringen. »Was war das?«

Mutter zieht Rochele weg vom Fenster. Die Großmutter sitzt unbeweglich im Stuhl und reißt die Augen auf. »Der Pöbel«, murmelt sie düster. »Jetzt fängt es an.«

»Wo ist dein Vater?«, fragt Mutter mich.

»Er und Großvater sind zum Bäckermeister Zemel gegangen«, antworte ich.

»O mein Gott!«

»Ich laufe rasch und warne sie!«, ruft Jakob aus.

Er ist bereits zur Tür hinaus. Ich springe auf und eile ihm hinterher. Mutter ruft besorgt: »Gebt auf euch Acht!«

Zemel wohnt nur zwei Straßen entfernt. Wir rennen durch die engen Gassen und beeilen uns, damit wir wieder zu Hause sind, bevor der Aufruhr beginnt. Unsere Füße scheinen nur so über das Pflaster zu fliegen. Ein Gefühl ungeheurer Stärke durchströmt mich.

Wir trommeln an Zemels Tür und keuchen: »Kommt rasch nach Hause! Sie haben angefangen.«

Vater und Großvater greifen hastig nach ihren Umhängen und folgen uns. Beide nehmen die Beine in die Hand. Der alte Mann humpelt. Ich hake mich bei ihm unter und ziehe ihn mit. Wenn ich die Kraft dazu hätte, würde ich ihn tragen!

Jetzt sausen Wurfgeschosse durch die Luft. Stöcke und Steine. Ein mit Kot gefüllter Beutel. Eine kleine, brennende

Fackel wird gegen eine Hauswand geschleudert. Als sie zu Boden fällt, treten Vater und ich die Flammen hastig aus. Der schroffe Klang zorniger Stimmen mischt sich mit dem Geprassel der zu Boden fallenden Steine, Ziegel und Eisenstücke. Inmitten des Lärms sind einzelne Worte deutlich zu verstehen: »Sie haben unseren Heiland getötet! Ermordet haben sie ihn! Die Juden stehen mit dem Satan im Bund!«

Ein Fuhrwerk wird in Stücke geschlagen. Ein Holzfass kullert kreiselnd durch die Gasse, bis es gegen einen Pfosten kracht und liegen bleibt. Steine treffen Hauswände, schlagen Stücke vom Putz ab. Tongefäße zerbrechen, Blumentöpfe splittern, der Karren eines Straßenhändlers wird zu Kleinholz gemacht. Seine Waren ergießen sich unter dem siegestrunkenen Gejohle der Plünderer in den Dreck der Gasse. Eine Frau verschwindet eilig in einem Hauseingang und zerrt zwei Kinder mit sich. Ein Hund bellt hysterisch, bis ihn ein großer Stein am Kopf trifft. Das Tier zuckt zurück, taumelt betäubt und bricht zusammen. Mehrere ältere Leute schauen dem Treiben nachsichtig, sogar belustigt zu: Ja, ja, so ist sie eben, die Jugend. Der Krawall in der Karwoche hat Tradition. Einige der Knaben sind anhand ihrer Kleidung als Klosterschüler zu erkennen. Dort wird ihnen beigebracht, dass die Juden Christus nicht als ihren Erlöser ansehen und durch ihren ketzerischen Glauben eine Gefahr für die Christenheit darstellen. Begehen sie denn nicht auch die unaussprechlichsten Verbrechen? Gewiss doch!

Sie ermorden Christenkinder und zapfen ihnen das Blut ab. Sie stehlen Hostien, um sie zu martern. Das Wissen um solche Untaten stammt aus verlässlicher Quelle – ein elsässischer Priester schwört, er habe mit eigenen Augen gesehen, wie ein Jude so lange auf eine Hostie eingeschlagen habe, bis diese blutete. Vater und ich nehmen Großvater in unsere Mitte, um ihn vor der Meute zu schützen. Doch die hat sich ohnehin Jakob zum Ziel auserkoren, der vorausgelaufen ist. »Da rennt einer! Schnappt ihn euch. Den knöpfen wir uns vor!«

Jakob strauchelt und stürzt. Aus seiner Nase und aus seinem Ohr sickert Blut. Er rührt sich nicht. Sein Blick geht ins Leere. Irgendwie gelingt es uns, ihn aufzuheben und nach Hause zu schleppen, während der Tumult um uns herum immer weiter anschwillt, jetzt, wo die Nacht angebrochen ist. Unzählige brennende Fackeln lodern zu den Sternen empor. Ein Heuhaufen ist in Brand gesetzt worden. »Recht geschieht's ihm, dem dreckigen Ausländischen! Los, Burschen, auf zum Judenfriedhof. Jetzt graben wir ihre Gespenster aus!«

Als wir es glücklich bis nach Hause geschafft haben, steht Jakob schwankend da und würgt. Er kann nicht aufrecht stehen. Die Frauen umringen ihn, um ihn mit feuchten Lappen zu waschen, und Großmutter hebt weinend die Hände zum Himmel. Erst voller Verzweiflung, dann im Gebet.

Weshalb ist dieses Leid über uns gekommen?

Auf meiner Brust lastet ein schrecklicher Druck, der sich auch meiner Seele bemächtigt. Das alles ist meine Schuld. Ich habe den törichten Wettstreit angezettelt. Schlimmer noch, ich habe das Gebot des Feiertags wissentlich missachtet, indem ich auf der Flöte spielte. Ich war hochfahrend. Ungehorsam. Und Jakob, mein bester Freund, muss dafür büßen.

Achtes Kapitel

Ich weiß mich vor Freude kaum zu fassen. Ich darf mit auf die Messe! In den vergangenen Nächten durchdrang leises Murmeln wie undeutliche Bilder meine Träume – »Wackerer Junge... lass ihn mitkommen... soll lernen...« Und eines Morgens dann nahm Vater mich zur Seite und verkündete knapp: »Du kommst mit zur Frühjahrsmesse, um uns unter die Arme zu greifen und mehr über unser Geschäft zu lernen.«

Ich zwinge mich, Ruhe und Gelassenheit zu bewahren, auch wenn es in mir vor Aufregung brodelt. Außer Jakob ist noch keiner meiner Freunde jemals auf der anderen Seite des Flusses gewesen. Die meisten, wie Greta und Gunther, wissen noch nicht einmal, was jenseits der Wiesen vor der Stadt liegt. Ob sie mich wohl beneiden? Oder finden sie es absonderlich, dass ich mich danach sehne zu ergründen, wie die Welt hinter dem Wald aussieht – wie die Menschen sind und was es dort zu sehen gibt?

Ich wünschte nur, Jakob könnte mit uns zur Messe kommen, doch der hat sich von jener schlimmen Nacht noch nicht erholt. Auf seiner Stirn prangt eine hässliche, rot verschorfte Wunde, und häufig wird ihm so schwindelig, dass er sogar das Bewusstsein verliert.

Wie wir vier so hintereinander hergehen, gleichen wir einer

kleinen Prozession – ich, Vater, Großvater und Oheim David. Bevor wir Straßburg verlassen, müssen wir noch unsere Steuern zahlen und Abgaben leisten. Ich fühle mich sehr wichtig, als ich mit den anderen zunächst durch die engen, dann durch die breiteren Gassen und schließlich über die Brücke wandere (dieselbe, unter der ich Zeuge des Kindsmordes wurde), um zum großen Zollhaus am Fluss zu gelangen.

Als wir dort ankommen, steht Graf Engelbracht mit einer großen Fleischpastete in der einen Hand und einem prächtigen Gehstock in der anderen davor. Der Knauf des Stabs ist aus Gold getrieben. Von seinem Gürtel hängt seine lederne Geldbörse. Prall gefüllt – wie sein Wanst.

Jedes Mal wenn ich Graf Engelbracht sehe, scheint er entweder mit Essen beschäftigt oder berät sich mit einem Geistlichen. Heute tut er beides, und es ist sogar der Bischof höchstselbst, der neben ihm steht!

Engelbracht gehören große Ländereien. Keiner vermag genau zu sagen, wie viele arme Bauern ihm ihr tägliches Brot verdanken. Jetzt ruht seine Hand auf Bischof Bertholds Arm. Die beiden Männer reden mit ernster Miene und fuchteln dabei mit ihren Händen in der Luft herum. Sie haben die Stirn in Falten gelegt, ob der Wichtigkeit ihres Gesprächs.

Wir gehen mit gesenktem Blick an ihnen vorüber.

»Einen guten Tag wünsche ich!«, ruft der Bischof und neigt herausfordernd den Kopf. Als er hoheitsvoll den Arm hebt, sieht man den pelzgefütterten Ärmel.

»Guten Tag, Exzellenz«, antwortet Vater.

Graf Engelbracht übernimmt die Befragung. »In welcher Sache seid Ihr hier?«

»Wir kommen, um unsere Steuer zu entrichten, Herr«, sagt Vater.

»Ah ja, sehr gut.« Der Graf macht uns Platz, scheint noch

eine Frage stellen zu wollen, entscheidet sich dann jedoch anders. »Sehr gut«, wiederholt er abermals. »Dann geht nur ruhig hinein.«

In dem großen, eiskalten Innenraum sitzt der angesehene, dunkelhaarige Ammannmeister, also der Gemeindevorsteher, Peter Swarber hinter einem schweren Tisch. Die Swarbers halten schon seit jeher einen Sitz im Rat der Stadt inne. Ich habe solche Ehrfurcht vor dem Ratsherrn, dass ich kein Wort hervorbringe. Er behandelt uns niemals herablassend wie manch anderer. Peter Swarbers Arm ruht auf dem Tisch, auf dem sich Schriftstücke türmen und zwei große Bücher stehen. Hinter ihm, in der holzverkleideten Wand, befindet sich ein riesiger Kamin, der jedoch kalt und leer ist. Ein dienstbeflissener Gehilfe mit schmalem Gesicht steht neben Peter Swarber. Seine flinken Äuglein huschen durch den Raum.

Er kündigt uns an: »Der Jude Menachem, Geldleiher, nebst Vater und Sohn. Sowie der Jude David, Geldwechsler.«

Ich stehe stockstill hinter meinem Vater, froh darum, mich hinter seinem Rücken verstecken zu können. In den Händen halte ich unser Rechnungsbuch. Der Raum mit der dunklen Holztäfelung und dem kalt gähnenden Kamin lässt mich frösteln, obgleich es mittlerweile schon Sommer geworden ist und draußen die Sonne vom Himmel strahlt.

Peter Swarber schaut auf. Sein Mund lächelt freundlich, sein Blick wirkt eher unnahbar.

»In welcher Sache kommt ihr?«, fragt er.

»Wir sind hier, um unsere Steuer zu zahlen, bevor wir die Stadt verlassen. Wir beabsichtigen, schon bald nach Troyes zur Frühjahrsmesse aufzubrechen.«

Der Ratsherr und Vorsteher holt sein Buch hervor. »Zu welchem Zwecke reist ihr zur Messe – wollt ihr nur Geld wechseln oder zugleich auch selbst dort Handel treiben?«

Peter Swarber stellt diese Frage der Form halber, obgleich er die Antwort bereits kennt.

»Das eine wie das andere«, bestätigt mein Vater. »Einige Nachbarn haben uns aufgetragen, Waren für sie auf der Messe zu verkaufen.«

Peter Swarber zieht die Augenbrauen in die Höhe. »Christliche Nachbarn?«, fragt er.

»Auch Christen, ja«, sagt Vater. »Die Melkerin Greta und der Herr Fritsche Closener, aber auch einige Juden.«

»Ihr wisst wohl, dass ihr, um Erlaubnis zum Handeltreiben zu erhalten, zusätzliche Abgaben entrichten müsst?«, fragt Peter Swarber und nickt seinem Gehilfen zu, der eifrig nach dem Gänsekiel greift.

»Gewiss«, antwortet Vater.

Ich fange an, im Kopf nachzurechnen, was es uns kosten wird, unser Straßburger Geld in andere Münzen zu wechseln. Für die Messe benötigen wir Florine, die auch Goldgulden genannt werden, Groschen sowie eine größere Menge an Silberdenier, das sind dünne Münzen, die man in Hälften und notfalls sogar in Viertel schneiden kann. Die dafür zu entrichtenden Steuern sind so hoch, dass es einem die Sprache verschlägt. Kein Wunder, dass Vater sagt, es bleibe nur wenig übrig, wenn erst einmal alle Abgaben geleistet seien.

Peter Swarber sieht zu, wie sein Gehilfe die Münzen abzählt. Schnödes Geld, so entnehme ich seinem Blick, bedeutet ihm nichts. Er zieht die fälligen Gebühren ab und schiebt Vater den Münzstapel über den Tisch zu.

Vater begutachtet die Geldstücke und zählt sie rasch nach.

Mein Oheim lässt sie in den großen Lederbeutel fallen, den er über der Schulter hängen hat. Die Muskeln an seinem Arm treten deutlich hervor. Er hat auch einen Dolch im Gürtel versteckt, damit er uns auf der langen Reise nach Troyes, die wir morgen antreten werden, beschützen kann.

Als wir wieder draußen sind, kommen wir am Bischof vorbei, der jetzt allein auf einer Bank sitzt und die Tauben füttert. Er schaut auf. Vater bleibt stehen und murmelt: »Eure Exzellenz.«

»Denkt daran«, sagt Bischof Berthold, ohne den Blick von den Tauben zu nehmen, »dass ihr noch die Judensteuer zu begleichen habt, bevor ihr euch nach Troyes aufmacht.«

»Ich habe das Geld bereits bei Rabbi Meier abgeliefert, Eure Exzellenz«, erwidert Vater mit einer leichten Verbeugung.

»Dank meiner unermüdlichen Anstrengungen«, sagt der Bischof, »konnte ich bisher stets meine schützende Hand über euch und eure Geschäfte halten. Ich bin immer ein Freund der Juden gewesen.« Er wirft einige Brosamen auf den Boden und wischt sich danach die Hand an seinem Gewand ab. Mehrere prunkvolle Ringe prangen an des Bischofs feisten Fingern. Ein besonders großer, von Brillanten eingefasster Smaragd leuchtet wie ein grünes Auge.

»Wir sind Euch zu allergrößtem Dank verpflichtet!«, ruft Großvater aus. »Es ist weithin bekannt, Eure Exzellenz, wie Ihr Euch für uns verwendet habt, um der Verfolgung durch die Mordbuben der Armlederbande ein Ende zu setzen. Unser Volk betet für Eure Gesundheit, Eure Exzellenz.«

Bischof Berthold macht eine wedelnde Handbewegung, und obwohl er den Kopf geneigt hält, sehe ich sein verstecktes, höhnisches Lächeln. »Ja, auch unsereins betet«, verkündet er, »und zwar für eure Seelen.«

Mein Gesicht brennt wegen dieses ätzenden Seitenhiebs, doch ich schweige und halte den Blick gesenkt.

Großvater lächelt unverdrossen. Vater nickt und David

steht stumm daneben und drückt den Beutel mit den Münzen an sich. Doch Bischof Berthold ist noch nicht fertig. Als ich seine Hand auf meiner Schulter fühle, erstarre ich innerlich zu Eis.

Er sagt: »Wie ich sehe, Menachem, habt Ihr einen Sohn, der in Eure Fußstapfen treten kann.«

»So ist es, Eure Exzellenz«, antwortet mein Vater. »Er ist ein braver Bursche.«

»Dann gebt darauf Acht«, sagt der Bischof, der sich erhoben und zum Gehen gewandt hat, »dass er die Bücher sorgsam führt.« Ich spüre, wie in mir die Wut aufsteigt. Wie ich den Bischof verabscheue! Großvater sagt, es sei unrecht zu hassen. Aber ich habe nun einmal Gefühle. Der Bischof hat dafür gesorgt, dass sich die Schläger der Armlederbande, die durchs Land zogen, jüdische Gemeinden angriffen und Märkte überfielen, auf einen Waffenstillstand eingelassen haben. Ja, die Bande hat sich bereit erklärt, die Waffen für zehn Jahre ruhen zu lassen. Und dafür, dass wir Juden in Frieden leben dürfen, müssen wir dem Bischof nun pro Kopf alljährlich eintausend Denier Steuern zahlen. Wer weiß, womöglich war er es selbst, der die Schläger aufgehetzt hat, nur um sich hinterher damit brüsten zu können, Frieden gestiftet zu haben. Wieso betrachtet Großvater es nicht einmal von dieser Seite? Vater hat dem Bischof gesagt, dass ich ein braver Bursch sei. Aber ist das seine ehrliche Meinung oder doch nur wieder eine Lüge, um den Bischof nicht zu erzürnen?

Zu Hause sind Mutter und Großmutter damit zugange, unsere Bündel zu packen – zusätzliche Umhänge, eine Decke, einen Wasserkrug und natürlich Proviant: gepökelten Fisch, in ein geöltes Tuch gewickelte flache Küchlein, Äpfel und Nüsse.

»Wir brauchen all das Essen nicht«, sagt Vater kopfschüttelnd.

»Man kann nie wissen«, gibt Großmutter zu bedenken. »Was ist, wenn die Leute, die ihr kennt, fortgezogen sind?«

»Dann können wir uns bei den Händlern Feldfrüchte kaufen«, erwidert Vater lachend. »Keine Angst, wir können schon für uns sorgen.«

»Sorge du vor allem dafür, dass deinem Vater nichts zustößt«, sagt sie schnaubend. »Sich in seinem Alter noch auf eine so weite Reise zu machen! Die Leute werden ihn für närrisch halten.«

Der Großvater grinst nur. »Na, dann bin ich eben närrisch. Es ist das letzte Mal, dass ich zur Messe reise. Überdies braucht Menachem mich.«

»Das ist richtig«, bestätigt Vater. »Du bist der flinkste und beste Geldwechsler im Land. Du kennst die Händler, die Leute, die Straße…«

»Danke, mein Sohn. Aber wir alle wissen ja, dass du das bloß aus Freundlichkeit sagst und dass wir meinetwegen nur langsam vorankommen werden.«

»Wir reisen mit einem Esel«, verkündet Vater.

»Mit welchem Esel?«

»Wir leihen uns den vom Metzger Elias.«

Ein Esel! Dann werden wir also in großem Stil unterwegs sein, mit einem Esel, der unser Gepäck schleppt. Und wenn Großvater müde wird, kann er auf ihm reiten. Als ich auf Vater zutrete, weiß der bereits, worum ich ihn bitten will. »Ja, du kannst den Esel holen gehen«, sagt er. »Aber halte dich nicht zu lange auf. Bevor es dunkel wird, bist du wieder zu Hause. Und geh auch zur Greta, um ihren Käse zu holen. Beim Herrn Fritsche Closener schaust du ebenfalls vorbei. Er sprach von einigen Schriftstücken, die er mich bat mitzunehmen.«

Mir wird beinahe schwindelig, weil ich mich so wichtig

fühle. Benjamin fängt an zu jammern: »Ich will auch mit zur Messe, Vater! Weshalb soll ich als Einziger daheim bleiben?«

»Wir haben bereits darüber gesprochen«, sagt Vater streng. »Du wirst hier gebraucht. Du bist fast erwachsen und der einzige Mann im Haus, solange wir unterwegs sind.«

»Den Johannes nimmst du immer überallhin mit!«

»Johannes ist auch der Älteste. Und jetzt ist Ruhe!«

»Wir bringen dir ein Geschenk von der Messe mit«, tröstet Oheim David ihn. »Was möchtest du denn?«

»Ein Pferd«, sagt Benjamin. Sein Blick ist trotzig.

»Benjamin...«, rügt Mutter.

»Ich will aber ein Pferd«, sagt Benjamin, dessen Stimme immer lauter wird. »Wir brauchen eins. Das weißt du selbst, Mutter! Hätten wir ein Pferd, dann...«

»Hätten wir ein Königsschloss...«, unterbricht Großvater ihn lachend, und Großmutter setzt hinzu: »Hätten wir ein goldenes Vögelein...«

Ich sehe, dass Benjamin nur mühsam seine Tränen zurückhalten kann. »Hätten wir ein Pferd«, flüstert Benjamin, »dann würde ich mich darum kümmern. Johannes und ich könnten als fahrende Händler übers Land ziehen. So wie Großvater, als er jung war. Wir bräuchten keine Geldleiher sein – wenn wir nur ein Pferd hätten!« Den letzten Satz schreit er geradezu heraus aus der Tiefe seiner Seele.

Vater beugt sich zu Benjamin hinab. Ich weiß nicht, ob er ihm eine Ohrfeige geben will oder einen Kuss. »Wir haben kein Geld, um ein Pferd zu kaufen«, sagt er leise. »Das weißt du genau.«

»Aber vielleicht macht ihr auf der Messe ja gute Geschäfte«, brummt Benjamin.

»Wenn wir auf der Messe reich werden«, verspricht Vater in einem Ton, der verrät, dass das Gespräch damit für ihn beendet ist, »sollst du dein Pferd bekommen.« Er wendet sich an Rochele. »Und was sollen wir dir mitbringen, meine Kleine?« Ich weiß genau, was Rochele sich wünscht. Ich habe sie in der Nacht darum beten gehört. Echtes Schuhwerk möchte sie, solches aus schönem weichen Leder. Bisher hat sie immer nur Sandalen getragen, die die Eltern selbst gemacht haben.

»Ein Haarband«, antwortet Rochele. »Und vielleicht noch etwas Naschwerk. Bitte.«

Vater küsst sie auf die Stirn und winkt mich dann zu sich. Wir treten in den Alkoven, den kleinen Nebenraum, der durch einen Vorhang von der Stube getrennt ist. Vater bewahrt dort die Geldschatullen, die Pfänder und die Bücher auf. Mit ernster Miene holt er eine Geldkassette vom Regal und zählt mir sechs Münzen in die Hand.

»Die gibst du Elias«, sagt er. »Und bring dafür seinen Esel her.«

»Aber, ich dachte … sagtest du nicht …«

»Sprich mit keinem darüber. Elias hat seinen Stolz. Er will nicht, dass sich herumspricht, dass er seinen Esel verkaufen musste, um seine Familie zu ernähren.«

Ich senke die Stimme: »Dabei heißt es doch immer, Metzger, Bäcker und Totengräber müssten niemals fürchten, dass ihnen die Kundschaft ausgeht.«

Wir lachen. Es ist ein schöner Augenblick, voller Wärme und Einvernehmen. Doch dann wird Vater wieder ernst. »Nun, du weißt ja, dass er Ärger mit den anderen Metzgern bekommen hat, weil er all jenes Fleisch an Christen verkaufte, das wir Juden wegen unserer Speisegesetze nicht essen dürfen – die Hinterkeulen und alle Teile, die durch gestocktes Blut verunreinigt und damit nicht koscher sind. Natürlich verkauft er das Fleisch zu einem guten Preis.«

»Dann wird wahrscheinlich bald ein Gesetz erlassen, das es

Christen untersagt, bei Juden Fleisch zu kaufen.« Mein Tonfall ist bitter.

»Ach, dieses Gesetz gibt es doch längst. Allerdings halten sich die wenigsten Christen daran. Die übrigen Metzger sind vor allem darüber erzürnt, dass Elias ihre Preise unterbietet. Also greifen sie zu anderen Mitteln. Du weißt ja, wie es ist, du bist ja nun schon selbst beinahe ein Mann, Sohn. Du musst lernen, wie es in der Welt zugeht.«

Ich nicke seufzend. So kenne ich mich gar nicht. Ich fühle mich wie einer der erwachsenen Männer, wenn sie sich über ihre Ohnmacht gegenüber der Ungerechtigkeit der Welt unterhalten. Ich muss auch daran denken, dass Margarete davon sprach, die Welt ändern zu wollen. »Dann gehe ich jetzt den Esel holen«, sage ich zu Vater.

»Nimm Benjamin mit.«

Benjamin begleitet mich nur zu gerne auf diesen Botengang für »richtige Männer«. Als wir draußen auf der Gasse sind, fragt er: »Was passiert, wenn die Christen das Gesetz nicht befolgen und dennoch von Elias kaufen?«

Ich versetze ihm einen sanften Stoß in die Rippen. »Du hast also gelauscht?«

»Ich bin halt nicht taub!«

»Nun, ich könnte mir denken, dass die anderen Metzger seinen Kunden drohen, sie vielleicht auch schlagen. Wer weiß?«

»Ich hasse die Metzger!«, ruft Benjamin aus. »Und dann dieser Konrad – weißt du noch, was er Rochele angetan hat?«

»Das werde ich nie vergessen«, antworte ich. »Aber lass uns nicht davon sprechen. Schau, wir sind schon am Haus vom Herrn Fritsche Closener.« Ich klopfe an der Tür. Sogleich wird mir geöffnet. Der große Kopf eines Hundes drängt nach draußen und Benjamin fällt sogleich verzückt vor ihm auf die Knie.

»Ui, ist das aber eine Schönheit! Ein herrlicher Jagdhund – sieh nur, seine Ohren! Wie heißt er denn?«

»Wechsel heißt sie«, antwortet eine tiefe Stimme, und vor uns steht Meister Closener. Sein gebräuntes Gesicht ist vom vielen Grübeln von lauter kleinen Runzeln durchzogen, und als er jetzt lächelt, werden es noch mehr. Er ist Schreiber und Gelehrter und seine Bibliothek ist berühmt – es heißt, er nennt über vierzig Bücher sein Eigen!

»Kommt herein! Kommt!«, fordert er uns freundlich auf und führt uns in sein kleines, aber geräumiges Haus mit dem dunklen Dielenboden und dem Alkoven, in dem eine hohe Bettstatt steht. Ansonsten gibt es da ein Tischchen und eine gemauerte Herdstelle, über der eiserne Gerätschaften und Töpfe hängen. Alles ist sauber und aufgeräumt. Am auffälligsten ist der Schreibtisch des Gelehrten, auf dem sich Schriftstücke, Karten, Zeichnungen und Pergamente stapeln und wo allerlei Schreibgerät herumliegt.

»Es ist wirklich sehr gütig von deinem Vater«, sagt Closener, während er auf dem Tisch nach etwas sucht, »mir diesen Dienst zu erweisen. Ich pflege nämlich einen Briefwechsel mit einem Mönch aus Troyes. Wir schreiben uns über… nun, er wird sich jedenfalls freuen, diese Unterlagen zu erhalten. Wir stellen eine Chronik dieser Gegend zusammen, und ich habe dazu… naja, aber das ist nicht so wichtig. Ihr Knaben möchtet bestimmt rasch wieder ins Freie, statt dem Geschwätz eines vertrockneten Gelehrten zuzuhören.«

»Nicht doch!«, rufe ich aus. Plötzlich entdecke ich auf einem Bord eine Blockflöte und eine prachtvolle Laute. »Musiziert Ihr denn selbst, Meister Closener?«

»Ein wenig«, antwortet der Mann und greift nach der Flöte.

»Wie steht's mit dir?«

»Ich versuche mich an der Flöte.«

»Mein Bruder ist zu bescheiden«, platzt Benjamin heraus. »Er spielt wunderschön!«

»Dann musst du gelegentlich einmal hier vorbeikommen«, sagt Closener. »Damit wir gemeinsam musizieren können. Vielleicht kannst du mich ein paar neue Melodien lehren? Es bereitet mir immer sehr viel Freude, etwas Neues zu lernen.«

»Oh, mir auch!« Ich bin überwältigt von seiner Freundlichkeit.

»Dann sehen wir uns also, wenn ihr von der Messe zurück seid«, sagt Closener mit einem Nicken und einem breiten Lächeln. Er reicht mir den verschnürten Packen mit den Papieren. Benjamin liegt schon wieder auf den Knien und krault die Hündin, die seine Wangen mit feuchten Küssen bedeckt.

»Du hast wirklich eine besondere Gabe, mit Tieren umzugehen«, sage ich zu ihm, als wir wieder draußen stehen. »Was würdest du mit einem Pferd anstellen?«

»Es striegeln, streicheln und füttern. Und wir würden darauf herumreiten, du und ich.« Als ich das brennende Verlangen in Benjamins Stimme höre, begreife ich, dass er sich nicht nur das Pferd wünscht, sondern auch Zeit – mehr Zeit mit seinem Bruder. Mir ging es früher ähnlich, wenn mein Oheim David keine Zeit für mich hatte.

»Wenn wir aus Troyes zurückkehren«, verspreche ich ihm, »wenn es Herbst und Winter wird, dann unternehmen wir Dinge zusammen. Wir könnten in den Wald gehen und Beeren, Nüsse und Tannenzweige sammeln.«

»Pah!«, ruft er aus. »Das ist doch was für Mädchen – oder für Verliebte. Beeren kannst du mit Margarete sammeln«, setzt er keck hinzu.

Ich lächle und versetze ihm einen Knuff in die Seite. »Na gut, dann könnten wir in der *Thora* lesen und lernen und einander Geschichten erzählen. Wenn du Laute spielen würdest...«

»Nicht mit meinen Fingern, das weißt du genau«, sagt Benjamin und streckt die Arme vor. Er hat wirklich die Hände eines Bauern, rau und kräftig, nicht schlank und feingliedrig wie die eines Musikanten.

Mittlerweile haben wir das Haus von Elias erreicht. Auf dem kleinen umzäunten Stück hinter dem Haus, wo Unkraut wuchert und ein Berg von Tierknochen liegt, steht ein Esel am Zaun angebunden. Der Zaun ist aus so dünnen Latten gezimmert, dass sich das kräftige Tier mit Leichtigkeit losreißen könnte. Dennoch steht der Esel geduldig da und blickt uns entgegen. Benjamin streichelt ihm sogleich übers weiche Maul.

»Gib Acht!«, warne ich. »Vielleicht beißt er.«

»Nein, nein«, murmelt Benjamin. »Das ist ein liebes, sanftes Tier.«

Plötzlich dringt aus dem Schuppen ein sonorer Gesang. »Gelobt seist Du, Ewiger, unser Gott, König der Welt.« Es folgt eine Art Grunzen sowie das Geräusch eines kurzen Gerangels. Danach ist wieder alles still. Wir warten. Nach einer Weile tritt Elias aus dem halb hinter dem Wohnhaus versteckt liegenden Schuppen. Mithilfe des *Schochet*, des Schächters, schleppt er eine tote Ziege nach draußen. Die Hände des Schächters sind noch von seiner Aufgabe befleckt – er setzt unter Gebeten den einen Schnitt, der sogleich zum Tode führt. Beide Männer sind blutverschmiert und wirken sehr ernst, beinahe bekümmert.

Sorgfältig hieven sie den Kadaver auf einen Holzblock, wo der Metzger dem Tier mit sicheren, schnellen Bewegungen den Bauch aufschlitzt, um die Innereien sowie die Sehnen und Nerven des Hüftgelenks zu entfernen, die als unkoscher gelten. Er trennt auch mit raschem Schnitt die Hinterkeulen ab, die an die Christen verkauft werden. Schwer atmend und ganz in ihre Arbeit vertieft, untersuchen die beiden Männer die Gedärme auf Unreinheiten. Das Schlachten ist eine heilige Arbeit. Jeder wacht über die Handgriffe des anderen, ihre Hände bewegen sich im Gleichklang. Ihr Tun wirkt wie ein uralter Tanz.

Schließlich blickt Elias auf. »Ah, grüßt euch, Johannes und Benjamin«, sagt er bedächtig, als wolle er Atem sparen. »Ich habe euch gar nicht kommen sehen. Bitte geht doch ins Haus. Meine Frau wird euch einen Becher Apfelmost geben.«

»Besten Dank, Elias, aber Vater hat uns gebeten, vor Einbruch der Dunkelheit wieder zu Hause zu sein«, sage ich. »Wir sind wegen des Esels hier.« Ich zeige ihm den kleinen Beutel mit dem Geld. »Im Morgengrauen brechen wir auf.«

»Ich wünsche euch gute Geschäfte«, sagt Elias. »Wenn ihr kurz warten möchtet.« Er tritt zu einem Eimer, taucht die Arme bis zu den Ellenbogen ins Wasser und schrubbt sich mit grober Seife ab, bis seine Haut ganz rot ist. Danach nimmt er die Börse nickend entgegen und lächelt mich an.

Der Schächter wischt derweil sein Messer sauber und verabschiedet sich murmelnd. Benjamin und ich verbeugen uns ehrfürchtig vor diesem gelehrten Mann, der so bewandert ist in den Schriften der *Thora*.

Elias dreht sich um und ruft zum Haus hin: »Margarete! Komm doch mal heraus!«

Keine Antwort.

Er wendet sich wieder uns zu. Sein Gesicht ist rot angelaufen. »Sie graut sich«, sagt er erklärend, »vor dem Anblick des geschlachteten Tiers.« Er seufzt. »Ihr wisst ja, wie Mädchen so sind. Der Allmächtige muss gewusst haben, dass ich Söhne brauche, die mir bei der Arbeit helfen können. Aber wer ver-

mag schon zu sagen, was Er im Sinn hatte, als Er mir zwei Töchter schenkte? Je nun, man darf sich nicht beschweren.«
Ich nicke bloß.

»Dennoch«, fährt der Metzger fort. »Ein Mädchen muss seinem Vater gehorchen. Margarete!«, ruft er erneut, diesmal lauter. »Ich sage dir, komm sofort her!«

Margarete erscheint. Sie knüpft sich ein Tuch um den roten Haarschopf. »Verzeih, Vater«, bittet sie mit leiser Stimme. »Ich habe dich beim ersten Mal gar nicht gehört.«

»Und woher weißt du dann, dass ich zweimal rief?«, gibt er zurück, betrachtet sie jedoch mit Wohlgefallen. Sie ist so wunderschön!

»Ach, was ich dich fragen wollte«, wendet sich Elias an mich. »Jakob – der junge Arzt – ist er eigentlich so weit gesundet, dass er etwas arbeiten kann?«

»Es scheint ihm wieder recht gut zu gehen«, antworte ich. »Er hat erst bei uns, dann bei Dovie und zuletzt bei Sampson Pine gewohnt. Er hat viele Freunde hier, die nicht wollen, dass er fortzieht.«

»Ich könnte ihm Arbeit geben«, sagt Elias. »Er kennt sich doch aus mit Knochen und Gelenken und solchen Dingen, oder? Er kann lernen, mir beim Zerteilen des Fleischs zu helfen. Mir ist es gestattet, einen Gehilfen zu verdingen, bisher habe ich jedoch niemanden gefunden, der geeignet gewesen wäre. Jakob könnte im Schuppen schlafen und an meinem Tisch essen.«

Mein Herz klopft mir bis zum Hals. Margarete blickt nur auf den Boden. »Kümmere dich um unsere Gäste«, bittet Elias sie und geht ins Haus. Benjamin läuft unverzüglich zum Esel und flüstert ihm in einer geheimen Sprache etwas ins lange Ohr.

Margarete geht auf eine kleine, aus Stein gehauene Bank zu

und sieht sich über die Schulter nach mir um. Ihr Blick bittet mich, ihr zu folgen. »Siehst du, das ist mein Kräutergarten«, erklärt sie und deutet auf ein Stück Erde, das sie fein ordentlich in Beete unterteilt hat, die von einem niedrigen Steinmäuerchen eingefasst sind.

»Das hast du selbst angelegt?«, staune ich. »Auch die Mauer?« Margarete lacht. »Freilich! Ich bin keine von denen, die müßig herumsitzen – ich habe gern etwas zu tun.«

»Da geht es mir genauso.« Ich lache laut. »Sag, soll ich dir ein Geschenk mitbringen von der Messe in Troyes?« Ich fühle mich kühn wie ein Ritter, der bereit ist, für die Dame seines Herzens alles zu tun.

»Du könntest ein wenig von meinen Kräutern mitnehmen«, erwidert Margarete, »und sie dort für mich verkaufen. Sieh nur, ich habe bereits einige Säckchen vorbereitet – Rosmarin, um den Haarwuchs zu fördern und das Böse fern zu halten, Sauerampfer gegen Fieber und Brennnesseln und Löwenzahn...«

»Von dir nehme ich alles«, sage ich. Die Worte klingen ganz natürlich, obgleich ich in diesem Ton noch nie zuvor mit ihr gesprochen habe. »Alles, was von dir ist, hat einen ganz besonderen Wert für mich.«

Margarete wird rot. Dann zieht sie die Stirn in Falten und sagt: »Du musst gut auf dich Acht geben. Jakob hat erzählt, die Pestilenz habe bereits den Süden Frankreichs erreicht. Der Tod ereilt die Menschen binnen kürzester Zeit und das Sterben muss furchtbar sein.«

»Ich weiß. Aber Troyes liegt ja im Norden. Das ist weit weg.« Es muss ihr wohl etwas an mir liegen, wenn sie sich solche Sorgen macht! »Du brauchst keine Angst zu haben, Margarete. Weißt du was? Ich bringe dir etwas roten Wollstoff mit«, füge ich rasch hinzu. »Einen ganz schönen, weichen.«

Margarete lächelt und reicht mir ein kleines Spitzentüchlein. Ich presse es an die Nase und nehme den Kräuterduft in mich auf, der auch von Margaretes Haaren und Händen ausgeht. Ich bewundere sie für ihre Güte. Sie würde mit ihren Kräutern am liebsten die ganze Welt heilen.

»Behüt dich Gott!«, wünschen wir einander zum Abschied.

Neuntes Kapitel

Zuletzt machen wir bei Greta Halt, die in einer armseligen, von Felsbrocken und einigen wenigen verkrüppelten Bäumen umgebenen Kate in den Niederungen des weitläufigen Besitzes derer von Engelbracht haust. Das Geschlecht der Engelbrachts ist in Straßburg sehr mächtig. Und das, obwohl sie doch Schulden machen und stets über ihre Verhältnisse leben. »Die Engelbrachts sorgen dafür, dass wir im Geschäft bleiben!«, scherzt Großvater oft lachend. Doch Vater zieht die Stirn in Falten, wann immer ihr Name fällt, denn sie sind nie bereit, das geliehene Geld auch zurückzuzahlen.

Wir binden den Esel am Zaun vor Gretas Hütte fest. Sie selbst beugt sich gerade über ein kleines Fleckchen Erde, auf dem sie Getreide angepflanzt hat. Es ist wahrlich nicht viel, aber als sie aufschaut, zwinkert sie uns fröhlich zu und lächelt. »Ah, ihr seid sicher wegen meines Käses gekommen. Gott segne euch. Vielleicht wird er mir ein paar Münzen einbringen.«

»Wir tun unser Bestes, um ihn zu verkaufen, Greta«, versichere ich ihr.

»Dass ihr Juden geschickte Händler seid, weiß ich wohl«, antwortet sie und lässt dann einen schrillen Pfiff ertönen, mit dem sie nach ihrem Sohn ruft, der den Käse bringen soll. Kurz darauf tritt Gunther aus der Holzhütte, die den Anschein macht, als müsse sie im nächsten Augenblick zusammenfallen. Ein Wunder, dass die Tür überhaupt schließt, so windschief, wie das Häuschen ist.

Als Greta uns ihre in Leinen gewickelten Käselaibe hinhält, leuchten ihre Augen vor Stolz. Einen packt sie gleich aus. Er ist dick und kugelrund, hat die Farbe von reinster Sahne und ist mit dem Grün kostbarer Kräuter gesprenkelt. »Ihr solltet eigentlich einen guten Preis dafür erzielen«, sagt sie. »Von dem Erlös müssen wir eine Weile leben.«

»Seid ihr denn so in Not?«, frage ich, denn ich merke ihr an, dass sie das Gespräch sucht.

»Ach, es ist wegen Engelbracht«, stößt sie hervor und macht eine heftige Kopfbewegung in Richtung des herrschaftlichen Guts auf dem Hügel. »Er sagt, zwei seiner Kühe gäben keine Milch mehr und ich wäre schuld daran.«

Gunther, der neben seiner Mutter steht, blickt grimmig. »Was die Leute sagen, ist nicht wahr!«, brummt er.

»Was sagen sie denn?«, will Benjamin wissen.

»Sie behaupten, es hätte damit zu tun, dass wir die Kühe der Juden melken. Sie sagen, unsere Hände wären davon vergiftet und hätten die Euter ihrer Kühe ausgetrocknet.« Gunther schiebt trotzig das Kinn vor. »Meine Mutter ist keine Hexe.«

»Aber nein!«, rufe ich. »Natürlich nicht!«

»Die sind doch nicht ganz bei Trost«, sagt Greta und macht eine wegwerfende Handbewegung, als würde es sie gar nicht kümmern. »Sollen sie doch Würmer fressen.« Sie zwinkert uns zu, doch die tiefe Sorgenfalte zwischen ihren Augen bleibt mir nicht verborgen. Wovon soll sie leben, wenn sie keine Kühe mehr melken darf? Der kleine Acker kann sie nicht ernähren – sie, Gunther und ihren Ehemann, der ans Bett gefesselt ist und nicht arbeiten kann.

»Wir werden deinen Käse verkaufen«, verspreche ich ihr.

Greta greift in ihren Ärmel und holt eine Münze hervor, einen halben Denar. »Wenn ihr so gut sein wollt, mir auch etwas Zucker mitzubringen? So viel, wie ihr eben für die Münze bekommen könnt. Ich wäre euch sehr dankbar.«

Als Benjamin und ich gehen, schleppen wir einen schweren Eimer mit uns, der bis zum Rand mit Käse gefüllt ist. Benjamin seufzt. »Was wohl aus ihr wird?«

»Sie muss aufpassen«, sage ich. »Falls sie wirklich eine Hexe ist, werden sie sie verbrennen.«

»Aber muss vorher nicht eine Gerichtsverhandlung abgehalten werden?«

»Ich denke schon.« Mit einem Mal fühle ich mich viel älter. Zu alt. »Doch in Frankreich haben sie viele Aussätzige verbrannt, ohne ihnen den Prozess gemacht zu haben«, erzähle ich zögernd. Auch Benjamin muss lernen, wie es in der Welt zugeht.

»Wie konnte das geschehen?«, fragt er entsetzt. Er geht neben dem Esel her, dem er eine Hand auf die Flanke gelegt hat.

»Großvater hat mir davon berichtet. Die Leute behaupteten, die Aussätzigen hätten die Krankheit verbreitet, indem sie die Brunnen vergifteten. Einige Aussätzige wurden auch so lange gefoltert, bis sie gestanden.«

»Was haben sie ihnen angetan?«

»Ich ... nun ... schlimme Dinge«, sage ich. Ich will ihm jetzt nichts von Folterbänken und eisernen Zangen, vom Nägelausreißen und vom Brechen der Knochen erzählen. Von all dem Bösen wird er, wie jedermann, noch früh genug erfahren. »Und was geschah dann?«, fragt Benjamin mit merkwürdig hoher Stimme.

»Sie haben die Aussätzigen aus Frankreich verjagt, so wie sie es einst mit den Juden taten. Doch einige der Aussätzigen wollten nicht gehen. Die fingen sie ein und verbrannten sie.«

»Dann will ich niemals nach Frankreich gehen«, stößt Benjamin trotzig hervor. »Selbst wenn Vater mich bitten würde, käme ich nicht mit nach Troyes.«

Ich weiß wohl, dass das nicht stimmt, doch wozu soll ich ihm widersprechen? Benjamin behält gern das letzte Wort. Also lasse ich es ihm.

Der Morgen vor Beginn einer Reise hat etwas Einzigartiges an sich. Ich wache singend auf und stelle mich neben Vater und Großvater, um das Morgengebet zu sprechen, wobei ich mich wie sie vor und zurück wiege. Jetzt verstehe ich auf einmal Dinge, die mir zuvor fremd erschienen – wie Abraham, unser Urvater, seinen Sohn Isaak auf Gottes Geheiß auf den Berg mitnahm, um ihn zu opfern. Es muss so ein Morgen gewesen sein wie dieser, taufrisch und von Sonnenschein erfüllt, an dem alles möglich scheint und gespannte Erwartung in der Luft liegt.

Mutter nimmt mich zur Seite. »Achte darauf, dass du trockene Füße behältst, damit du dich nicht erkältest«, ermahnt sie mich ernst. »Und iss nichts von den Straßenhändlern.«

»Das würde ich doch niemals tun!«, versichere ich ihr entsetzt.

»Und sieh zu, dass dein Großvater sich nicht übernimmt – du weißt ja, wie die Mannsbilder sich aufführen, wenn sie weit weg sind von zu Hause.«

Ich kann ein Lächeln nicht unterdrücken. »Und ich – bin ich denn kein Mann?«

Mutter legt mir eine Hand an die Wange. »Du bist vernünftig und du bist mein Sohn.« Sie greift in ihren Ärmel und drückt mir ein sehr kleines Stück Pergament in die Hand, auf dem in gestochener Schönschrift etwas geschrieben steht. »Nimm dies hier an dich, mein Sohn. Verliere es nicht.«

Ich hole tief Luft, so sehr rührt mich ihr Vertrauen. Ich werfe einen scheuen Blick auf diesen Glücksbringer mit dem Segensspruch für den Reisenden, auf dass Gott uns beschützen möge, vor Räubern, wilden Tieren und allem Übel, das die Welt befallen mag.

»Ich habe es von meinem Vater bekommen, als ich die Braut deines Vaters wurde«, sagt sie.

»Damals warst du erst vierzehn, nicht wahr?« Natürlich kenne ich die Geschichte.

Sie nickt und ihr Blick schweift in die Ferne. Das plötzliche Lächeln, das über ihr Gesicht huscht, ist wunderschön.

»Vierzehn. Das Haar, das sie mir schnitten, reichte mir bis zur Hüfte hinab.«

»Margarete ist sechzehn«, merke ich an.

Mutter lacht. »Dann wird es Zeit, dass sie ans Heiraten denkt!«

»Vielleicht will sie sich noch nicht verheiraten. Margarete ist nicht wie die anderen Mädchen. Sie will nicht bloß nähen und backen!«

»Brot kann man immer kaufen«, sagt Mutter mit breitem Lächeln. »Margarete ist klug und sanftmütig. Sie wird ihren Kindern einmal eine gute Mutter werden.«

»Wer redet von Kindern?«, brumme ich, weil mir das Gespräch plötzlich unangenehm ist. Doch dann fällt mir etwas ein und ich erzähle es ihr. »Letzte Nacht hatte ich einen wunderlichen Traum, Mutter. Es kamen auch Kinder darin vor – und das waren die absonderlichsten Kinder, die man sich denken kann! Sie wurden alle als Zwillingspaare geboren, immer ein Mädchen und ein Knabe.«

»Was das wohl bedeuten mag?«, rätselt sie. »Erzähl weiter.«

»Sie lebten alle in einer Art Kinderhaus zusammen, ohne Erwachsene. Und wenn sie stritten oder die Stimmen erhoben oder ein Schimpfwort sagten...«

»Ein Schimpfwort?«, wiederholt sie erstaunt.

»Ja. Dann wurden sie gestraft. Wenn sie sangen oder tanzten oder versuchten, etwas Eigenes zu machen, durchfuhr es sie wie ein... ein Blitz. Es tat weh. Etwas verbrannte ihnen die Füße. Sie gingen stets barfuß, damit sie auf diese Weise gezüchtigt werden konnten. Als ich aufwachte, schmerzten meine Füße ganz fürchterlich.«

»Dann musst du wohl verdreht geschlafen haben, mit dem Fuß unter dem Körper. Hm, Zwillinge... ich muss Freda fragen, was es bedeutet, wenn man von Zwillingen träumt. Vielleicht bringt es ja Glück, gleich doppeltes Glück für deine Reise. Doch nun denk nicht weiter darüber nach. Träume sind Schäume.«

Wir sagen uns alle Lebwohl und küssen einander. Mutter, Großmutter, Rochele und Benjamin stehen an der Tür, als wir voll Stolz mit dem gesattelten und bepackten Esel aufbrechen. Mein Oheim David stampft ungeduldig mit dem Fuß auf. Er trägt den Lederbeutel und hat sich einen Wasserschlauch über die Schulter gehängt. Jakob, der die Nacht bei uns verbracht hat, verabschiedet sich ebenfalls. Er drückt mir den Arm. »Ich werde Elias unter die Arme greifen. Nicht gerade die Arbeit, die man von einem Arzt erwarten würde, nicht wahr? Nun ja, irgendwie muss man seinen Lebensunterhalt verdienen. Sag, nimmst du eigentlich auch deine Flöte mit?«

»Natürlich. Ich kann unterwegs spielen. Vater meint, dass wir vermutlich fahrenden Sängern begegnen werden, Spielleuten und Gauklern.«

»Ich wünschte, ich könnte mitkommen«, murmelt Jakob. Er wirft einen Blick über die Schulter, wo die Männer damit beschäftigt sind, die letzten Handgriffe zu tun. »Wisst ihr denn schon, wo ihr unterwegs nächtigt?«

»Oh ja, Vater und Großvater kennen viele Leute.« Ich weiß, ich sollte nicht prahlen, aber dieser Tag ist wie kein anderer in meinem Leben. »Es gibt wohl mehrere Gasthäuser, die von Juden geführt werden. Aber das Wetter ist gut, sodass wir auch jederzeit auf den Wiesen schlafen können.«

Vater tritt händereibend auf mich zu. »Auf, auf! Was stehen wir hier noch müßig herum? Los geht's!«

Wir sind bepackt mit Lebensmitteln und zusätzlicher Kleidung. David zieht außerdem einen Karren hinter sich her, auf den eine wunderliche Sammlung von Gegenständen geschnürt ist: Teile einer Rüstung, die einst als Pfand zurückgelassen und nie eingelöst wurde und die Großvater geschickt geflickt hat. Dazu mehrere Schwerter und auch ein Kettenhemd. Schon einige Male habe ich mich, wenn Vater ausgegangen war, in den Alkoven geschlichen, diesen Harnisch anprobiert und mich dadurch in einen Ritter verwandelt! In dem winzigen, fast blinden Spiegel, den Mutter auf dem Wandbord verwahrt, betrachtete ich mich – prachtvoll und stark sah ich aus. Ich war nicht mehr länger der Jude Johannes, sondern Johannes, der Befreier. Einmal erzählte ich Jakob davon und der lachte. »Es ist ein herrliches Gefühl, für eine Weile in eine andere Haut zu schlüpfen, was? Allerdings habe ich noch nie von einem Judenknaben gehört, der Ritter spielte!«

Vater hat vor, die Rüstung auf dem freien Markt zu verkaufen, zusammen mit den anderen Pfändern, die nie eingelöst wurden: Da sind kleine, bemalte Truhen, ein Diadem sowie mehrere gut erhaltene Kessel, Pfannen und andere Gerätschaften. Freudig schreite ich voran. Meine Füße scheinen sich im Takt eines Liedes zu bewegen.

Wir schließen uns dem Strom der anderen Reisenden an,

deren Lasttiere schwer mit Waren bepackt sind. Es sind Leinenweber, Schuster, Ziegelbrenner, Kerzenzieher oder Böttcher. Sie alle sind beladen mit ihren Erzeugnissen: blaues und rotes Tuch, Ledersandalen und Schuhe, Ofenkacheln, Kerzen aus Bienenwachs und Holzfässer. Ich staune mit offenem Mund, denn dieser lange Zug aus Menschen und Waren gleicht einer reisenden Stadt. Von überall her höre ich laute Stimmen, die Tiere antreiben oder Vorüberkommende grüßen. Schweine, Katzen und Hühner, die auf dem Weg herumirren, werden in alle Himmelsrichtungen auseinander getrieben, und wo der Zug entlanggekommen ist, bleibt eine Spur aus Dreck und Abfällen zurück.

Den ganzen Tag lang marschieren wir so in einer Staubwolke dahin. Immer wieder ruft Großvater anderen Händlern zu: »Heda! Von wo stammt Ihr?« Sie kommen von überall aus der Umgebung – aus Colmar, Freiburg, Basel und selbst aus so entfernten Städten wie Frankfurt und bringen nicht nur ihre Ware, sondern auch ihre Fröhlichkeit mit. In Erinnerung an die vergangenen Tage als Händler blüht Großvater auf. Er schnalzt genießerisch mit der Zunge und kaut auf langen Grashalmen, während er jeden Händler, dem wir begegnen, in ein Gespräch über die verflossenen Jahre und längst vergangene Markttage verwickelt.

Gelegentlich ist die Straße so bevölkert, dass mir der aufgewirbelte Staub den Atem raubt. Dann wieder sind wir beinahe allein. Schließlich kommen wir auch durch einen Wald, in dem sich schon so mancher verirrt hat oder den Wölfen zum Opfer fiel. Ich gebe Acht, nicht vom Weg abzukommen. Hier zwischen den Bäumen – Espen, Eichen, Tannen und wilde Kirschen – ist die Luft herrlich kühl und süß. Eines Abends schlagen wir unser Nachtlager auf einer über und über mit farbenprächtigen Wildblumen übersäten Wiese auf. Als wir am folgenden Morgen aufwachen, sind wir unsererseits mit Bienen übersät – und deren Stichen. Ich frage mich, ob man wohl für jedes Vergnügen mit Schmerzen bezahlen muss.

Vier Tage lang haben wir ausreichend zu essen, da wir genug Proviant von zu Hause mitgenommen haben. Doch dann beginnt der Hunger an meinem Magen zu nagen, wie eine Ratte an einem Seil. Händler säumen mit ihren Karren die Straße, doch wir wagen es nicht, von ihnen zu kaufen. Sie bieten gepökeltes Schwein und Schmalzküchlein und andere Dinge feil, die zu verzehren uns Juden verboten ist. Beim Anblick der Äcker, auf denen Getreide und Kohl wächst, werde ich beinahe zum Dieb. Als ich einen verwurmten Apfel am Boden liegen sehe, wische ich ihn rasch an meinem Wams sauber und verspeise ihn hastig, wobei ich mir kaum Zeit nehme, den Segen zu murmeln.

»Pass bloß auf, dass du nicht auch die Würmer mitisst!«, sagt mein Oheim David lachend.

»Bin ich denn der Einzige, den der Hunger quält?«

»Du bist eben noch im Wachstum«, antwortet David.

In dieser Nacht schlafen wir auf einer Wiese, die voll harter Steine ist. »Wann kommt denn nun dieser Gasthof, von dem Großvater gesprochen hat?«, jammere ich. Meine schmerzenden Knochen sehnen sich nach einem weichen Lager.

»Wir werden ihn bald erreichen«, verspricht Vater. »Du musst dich in Geduld üben.«

Ich wünschte, wir könnten auch einmal in einem der anderen Gasthäuser einkehren, wage es aber nicht vorzuschlagen. Kein gottesfürchtiger Jude würde einen christlichen Gasthof betreten. Wir müssen schließlich jeden Morgen unsere rituellen Waschungen vornehmen, uns zu den täglichen Gebeten aufstellen und vor und nach dem Essen den Segen sprechen –

und dann ist da auch noch die Frage der Kost. Selbst ein Ei ist, wenn es in Schweineschmalz gebraten wurde, nicht mehr koscher. Schließlich kommen wir tatsächlich zu dem versprochenen Gasthof, der von einem Bekannten meines Großvaters geführt wird, doch ist er so überfüllt, dass wir uns beim Essen an den Tischen abwechseln und am Wassertrog Schlange stehen müssen. Was für eine bunte Schar von Menschen! Da sind Färber, deren Hände die rote Farbe für alle Zeit angenommen haben, Weinbauern, Glasbläser, ja sogar ein Sargmacher ist dabei. Sie stammen aus allen Gegenden Deutschlands, aus der Schweiz und aus dem Süden Frankreichs.

Der Gastwirt eilt geschäftig hin und her, schüttelt Decken auf, ruft nach mehr Stroh zum Füllen der Säcke, befiehlt seiner Tochter, mehr Bier zu holen – mehr Brot, mehr Pasteten. Das Mädchen ähnelt seinem Vater. Beide haben dunkle Ringe unter den Augen. Doch die Lippen des Mädchens sind voller und rot wie Blut.

Nach einem Nachtmahl, bestehend aus Hammeleintopf mit Brot, den wir mit Bier heruntergespült haben, wendet sich das Gespräch wie üblich dem Handel zu. Die Geldleiher beklagen sich. Viele würden lieber ein Handwerk ausüben, was ihnen jedoch untersagt ist. Die Kirche hat bekräftigt, dass es Sünde sei, Geld gegen Zinsen zu verleihen. Aber wenn die Christen kein Geld verleihen dürfen, wer bleibt dann außer den Juden noch übrig? Wir kennen uns in Gelddingen und im Handel gut aus, weil wir so oft vertrieben und zum Umziehen gezwungen wurden. Auch uns verbietet unsere Religion die Armen zu schröpfen. Doch es gilt als Akt der Nächstenliebe, einem Not leidenden Bruder Geld zu leihen. Und was ist mit solch großen und kostspieligen Vorhaben wie der Suche nach neuen Handelswegen in weit entfernte Länder?

Irgendjemand muss doch das viele Geld zur Verfügung stellen, das nötig ist, die Schiffe zu bezahlen, die Maultierkarawanen, den Proviant und die Unterkunft für die Abenteurer. Ohne Geld, vor allem aber ohne die Möglichkeit, Geld zu borgen, würde die Welt bald auf die Größe einer Nuss zusammenschrumpfen.

Die Männer ächzen, strecken und recken sich und kratzen an den Stichen, welche die Wanzen ihnen beigebracht haben. Alle sind sich einig: Der Geldverleih ist eine notwendige Sache. Eigentlich müsste er sogar hoch angesehen sein.

Im flackernden Schein der Kerzen wendet sich die Unterhaltung nun der merkwürdigen Pestilenz zu, die sich wie ein blutrünstiges Tier an ihre Opfer heranpirscht und sich wie Schimmel ausbreitet. Die Reisenden erzählen einander Furcht erregende Geschichten: Rom ist von der Außenwelt abgeschnitten. Auf dem flachen Land laufen die Nutztiere frei herum und die Felder liegen brach, weil niemand da ist, um sie zu bestellen oder die Ernte einzubringen. Die Pestilenz ist mittlerweile bis nach Lyon vorgedrungen. Selbst in Avignon, dem Sitz des Papstes, wütet sie. Der Heilige Vater hat sich in seinem Palast verbarrikadiert und anordnen lassen, dass Tag und Nacht zwei riesige Feuer brennen müssen, zwischen denen er nun sitzt. Die dortigen Priester weigern sich, den Sterbenden beizustehen. Die Menschen müssen dem Tod entgegensehen, ohne die Beichte abgelegt zu haben. Und auf den Friedhöfen wird der Platz knapp – auch gibt es nicht genug Särge. Man ist dazu übergegangen, die Toten einfach in den Fluss zu werfen.

Ein Portugiese mit dunklem Bart und dunklen Brauen hebt den Zeigefinger und bittet um Aufmerksamkeit. Er ist ein fahrender Notar, der die auf dem Markt getätigten Geschäftsabschlüsse schriftlich festhält und beurkundet. »Papst Klemens«, berichtet er, »hat eine Bulle veröffentlicht, in der er zur Ruhe mahnt.« Alle Augen sind auf ihn gerichtet. Er fährt fort: »Es gab Ausschreitungen.« Warnend zieht er die Brauen hoch. »Eiferer ziehen durchs Land und fordern, dass alle Buße tun sollen. Vielerorts führt das zum Ausbruch von Gewalt.«

Ein Zuhörer ruft höhnisch aus: »Sollen sie ruhig Buße tun, nach allem, was sie Böses angerichtet haben!«

Der Portugiese wirft ihm einen strengen Blick zu. »Sie sammeln sich auf öffentlichen Plätzen und geißeln sich selbst, bis sie die Besinnung verlieren.«

»Flagellanten«, murmelt David neben mir.

Der Südländer fährt mit heiserer Stimme fort: »Der Papst verurteilt sie, weil sie den Juden so zusetzen. Er verbietet in seiner Bulle, Juden ohne Gerichtsverfahren zu töten, auszuplündern oder gewaltsam zu bekehren.«

»Ah, seht ihr!«, ruft Großvater aus. »Die Zeiten haben sich gewandelt. Selbst der Papst fordert jetzt Gerechtigkeit für uns Juden.«

»Bedauerlicherweise«, fährt der Notar fort, »hört der Pöbel nicht auf ihn. Das Volk tut, was es will, besonders wenn es ihm Vorteile bringt.«

Wir sitzen plötzlich fast im Dunklen. Die Dochte sind in den Lachen des geschmolzenen Wachses verlöscht. Niemand wagt mehr, etwas zu äußern. Vom Teufel sprechen, heißt ihn beschwören. Auf einmal wünschte ich, wir wären niemals hierher gekommen. Betten gibt es nur wenige. Mehrere junge Burschen müssen draußen bei den Pferden und Eseln schlafen. Vater, Großvater und David teilen sich eine Bettstatt. Ich selbst liege mit zwei Fremden auf einer Pritsche. Aus lauter Angst, die anderen zufällig zu berühren, rolle ich mich zu einer Kugel zusammen. Ich habe von unangenehmen Dingen gehört, die sich an Orten wie diesen zutragen können. Am nächsten Morgen sind alle meine Glieder steif und schmerzen. Dazu bin ich am ganzen Leib von juckenden Flohbissen übersät.

Wir stehen zeitig auf, sprechen unsere Gebete, nehmen ein hastiges Morgenmahl aus Brotkanten ein, die wir in Milch stippen, und machen uns wieder auf den Weg. Als wir uns verabschieden, streift mich die Tochter des Gastwirts wie zufällig mit dem Arm an der Schulter. Dies war der letzte Gasthof, in dem wir übernachtet haben. Von nun an werden wir nur noch im Freien schlafen und jetzt bin ich froh darüber.

Die Reise verläuft gut. Großvater hält sich wacker. Er geht abwechselnd ein Stückchen und hockt sich dann in den Karren, den David und ich gemeinsam ziehen. Zu unserem Glück wiegt der alte Mann nicht allzu viel. Meine Beine werden spürbar kräftiger. Mein Bauch ist flach und straff. Ich bin die meiste Zeit hungrig.

Eines Morgens schickt Vater mich und David zu einem am Wegesrand liegenden Hof, um etwas Essen zu erwerben. Die Bauersfrau mustert uns argwöhnisch von oben bis unten. »Sonst verkaufe ich ja nichts an Juden«, sagt sie und beißt dann auf unsere Münzen, um zu prüfen, ob sie echt sind. »Mein Mann kümmert sich um die Geschäfte. Doch der ist draußen auf dem Feld mit unseren drei Söhnen.«

David nickt und lächelt freundlich. »Habt Dank, gute Frau, und alles Gute.« Er nimmt sich die Eier und das Säckchen mit dem Getreide, das wir gekauft haben.

In mir brodelt es vor Zorn. »Warum hat sie das mit ihrem Mann und den drei Söhnen behauptet? Ich habe auf dem Feld niemanden gesehen.«

»Ach, die arme, verängstigte Seele«, erklärt David, »hat wohl gefürchtet, wir wollten ihr etwas tun und hat uns deshalb vorgegaukelt, sie würde beschützt.«

»Und ihr Kohl sieht auch angeschimmelt aus«, beschwere ich mich, immer noch grimmig.

»Schweig still«, mahnt Oheim David. »Freu dich lieber, dass wir ihn haben! In ein paar Tagen«, fügt er hinzu, »sind wir in Troyes – oder stehen zumindest vor den Toren der Stadt. Und dann – ich kann dir sagen – dann wirst du deine helle Freude haben an der Musik, den Liedern und den Schauspielen. Du wirst schon sehen.«

An diesem Abend musizieren wir. Wir lagern am Rand der Straße, doch es herrscht ein ständiges Kommen und Gehen, fast so, als wäre es noch Tag. Einige bleiben stehen, um zu lauschen, in die Hände zu klatschen, zu singen und sogar zu tanzen. Solch einen Abend habe ich noch nie erlebt. Von überall her erklingt Musik, und wir werden umfangen von der Freundlichkeit der Menschen, die sich unter dem schützenden Mantel der Nacht nicht um schwarze, spitze Judenhüte kümmern und sie auch nicht fürchten. Ja, ich habe den meinen sogar abgenommen und werde von niemandem dafür gescholten. Während wir singen und musizieren, spüre ich, wie mir eine warme Brise das Haar zaust – ach, es gibt doch kein herrlicheres Leben als das der Troubadoure!

Als wir uns später Seite an Seite zur Nacht betten, unterhalte ich mich flüsternd mit David über die Ereignisse des Tages. In der Stadt, in der wir über Mittag Rast eingelegt hatten, waren er und ich an den Brunnen gegangen, um unseren Durst zu stillen. Mehrere junge Frauen hatten dort gestanden, alle merkwürdig fein gekleidet, mit tief ausgeschnittenen Miedern, das hochgesteckte Haar mit Bändern und Blumen geschmückt. Eine von ihnen näherte sich uns. Mit bebenden Wimpern sah sie zu David auf. In mir stieg ein ungekanntes Sehnen auf. Aus dem Mieder der Frau quollen milchig weiße, füllige Brüste hervor.

»Seid Ihr vielleicht auf der Suche nach Zerstreuung«, fragte sie lächelnd, »in dieser streitsüchtigen Welt?«

»Mein hübsches Kind!«, erwiderte David, wich jedoch ein paar Schritte zurück. »Ihr seid zu gütig zu einem armen Reisenden.«

»Ich bin bereits mit Juden zusammen gewesen und habe sie immer sehr artig gefunden«, fuhr sie fort. »Oder haltet Ihr mich etwa für unansehnlich und abstoßend?«

David blickte bescheiden zu Boden. »Nicht doch – Ihr seid liebreizend anzusehen. Es schmeichelt mir auch, dass Ihr mich angesprochen habt. Doch muss ich gestehen, dass ich Weib und vier Kinder zu Hause habe und um ihretwillen nicht tun kann, was ich wohl wollen würde.«

»Wie steht es mit dem jungen Burschen, der mit Euch reist...?«, fragte die Frau hartnäckig weiter.

»Ah – der ist bereits verlobt«, hatte David geantwortet, mich an der Schulter gepackt und mit sich fortgezogen.

Jetzt will ich von ihm wissen: »Weshalb hast du dem schlechten Frauenzimmer solche Lügen erzählt?«

David lacht in der Dunkelheit und murmelt: »Schlecht war sie nicht, Johannes, bloß hungrig. Viele junge Mädchen – und auch die weniger jungen – versuchen, sich etwas Geld zu verdienen, wenn Reisende auf ihrem Weg zum Markt durch ihre Stadt kommen.«

»Aber du hast ihr erzählt, du wärst verheiratet und hättest viele Kinder.« Sobald das Gesagte heraus ist, wünschte ich, ich könnte es wieder verschlucken, doch das ist unmöglich. Mein armer Oheim. Er trauert nämlich noch immer um seine Tamara und um das Kind, das sie tot zur Welt gebracht hat, sodass er sie beide an einem einzigen Tag verlor.

David seufzt. »Um ihre Gefühle nicht zu verletzen, Johannes, habe ich es getan. Und um die Wahrheit zu sagen: Selbst wenn ich flüchtiges Vergnügen mit ihr hätte empfinden können, so würde ich das Andenken an Tamara nicht beflecken wollen. Und nun schlaf!«

Doch ich kann nicht schlafen. Eine seltsame Unruhe hat mich erfasst. »David«, beginne ich erneut.

»Ja, Johannes?«

»Ist es für mich an der Zeit, ans Heiraten zu denken?«

»Wenn du so fragst, Johannes, dann ist es Zeit.«

»Wovon soll ich eine Frau ernähren? Eine Familie braucht so viele Dinge.« Da erinnere ich mich an mein Versprechen. Rotes Tuch wollte ich Margarete mitbringen. Doch von welchem Geld?

»Du wirst arbeiten – so wie wir alle«, sagt David. »Wenn ich auch weiß, dass es nicht dein Herzenswunsch ist, Geldleiher zu sein.«

»Ach, könnte ich doch ein anderes Leben führen!«, rufe ich aus. »Wenn ich den Leuten als Musikant aufspielen dürfte...«

»Viele Männer«, antwortet David ernst, »unter ihnen einige unserer größten Weisen, mussten eine Arbeit tun, die ihnen kein Vergnügen bereitete. Unser großer Gelehrter Hillel war Holzfäller und Rabbi Akiba verdingte sich als Schäfer. Wie viel lieber hätten sie den ganzen Tag damit verbracht, zu lernen und die Weisheit der *Thora* zu verbreiten. Wir alle tun, was wir tun müssen, Johannes, um zu leben und unsere Familien vor dem Hunger zu bewahren.«

»Du hast ja Recht«, entgegne ich kleinlaut. »Meiner Familie zuliebe würde ich jede Arbeit tun.« Mein Gesicht glüht, denn ich habe nur Margarete im Sinn.

»Und du kannst ja dennoch musizieren«, verspricht David. »Wenn wir in Troyes sind, stellen wir uns vor die Zelte, wo die Christen Schauspiele aufführen, und lauschen ihrer Musik. Vielleicht lernen wir ja auch ein paar neue Lieder dazu. Wenn es eine Hochzeit gibt, bitten sie uns vielleicht, mit ihnen zu spielen.«

»Aber handeln ihre Lieder denn nicht alle von Jesus?«

David stößt ein glucksendes Lachen aus. »Nein, nicht alle.« Er denkt kurz nach. »Mir hat es gefallen«, sagt er, »wie wir heute Abend alle miteinander musiziert haben.«

»Ja, das war sehr schön.«

Ich habe eine Entscheidung getroffen: Ich will alles über das Geschäft des Geldwechselns lernen und darauf hinarbeiten, mir einen Ruf als rechtschaffen, klug und tüchtig zu erwerben. Und wenn ich dann reich geworden bin, so wie Jeckelin und Vivelin Rote, werde ich für Margarete ein prächtiges Haus pachten – mit einem eigenen Garten für ihre Kräuter – und jeden Abend auf meiner Flöte aufspielen. Die Leute werden herbeiströmen, um gemeinsam mit mir Musik zu machen, und Margarete wird dazu tanzen.

Zehntes Kapitel

Schon von weitem erblicke ich die hohen Mauern der Stadt. Sie haben die Farbe von Sand und erheben sich zwanzig Fuß in den Himmel. Aus der Entfernung scheint die Luft zu flimmern vom Treiben der unzähligen Menschen, die mit Fuhrwerken und Tieren vor dem Stadttor warten. Ich kann die Stadt bereits riechen. Es ist der Gestank von kotverdreckten Gassen und geschlachtetem Vieh, der mir in die Nase steigt, es riecht nach gegerbten Häuten, gebratenem Fleisch – und nach Leben.

Auf der Straße wird es zunehmend lauter und geschäftiger. Jeder will als Erster ankommen, um seinen Stand aufzustellen oder zu mieten. Ein paar Glückliche gibt es, so habe ich mir sagen lassen, die einen Platz in einer der großen Messehallen ergattert haben. Mit entschlossenen Mienen und hoch erhobenen Köpfen streben die Leute vorwärts.

Sämtliche Wege, die auf die von Mauern umgebene Stadt Troyes zuführen, stehen unter Bewachung, denn man weiß, dass auch Diebe von der Messe angelockt werden, wo sie Münzen, Waren und überhaupt alles stehlen, was nicht niet- und nagelfest ist. In der Straßenmitte stehen außerdem Stadtknechte und sammeln mit ausgestreckter Hand den Wegzoll ein.

Vater greift in seine Börse, um den geforderten Münzbetrag hervorzuholen.

»Viel Glück und gute Geschäfte«, wünscht uns der Zöllner, ein kräftiger, freundlicher Bursche. Doch mit seiner Gutmütigkeit ist es rasch vorbei, als der Nächste in der Reihe, ein armer Kesselflicker, nicht zahlen kann. Sogleich greift der Zöllner zu einem dicken Prügel, den er drohend schwingt, worauf sich der Kesselflicker unter lautem Wehklagen zurückzieht.

Auf der Straße herrscht ein einziges Getöse: Hufe klappern, eiserne Töpfe und Pfannen scheppern, Ketten rasseln, Glocken bimmeln und Holzeimer schlagen dumpf aneinander, während sich die Menge der Händler und Kaufleute auf das riesige Stadttor zuwälzt. Einige haben ihre Buden gleich am Straßenrand aufgebaut, weil sie nicht das Geld haben, um die Standgebühr innerhalb der Stadt zu zahlen, geschweige denn einen Platz in einer der riesigen Hallen. Eine Frau steht zwischen mehreren Käfigen, aus denen Gänse ihre Hälse recken. Eine andere preist eine Katze an. »Eine fleißige Mäusefängerin habe ich hier«, kreischt sie. »Für einen Vierteldenier gehört sie Euch!«

Natürlich wird keiner ihre Katze kaufen, wo doch unzählige von ihnen herumstreunen und eingefangen werden können, die nichts kosten. Die Frau ist offensichtlich nicht ganz bei Trost. Doch hier darf jeder etwas verkaufen, selbst eine Närrin, ein Ausländischer oder ein Jude.

»Bauen wir unseren Tisch auch hier auf?«, will ich von Vater wissen. Ich bin ganz atemlos vor Aufregung.

»Nein«, winkt der Vater ab. »Ich habe uns einen Platz in der Halle gemietet.«

»In der Halle?«, ruft David aus und reißt die Augen auf.

In der Halle! Ich fühle mich wie ein Fürst. Sogar mein Gang hat sich verändert. Ich schreite jetzt wie ein wohlhabender Mann daher.

Mehrere Muselmanen hocken am Straßenrand: zwei Männer, eine Frau sowie drei nackte Kinder. Alle sind sie klapperdürr und die Augen der Kleinen sind viel zu groß, zu rund. »Dieses ist feines Pferd«, ruft einer der Männer, der sich ein zerlumptes, dreckiges Stück Stoff um die Lenden und ein Tuch um den dünnen Hals geknüpft hat. »Zu verkaufen. Willst du haben?« Er schlägt mit der Hand auf die magere Flanke einer elend aussehenden, schwarz-weiß gefleckten Schindmähre mit einer braunen Blesse auf der knochigen Stirn.

Vater macht eine abwehrende Handbewegung.

Ich packe ihn am Arm. »Vielleicht machen sie uns einen guten Preis«, sage ich.

»Ganz gleich, welchen Preis sie uns machen, er wäre zu teuer«, winkt Vater ab. »Der Klepper sieht aus, als stünde er schon mit einem Huf im Grabe.«

An den dicken Fesseln des Pferdes wachsen dichte Haarbüschel, und der Schweif, der durch die Luft saust, ist ausgefranst. Rund um sein Maul schwirren Fliegen, doch das Pferd scheucht sie nicht weg.

Mutig gehe ich auf den Muselman zu und erkundige mich: »Wie viel willst du?«

»Sechs Denier«, antwortet der Mann, der sich mit erstaunlicher Flinkheit erhoben hat. »Du willst es jetzt nehmen? Ein feines Tier – frisst sehr wenig.«

David grinst mich an. »Es hat sicher seit einer Woche nichts mehr zu fressen bekommen«, sagt er. »Jemand sollte sich des armen Geschöpfes erbarmen und ihm eine Mahlzeit spendieren.«

»Los«, treibt uns mein Vater an, der bereits vorausgegangen ist. »Wir müssen zur Halle und dort unseren Platz sichern – kommt jetzt, ihr zwei. Genug der Späße!«

Ich kann mich nicht losreißen. Benjamin wäre überglücklich, diesen alten Gaul zu besitzen! Wenn ich doch nur mein eigenes Geld hätte. Sicher könnte ich die Muselmanen auf vier oder sogar auf drei Denier herunterhandeln. Doch ohne Geld ist man ein Nichts und muss sich den Pflichten und den Regeln beugen.

Zum ersten Mal in meinem Leben giere ich nach Geld, als könnte ich es atmen wie Luft, es schmecken, es vor mir hertragen wie einen Schild. Geld!

Auch als wir durch das hohe Südtor die Stadt betreten, sehe ich im ersten Augenblick nichts als Geld um mich herum – Geldstücke, die von einer Hand zur anderen wandern. Sie sind aus reinem Silber oder Gold aus Legierungen verschiedener Metalle. Münzen werden weitergegeben, hingeworfen, gezählt und aufgestapelt. Händler preisen ihre Ware an – ein Tumult von Stimmen, der anschwillt und in meinen Ohren widerhallt.

»Feinste Glasware – die beste, direkt aus Venedig!«, »Spezereien! Zimtstangen und Nelken, Pfeffer und Kardamom und Ingwer!« Es gibt gewebtes Tuch und Stickereien! Emaillierte Döschen! Kleine Schatullen! Allerlei Glücksbringer – gegen Krankheit oder als Liebeszauber. Goldreife, silberne Ketten, glänzende Anhänger, schimmernde Perlen, Federn, Blumen, Berge von Früchten, geflochtene Körbe, Behälter in allen Größen und Formen. Schmalzgebackene Küchlein, knusprig und süß. Räucheraal und Sardinen und Zwiebelkuchen – ich kann gar nicht alles sehen, hören, schmecken und berühren. Ein ganzes Leben würde dazu nicht ausreichen!

Gleich hinter dem Stadttor müssen wir ein weiteres Mal Zoll entrichten. Der Wächter mustert uns von Kopf bis Fuß und wirft auch einen Blick in unseren Karren. Großvater scheint mit einem Mal vor guter Laune nur so zu platzen. Seine Wangen glühen. Als sein Blick über die Menge schweift, entdeckt er einen alten Geschäftsfreund und ruft: »Heda! Abiru, wo hast du dich all die Zeit herumgetrieben, du alter Hund? Seit zwanzig Jahren habe ich diesen Mann nicht mehr gesehen! Das hier sind mein Sohn und mein Enkel. Bei meiner Seele, du bist kein Stück älter geworden!«

Der Angesprochene erhebt sich aus seiner hockenden Haltung. Die Haut seines Gesichts ist so braun gegerbt wie das Leder, das neben ihm aufgestapelt ist. Er schlägt Großvater auf den Rücken und küsst ihn schmatzend auf beide Wangen. »Rate, wer auch hier ist! Der alte Ari aus Konstantinopel. Herrje, du kannst dir nicht vorstellen, was er mir berichtet hat. Die Hälfte der Bürgerschaft von Konstantinopel ist tot. Ja! Es ist nur noch eine Geisterstadt. Tausende von Menschen wurden von einer schrecklichen Pestilenz dahingerafft. Tausende von Leichen faulen in den Straßen. Ari hat Glück gehabt, alldem zu entkommen. Habt ihr nicht auch davon gehört?«

»Gerüchte sind uns wohl zu Ohren gekommen«, erwidert Vater mit hochgezogenen Schultern und sorgenvollem Gesicht. »Doch das Übel scheint sich auf Seehäfen und Handelsstädte zu beschränken.«

»Wer vermag das schon zu sagen?«, antwortet Abiru. Auf seinem dunklen Gesicht glänzt der Schweiß. Speichel rinnt von seinen Lippen, als er eifrig weitererzählt. »Jene, die es erwischt hat, speien Blut. Am einen Tag sind sie gesund und bei Kräften und zwei oder drei Tage später schwillt ihr Leib an, färbt sich schwarz und dann sind sie mausetot. Diese Pestilenz ist ohnegleichen. Sie nimmt sich Reich und Arm, Kinder wie Eltern, ganze Familien...«

Mir ist plötzlich, als würde mir die Hitze den Atem rauben. Sie speien Blut? Ihre Leiber schwellen an? Ich ergreife scheu das Wort: »Unser Freund Jakob hat uns von genau dieser Pestilenz berichtet. Er sagte, sie würde im Süden Frankreichs wüten. Wird sie denn herkommen? Breitet sie sich aus?«

Großvater legt mir eine Hand auf die Schulter. »Ach, weißt du, wir haben schon so viel Unheil überlebt«, tröstet er mich. »Die Hungersnot, als ich ein Kind war, die Überschwemmungen, die Anschuldigungen, wir würden Christenkinder umbringen. Was bleibt uns anderes übrig, als einen Tag nach dem anderen zu nehmen, wie er kommt? Es steht alles geschrieben: wer leben und wer sterben wird.«

Abiru nickt heftig und setzt mit heiserer Stimme hinzu: »So ist es. Die Pestilenz rührt wohl von der verschmutzten Luft her. Es heißt, wir Juden blieben verschont, weil wir uns so oft baden. Oder hält der Herr etwa seine schützende Hand über uns? Wer weiß das schon? Ich sage, dass wir uns an jedem Tag erfreuen müssen. Schmaust und bechert und tanzt, sage ich!«

»Du siehst aber aus, als hättest du im Leben mehr geschmaust als getanzt!«, ruft Großvater aus und versetzt seinem Freund einen leichten Knuff in den Wanst. »Wie dem auch sei – wir müssen weiter zur großen Halle.«

»Zur großen Halle!« Abiru ist beeindruckt. »Unsereins muss draußen hocken und ihr treibt euren Handel in der Halle! Na, dann wünsche ich euch viel Glück!«

Allerdings muss auch einer von uns draußen bleiben und auf den Karren, den Esel und die Waren aufpassen. David erklärt sich selbstlos dazu bereit. »Johannes soll hineingehen. Er muss schließlich lernen.«

Jetzt vergesse ich alle meine Ängste. Ich trage den Lederbeutel mit den Münzen und spüre viele Blicke auf mir ruhen, während wir uns durch die breite Hauptgasse auf den Marktplatz zubewegen, wo in den großen Hallen die wichtigen Geschäfte getätigt werden. Straßenkinder, Jungfern, Greise und Bauersfrauen stehen am Wegesrand, gaffen uns an, und ich stelle mir vor, wie sie zueinander sagen: »Sieh mal einer an – kaum den Kinderschuhen entwachsen und schon Geschäftsmann. Nun, die Juden sind schlau, was den Handel angeht, das muss man ihnen lassen.« Stolz trete ich durch die breite Pforte in die Halle und werde sogleich vom darin herrschenden Getöse verschluckt. Die Luft ist zum Schneiden dick, so viele Menschen drängen sich hier, die den Geruch von Zwiebeln, Knoblauch und Gewürzen ausdünsten, und natürlich ist es auch heiß.

Am einen Ende der Halle haben die Tuchhändler ihre Ware ausgelegt und die Stoffe über Körbe und auch über die Tische gebreitet, an denen die Buchhalter und die Geldwechsler sitzen. Die Gehilfen verhandeln mit Kunden über Lieferzeiten, während die Käufer laut ihre Wünsche kundtun. »Die Ware muss jedoch noch vor Wintereinbruch in Flandern sein, hört Ihr? Andernfalls fehlt uns die Zeit, um aus dem Tuch Gewänder zu schneidern. Blau, das ist die Farbe, die sie alle wollen. Dunkelblau. Habt Ihr ausreichend davon auf Lager? Gut, ich gebe Euch den zwanzigsten Teil des Betrags jetzt und den Rest erhaltet Ihr bei Lieferung. Was? Ihr wollt gleich vierzig? Ihr müsst den Verstand verloren haben!«

So geht es den ganzen Tag, und wir wechseln fleißig Münzen, bis meine Hände vom Metall schwarz verfärbt sind. Es hat Stunden gedauert, bis wir den Stand eingerichtet hatten. Am Nachmittag brennen mir bereits die Augen, und mein Rücken schmerzt, doch es ist herrlich, Teil dieses unermüdlichen Treibens zu sein, in dem sich alles um uns herum und durch uns hindurch zu bewegen scheint. Was wäre die Welt ohne Geldleiher? Ohne uns Juden? Welch ein erhebendes Gefühl es ist, so im Mittelpunkt des Geschehens zu stehen!

Eine ganze Woche lang, natürlich mit Ausnahme des *Schabbats*, bin ich unermüdlich auf den Beinen, wechsele Geld, eile zu den anderen Geldleihern, um Münzen einzutauschen, und notiere auf meiner Schiefertafel die Namen der Schuldner sowie den ihnen geliehenen Betrag, die zu begleichenden Zinsen und welche Pfänder sie uns zu treuen Händen übergeben. All dies geschieht unter Vaters wachsamem Blick. Des Nachts hallt der Klang der Stimmen bis in meine Träume nach und das Klimpern der Münzen klingt mir noch lange in den Ohren. Meine Gedanken kreisen nur noch ums Geschäft, und ich lebe in der ständigen Furcht, einen Fehler zu machen und vom Vater gescholten zu werden.

»Lass den Buben doch auch einmal einen Tag an der frischen Luft verbringen«, regt Großvater schließlich an. »Er sieht kreidebleich aus.«

Vater wirft mir einen langen Blick zu und nickt dann. »Morgen kannst du mit David losziehen und die Ware verkaufen, die wir mitgebracht haben. Den Käse von der Greta und die Kräuter der Metzgerstochter.« Er gibt mir eine Wachstafel und einen Griffel. »Du musst alles sorgfältig aufschreiben«, mahnt er streng. »Und bewahre die Münzen stets voneinander getrennt in diesen Börsen auf. Denke daran, dass du das Geld der anderen niemals mit deinem eigenen vermischen darfst.«

Ich nicke pflichtschuldig, obgleich ich das alles natürlich längst weiß. Es ist oberstes Gesetz der Kaufleute, die einzelnen Gelder nicht zu vermengen und ordentlich Buch zu führen. »Wie steht es um die Rüstung und die anderen Pfänder, um das Kettenhemd, die Ringe und den Schmuck? Sollen wir die auch verkaufen?«, frage ich.

»Um den Schmuck kümmert sich Großvater«, bestimmt Vater, worauf die Augen meines Großvaters aufleuchten. Als Verkäufer ist er nach wie vor jedem anderen überlegen. »Du und David, ihr könnt den Helm und das Kettenhemd nehmen.

Die Sachen sind zwar nicht im allerbesten Zustand, aber seht, was ihr dafür bekommt.«

Vater wendet sich nun einem Gewürzhändler zu, der jemanden sucht, der für die Kosten seiner nächsten Reise in den Fernen Osten aufkommt. Vater wird ihm das nötige Geld vorstrecken – für die Maultiere, die Überfahrt und die Zölle. »Ihr werdet alles wiederbekommen, sobald ich zurückgekehrt bin und die Gewürze verkauft habe. Ihr erhaltet dann Euren Anteil am Gewinn!«, verspricht der Händler. Ich sehe mit brennenden Augen und wild klopfendem Herzen zu. Woher weiß Vater nur immer, wem er vertrauen kann? Wie soll ich es jemals lernen? Ich habe das Gefühl, als würde mir das alles über den Kopf wachsen. Von draußen höre ich das Lärmen der Spielleute, die das Volk unterhalten. Auch ein Flötenspieler ist dabei. Ich würde mich ihnen so gerne anschließen.

Endlich dreht sich Vater mit einem Kopfnicken zu mir um. »Na, lauf schon los«, sagt er. »Du hast mir sehr fleißig geholfen.« Ich erröte über dieses Lob.

»Das Geld, das du für die Rüstung bekommst und natürlich auch unseren Anteil am Verkaufspreis der Kräuter darfst du als Lohn behalten.«

»Oh, Vater! Danke!« Ich würde am liebsten meine Arme um ihn schlingen, doch so etwas tun Männer nicht – erst recht nicht hier in der großen Halle. Ich bin schließlich kein Kind mehr. Draußen kann ich nicht anders, als staunend umherzuschlendern. Das gezuckerte Backwerk, die Näschereien aus Marzipan und die schmalzgebackenen Kuchen nehmen all meine Sinne gefangen. Ich besitze ein paar Münzen, die in dem kleinen Beutel an meinem Gürtel liegen, doch sie sind nicht dazu gedacht, mir den Bauch davon voll zu schlagen. Ich habe bereits ein Stück roten Samt für Margarete gesehen. Es ist von einem dunklen, tiefen, königlichen Rot, so schön, dass ihr vor

Freude die Tränen in die Augen steigen werden. Ich taste nach ihrem zarten Spitzentüchlein und presse es mir an die Nase.

Plötzlich senkt sich eine Hand auf meine Schulter. Es ist David, der lachend auf die Tänzerinnen in der Mitte des Platzes deutet. Drei junge Frauen in weiten Röcken wirbeln dort im Kreis herum und wiegen sich im Takt, während zwei hoch gewachsene junge Männer dazu klatschen. Die Melodie ist mir neu. Ich versuche, sie mir zu merken, und singe leise mit, bis ich die Töne auswendig weiß. Dann hole ich meine Flöte hervor und spiele mit. Die Töne mischen sich in das Spiel des Mannes mit der Blockflöte und einer Frau mit einer kleinen Laute. Die Umstehenden bilden eine Gasse, damit ich in den Kreis treten kann.

Aus den Reihen der Zuhörer ertönt beifälliges und erstauntes Gemurmel. Doch dann mischen sich andere Stimmen darunter.

»Vorsicht, das ist die Melodie des Teufels«, brummt einer.

»Der Satan hat sich zu uns geschlichen, um in Verkleidung eine fröhliche Weise zu spielen und uns gute Christenmenschen so in Versuchung zu führen.«

»Geh her, das ist doch bloß ein junger Bursche, der zu seinem Vergnügen spielt, siehst du das nicht.«

»Ich sehe vor allem das Böse hervorblitzen, jawohl. Ich lasse mich nicht von ihm blenden!«

David berührt mich am Arm. »Lass uns lieber gehen«, wispert er. »Hast du die Glasbläser schon gesehen? Und die Schuster? Herrliche Ware, kann ich dir sagen! Es gibt auch prächtige Stickereien zu bewundern und Gefäße aus Kupfer und Gold.«

Ich führe David jedoch stracks zu einem Tuchhändler und zeige ihm den roten Samt, den ich für Margarete erwerben möchte. David befühlt das Gewebe und scheint mit meiner

Wahl einverstanden. »Kauf ihn gleich!«, empfiehlt er. Schon ist der Handel getätigt und der Stoff gefaltet und zusammengebunden. Ich stecke ihn mir unter den Kittel, worauf David sagt: »Jetzt lass uns aber den Käse verkaufen gehen.«

Da kommt mir ein verwegener Einfall. »Warum versuchen wir es nicht in einem Gasthof oder einer Schenke? Dort brauchen sie immer viel zu essen, und wir erzielen vielleicht einen besseren Preis, als wenn wir ihn vor der Stadt an einen vorüberkommenden Bauern verkaufen.«

»Nun, warum nicht?« Wir klopfen an die Hintertür des ersten Wirtshauses, das »Zu den sechs Silberlöffeln« heißt. Die Wirtin, eine beleibte Frau mit nur drei Zähnen im Mund und einem schwarzen Muttermal auf der Wange, zieht uns in die Küche und untersucht dort kopfschüttelnd, murmelnd und vor Anstrengung schwer atmend die Käselaibe.

»Was wollt Ihr dafür?«

Ich nenne ihr einen stark überhöhten Preis, so wie es beim Feilschen Brauch ist. Die Frau will aber höchstens die Hälfte geben. Ich gehe ein Stück in meiner Forderung hinunter. Sie will dennoch weniger zahlen.

»Wenn Ihr sie natürlich alle erwerben würdet«, sage ich listig, »so könnte ich den Preis senken.« Ich nenne einen Betrag, der nach wie vor hoch ist. Greta wäre überglücklich. Und ein Zehntel davon geht an meine Familie, als Entlohnung dafür, dass wir den Handel vermittelt haben. Ich wage kaum zu atmen.

Die Wirtin mustert mich mit prüfendem Blick.

Ich zucke nicht mit der Wimper.

»Gut, dann sind wir uns einig«, sagt die Frau schließlich und nimmt den Käse in Besitz, indem sie sich die Laibe auf die fleischigen Arme lädt. »Sind das alle, die Ihr habt?«, fragt sie.

»Alle, die wir diesmal haben, gute Frau«, antworte ich.

»Doch nächstes Jahr können wir die doppelte Menge bringen, wenn Ihr wollt.«

Sie schnaubt und fährt sich mit dem Handrücken über die Nase.

»Wer weiß, was nächstes Jahr ist? Da könnten wir alle schon im Grab liegen.«

»Ich treffe die Abmachung aber nur unter der Bedingung, dass Ihr am Leben bleibt«, sage ich trocken.

Die Frau bricht in Lachen aus. David und ich fallen ein.

»Ihr seid mir ja ein wunderlicher Bursche«, gackert sie los. »Eure Landsleute sind sonst so ernst. Mir war gar nicht bekannt, dass die Juden auch lachen können.«

»Ich hätte auch einige kräftige Heilkräuter anzubieten«, sage ich von plötzlichem Mut erfüllt und ziehe die Beutel hervor. Die Säckchen sind mit zarten, violetten Bändern zugebunden. »Vielleicht könnt Ihr welche gegen Schlaflosigkeit oder Kopfschmerzen gebrauchen?«

Die Frau kneift die Augen zusammen. »Wie viel?«

Ich nenne ihr den Preis. »Ein Sonderpreis«, füge ich lächelnd hinzu. »Eigens für Euch.«

»Na gut, einen nehme ich«, sagt sie. »Im Tausch für zwei Humpen Bier.«

»Das sind aber nicht unsere Kräuter«, wende ich ein.

»Was geht mich das an?«, erwidert die Frau. »Ihr gebt Eurer Liebsten das Geld für die Kräuter. Ich gebe Euch das Bier und wir sind quitt.«

Ich bin sprachlos.

»Wie könnt Ihr wissen, dass sie von seiner Liebsten sind?«, fragt David.

Die Frau lacht schallend, führt uns in die Gaststube und füllt zwei Humpen mit Bier. »Das steht ihm doch übers ganze Gesicht geschrieben«, kichert sie.

Sie füllt die Humpen bis zum Rand mit schäumendem Bier. Noch nie im Leben habe ich ein Bier getrunken, das süßer und reiner gewesen wäre. »So nehmt doch Platz«, fordert die Frau uns auf und nickt in Richtung einer Bank. Und da sitzen wir nun in einer Schenke in Troyes – ich und David – und trinken unser Bier zusammen mit den anderen Bürgern! Ich spüre, wie mir die kleinen Bläschen zu Kopf steigen. Lachen möchte ich und immer weiter lachen. Mit den Fingerspitzen trommle ich eine Melodie auf die Tischplatte. Ein junges Mädchen kommt mit einem Krug herbei und füllt unsere Humpen ein weiteres Mal. Als sie sich zu uns hinunterbeugt, bewundere ich das weiche Fleisch an ihren Oberarmen und sehe den Schweiß auf ihrer Oberlippe glitzern. Unter den Rüschen ihrer Haube kräuseln sich feuchte Locken. Ich seufze vor Wohlbehagen und wende mich an David.

»Sind Frauen nicht etwas Wunderschönes?«

»Da hast du Recht«, antwortet mein Oheim. »Das sind sie.«

Vom anderen Ende der Wirtsstube her dringt brüllendes Gelächter an unser Ohr. Dort hocken fünf Männer und zwei Frauen und scherzen und erzählen sich Geschichten. In ihren hohen Krügen schäumt der Met und just in diesem Augenblick werden Schweinerippchen an ihren Tisch getragen, dazu riesige Holzplatten mit Brotschnitten und eine gebratene Gans.

Ein Handwerker, der neben David auf der Bank sitzt, versetzt ihm einen Rippenstoß. »Da – seht Ihr die Welschen dort – die aus Italien?«, fragt er mit schiefem Lächeln. »Die werfen ihr Geld zum Fenster hinaus, als gäbe es kein Morgen. Freibier für alle! Sie sind schon seit drei Tagen hier und lassen es sich gut gehen wie die Könige!«

»Sind es denn Edelleute?«, fragt David. »Oder vielleicht Kaufherren, die in Gewürzen handeln?«

Der Mann lacht schallend und wirft den Kopf in den Nacken, sodass wir in seinem weit aufgerissenen Mund die verfaulten Zahnstümpfe sehen. »Ach was, Trunkenbolde und Tagediebe sind das! Auf der Flucht vor der Pestilenz haben sie ihre Städte und ihre Häuser verlassen, ihre Frauen und ihre Kinder. Zu Anfang waren es über ein Dutzend Männer. Jetzt sind nur noch fünf übrig. Die anderen haben ins Gras gebissen, kurz nachdem sie losgezogen sind. Schmausen, saufen und fröhlich sein ist das Motto, denn schon morgen könnte uns der Sensenmann holen!«

»Wir haben bloß von der Pestilenz gehört«, sagt David. »Doch diese Männer haben sie gesehen! Kann man denn etwas dagegen tun?«

»Einige erzählen sich, es sei heilsam, verschmutzte Luft in sich aufzunehmen. Deshalb kauern sie über den Latrinen und atmen den Gestank ein.«

Ich schlage mir die Hand vor den Mund und starre David an.

»Andere wiederum sagen, man solle sich draußen stets ein kleines Fläschchen mit Kräutern und Gewürzen unter die Nase halten. Das soll die verseuchten Dämpfe vertreiben.« Der Mann lacht. »Diese letztere Verfahrensweise ist mir lieber, Euch nicht auch?«

David streicht sich tief in Gedanken versunken über den Bart.

»Kräuter und Gewürze, sagt Ihr?«

»Wenn das so ist!«, rufe ich laut aus. »Dann wäre jedem gut gedient, der unsere kauft!«

David und ich sehen uns an und nicken. Gemeinsam gehen wir auf die lärmende Truppe zu und setzen uns an den Tisch neben dem ihren. Der Duft der gerösteten Ente überwältigt mich fast. Die Männer und Frauen bringen mit ihrem Lärm die Wände zum Beben. Sie fallen einander ins Wort, fuchteln beim Reden wild mit den Armen und stoßen die Stühle um. Wenn man ihre Worte auch nicht versteht, sprechen ihre Bewegungen doch eine deutliche Sprache. Sie sind von überschäumender Fröhlichkeit, zugleich haftet ihrem Überschwang etwas Falsches an.

Ein hagerer Priester mit bleichem Gesicht, der in Hörweite sitzt, ist offenbar bewandert in ihrer Sprache. Er dolmetscht für den Herrn neben ihm, welcher das Gesagte an seinen Begleiter weitergibt, der es wiederum für jeden, der es hören will, laut wiederholt. Bald reckt ein jeder in der Gaststube den Hals und lauscht, von wachsendem Grauen erfüllt, den Berichten.

»… all das geschah an einem einzigen Tag, ich kann euch sagen. So viele waren es, dass sie keinen Platz mehr fanden auf dem Friedhof und man ihn rasch vergrößern musste. Am Ende setzten sie die Leichen einfach in Brand, mitten auf der Straße. Ihr könnt euch den Gestank des brennenden Fleisches vorstellen, das zudem noch von der Pest verfault war. Ist euch bekannt, dass sich der Körper dabei schwarz verfärbt?«

»Ich kannte Familien, die warfen ihre Kinder auf die Karren mit den Toten, obgleich sie noch am Leben waren, bloß weil sie sie aus dem Haus haben wollten!«

»In Mailand lebten vier Familien, die von der Seuche betroffen waren. Der Stadtrat hat sich der Angelegenheit angenommen. Er sperrte sie in ihre Häuser, ließ die Türen vernageln und zündete sie an!«

»Vermochte das der Verbreitung der Krankheit denn Einhalt zu gebieten?«

»Ach was! Die Pest dringt immer weiter vor. Sie ist bereits in Avignon angekommen, müsst ihr wissen. Selbst Seine Heiligkeit der Papst ist außer sich vor Angst.«

Ein klammes Schweigen senkt sich über alle.

»Hört mich an!«, ruft der Priester plötzlich laut. Alles in seiner Haltung und seinem Ton drückt aus, dass er vorhat, das Wirtshaus zur Kirche zu machen. Er breitet die Arme aus: »Betet, Brüder! Gebt Almosen. Spendet der Kirche. Vielleicht ist es noch nicht zu spät.«

»Zweifellos ist Unmäßigkeit ein Grund für die Verbreitung«, stellt eine Frau fest und schlägt ihre Zähne dabei in eine Lammkeule.

»Man muss Acht geben auf sich und keusch bleiben«, nickt ihr Begleiter, der sich an einem Teller mit Schweinefleisch und Kohl gütlich tut.

»Ihr mögt ja glauben, natürliche Gründe wären die Ursache. Es heißt, Erdbeben, Vulkanausbrüche und üble Körpersäfte führten zu der Pestilenz«, fährt der Priester fort, der mit seiner Predigt nun die gesamte Gästeschar anspricht. »Doch nichts geschieht ohne Gottes Willen und das ist die reine Wahrheit. Jene Männer dort drüben werden dem Zorn Gottes nicht entgehen, es sei denn, sie geben Almosen und tun Buße.« Der Priester nickt in Richtung des Tisches, wo sich das laute Grüppchen nun über die Ente hermacht, die Knöchelchen hinter sich wirft und auf die Tischplatte schlägt, um mehr Bier zu bekommen.

Ich mache mich unwillkürlich klein, um nicht aufzufallen, und auch David sitzt stockstill, hat Angst, bemerkt zu werden, gibt keinen Ton von sich und rührt sich nicht.

Nach einer Weile greife ich dann doch kühn in meinen Beutel, ziehe eines der Kräutersäckchen hervor und gebe David ein Zeichen. Er nickt.

»Wir haben hier Heilkräuter«, sagt er laut. Mit übertriebener Gebärde öffnet er das Säckchen, greift hinein, nimmt eine Prise davon und reibt sie zwischen den Fingerspitzen. »Von kräftigem Geruch und oberster Reinheit«, preist er sie mit lauter Stimme an. »Diese Kräuter sind von einer unberührten Jungfer in Straßburger Erde angepflanzt worden.« Er schweigt für einen Augenblick, zieht den Duft der Kräuter in die Nase und atmet vernehmlich aus. »Es heißt, sie würden die Luft um einen herum reinigen und von den üblen Dämpfen befreien, die die Krankheit bringen.«

Ein älterer Mann, der nur mehr ein Auge besitzt, tritt mit ausgestreckter Hand auf David zu. »Was wollt Ihr für so einen Beutel haben?«

»Ich weiß nicht recht, Herr, ob ich davon in ausreichender Menge habe, um alle hier zufrieden zu stellen«, sagt David.

»Wie viele Säckchen besitzen wir, Johannes?«

»Bloß zwanzig«, gebe ich zur Antwort, halte meinen Beutel aber wohlweislich geschlossen. »Und von denen sind zehn bereits den Wollhändlern in der großen Halle versprochen. Wir wollten sie gerade dort abliefern.«

Jetzt sind alle Augen auf uns gerichtet. Diese Leute glauben, jeder Jude wäre in der Heilkunst und Magie bewandert und würde von geheimen Zaubersprüchen und Anwendungen wissen, die nicht nur Schlechtes, sondern auch Heilung zu bringen vermögen. Im Nu werden unsere Judenhüte für sie zu Sinnbildern der Hoffnung von magischer Anziehungskraft.

Ein Mann beugt sich zu uns hinüber und wirft drei Florin vor mir auf die Tischplatte. Sein Gefährte sieht ihn mit offenem Mund an. »Ja, bist du von Sinnen, Berno? Das ist ein kleines Vermögen!«

Doch der andere erwidert: »Was sind schon drei Florin, wenn ich mir dafür Gesundheit erkaufen kann?«

Damit steht der Preis fest. Und mich hat das Kaufmannsfieber gepackt, Münzen klimpern, Hände strecken sich mir entgegen und greifen gierig nach den Säckchen. Die Leute freuen sich über das Geschäft. »Diese Juden sind schlau. Sie kennen so manches Geheimnis. Vielleicht haben sie es vom Teufel gelernt, aber sei's drum – wenn es uns in der Not zu helfen vermag.«

»Ganz recht. Seht Ihr meinen Arm hier? Als einmal der Knochen gebrochen war, hat ihn einer unserer Stadtjuden gerichtet. Ist wieder so gut wie neu. Dennoch sind sie Magier und müssen im Auge behalten werden.«

David sammelt die Münzen ein und lässt sie in den Lederbeutel gleiten, während ich die Kräuterpäckchen an die Umstehenden verteile. Danach brechen wir rasch auf und eilen auf die Gasse hinaus. Wir wissen nur allzu gut, dass die Stimmung jeden Augenblick umschlagen kann, und dann wären wir ernstlich in Gefahr.

Elftes Kapitel

An einigen Nachmittagen nehmen David und ich uns Zeit und gehen zur Kathedrale, wo wir uns an den Schauspielen ergötzen, die auf dem Platz davor aufgeführt werden. An einem dieser Tage, an dem die Sonne gleißend vom Himmel brennt, stellen wir uns zu einer Gruppe, um einem Spiel zuzusehen, das von einem seefahrenden Mann handelt und seinem Weib, einer spitzzüngigen alten Vettel, die ihn unter ihrer Fuchtel hat. Sie lässt den Braten anbrennen, droht ihm mit der Faust, zerschlägt den Teller und verdrischt ihn mit einem Holzprügel. Wir wiehern vor Lachen. Am Ende wird die Frau von Reue übermannt, als ihr Mann mit einem Sack Gold heimkehrt (im Spiel ist es ein Sack voll Laub). Sie fällt vor ihm auf die Knie, bittet um Vergebung und küsst ihm den Stiefel. Doch leider ist es zu spät, der Seefahrer hat eine andere gefunden – eine brave Jungfer, sanft und lieb. Die Zuschauer sind hellauf begeistert. Der Gerechtigkeit wurde Genüge getan, und jeder hatte Gelegenheit, seinen Gefühlen Luft zu machen.

Wir wollen sehen, ob wir heute die Rüstung an den Mann bringen können. Nach der Belustigung werden sich gewiss unbeschwerte Leute finden, die in der Laune sind, solch einen Gegenstand zu erwerben, dem ein Hauch von Romantik und Kühnheit anhaftet.

»Leg das Kettenhemd doch einmal an«, schlägt David vor. »Und lass sie sehen, wie fein es glänzt. Und jetzt auch noch den Helm. Herrje, siehst du prächtig aus, Johannes!«

Mit dem Kettenhemd am Leib fühle ich mich selbst wie ein tapferer Krieger. Großartig. Stark. Jetzt wird mir auch klar, weshalb sie uns den Judenhut tragen lassen. Spitz, schäbig und lächerlich, wie er ist, soll er uns den Stolz nehmen. Zum Kettenhemd passt der Hut nicht. Ich stecke ihn mir unters Wams und stülpe stattdessen den Ritterhelm über.

Wir schlendern durch das Gewühl der Schaulustigen und David ruft dazu: »Hier, dieser Helm und das Kettenhemd stehen zum Verkauf! Solide verarbeitet und von bester Güte. Seht nur, welche Kunstfertigkeit! Nennt uns einen Preis. Der Helm und das Hemd sind auch einzeln zu erwerben. Nennt uns Euren Preis!«

Drei junge Männer kommen auf uns zu. In ihren Augen lese ich deutlich Verlangen, wenn sie es auch durch ihr großspuriges Gehabe zu verbergen suchen. »Ich biete sechs Silbermünzen für das Kettenhemd – obgleich es, wie ich eben bemerke, an vielen Stellen übel zerrissen ist.«

»Verzeiht, dass ich widerspreche, Herr«, antworte ich höflich. »Das Hemd ist vortrefflich geflickt. Mein eigener Großvater, ein begnadeter Handwerker, hat die Mängel mit eigenen Händen behoben. Es ist mindestens seine zwölf Florin wert, doch ich will eine Ausnahme machen...«

Mir rinnt der Schweiß, als ich spüre, dass der Augenblick des Triumphes naht. Der Tag neigt sich seinem Ende zu. Bald wird das Angelusläuten ertönen, die Händler werden ihre Buden für heute schließen, und alle werden in die Wirtsstuben und die Gasthäuser einkehren oder ihr Nachtlager auf den umliegenden Wiesen aufschlagen. Ich brenne darauf, den Handel abzuschließen.

»Seht nur, die feine Verstärkung hier an Brust und Rücken.« Ich drehe mich um und zeige ihnen die Stellen. Dann klappe ich das Visier des Helms übers Gesicht. Sie starren bewundernd. Die drei besprechen sich murmelnd und verhandeln miteinander. Ich meine ihnen anzusehen, dass sie bald so weit sind – wie reife Früchte kommen sie mir vor.

Doch dann schlägt die Stimmung um. Ist es eine plötzliche kalte Brise, die die Blätter erzittern und die Köpfe herumfahren lässt? Die Leute eilen auf die Stadtmauern zu. Wächter rufen vom Wehrgang herunter. Ein gedämpftes Tosen – wie ein Sturmwind – wird lauter und immer lauter. Es ist der Widerhall eines düsteren, vielstimmigen Gesangs und das Schlurfen vieler Füße, das sich mit dem aufgeregten Getuschel um uns herum mischt. Dann ertönt ein lauter Ruf: »Es sind Flagellanten! Die Flagellanten kommen. He – kommt. Schaut sie euch an!«

»Los, weg!«, ruft David, doch es ist zu spät. Die Menge hat uns verschluckt. Wir stecken darin fest. Wie ein riesiges Tier bewegt sie sich fort und reißt uns mit sich, sodass David mit seinem Judenhut und ich mit meinem Kettenhemd und dem Ritterhelm eins werden mit dem Schauspiel, das vor unseren Augen seinen Lauf nimmt.

Die Prozession kommt näher. Stetig und unerbittlich wälzt sich der Menschenstrom voran, einem Gletscher oder einer Lawine gleich. Eine einzige, vorwärts strebende Masse aus Männern und Frauen ist es, die vom Scheitel bis zur Sohle in weiße Kutten gehüllt sind. Auf Brust und Rücken leuchten rote Kreuze, zum Zeichen ihres Anliegens. Es sind Soldaten Christi, die durch die Lande ziehen, um dem Tod zu entkommen.

Die Kirchenglocken läuten, und mehrere Priester eilen herbei, um sich den frommen Büßern anzuschließen, die durch ihren Marsch und ihr Tun Krankheit und Pestilenz bannen wollen. Die Flagellanten geißeln sich bis aufs Blut. Sie flehen Christus in ihren Gebeten um Vergebung an. Die selbst auferlegte Buße ist der Preis, den sie zahlen wollen, um am Leben bleiben zu dürfen.

In Zweierreihen schlurfen sie im Gleichschritt daher, stumm erst und dann in Gesänge ausbrechend. Klagegesänge. Ich spüre, wie sich die feinen Härchen in meinem Nacken aufrichten, als der Singsang erklingt. Ich muss fort von hier! Ich wirbele herum, doch ich bin in der Masse der Leiber eingekeilt, die sich von allen Seiten gegen mich drücken. Todesangst liegt in der Luft und macht mir das Atmen schwer. Ich spüre förmlich den Eifer, der die Zuschauer erfasst hat, ihre plötzliche Verbrüderung, die Hitze ihrer Körper. Stechender Schweißgeruch brennt mir in der Nase. Jetzt werden die Rufe um mich herum lauter, peitschen mir ins Gesicht.

»Flagellanten! Flagellanten!«

Die Flagellanten selbst marschieren weiter unaufhaltsam voran. Ihr Anführer hält ein Banner aus purpurfarbenem, goldbesticktem Samt in die Höhe. Die goldenen Fäden schimmern unwirklich in der Abendsonne, wie nicht von dieser Welt. Die Menge erstarrt mit offenen Mündern, als hätte ihnen der Himmel tatsächlich ein Zeichen gesandt – die göttliche Billigung dessen, was sich gleich hier abspielen wird.

Die Brüder und Schwestern des Kreuzes, deren Köpfe unter den Kapuzen ihrer Kutten verborgen sind, ziehen nun durch das Stadttor ein und schreiten durch die Gassen an den Buden vorbei auf den Hauptmarkt zu. Ihr Anblick lässt niemanden unberührt. Alles andere verliert an Bedeutung. Sie kommen in nobler Absicht: um die Gnade und Vergebung Gottes zu erlangen, der Pestilenz Einhalt zu gebieten und das Land von Sünde und Unreinheit zu befreien.

Die Büsser – es müssen wohl an die zweihundert sein – stellen sich hintereinander im Kreis auf. Sie sprechen wie mit einer Stimme, haben nur ein Begehr. Zu erdulden. Zu leiden. Die grausame, todbringende Seuche abzuwenden, die das Abendland in ihren Klauen hält. Nun ergreift der Laienmeister, der sie anführt, das Wort. Seine Rede ist zunächst leise und wird dann immer lauter und wütender. Alle Augen sind auf ihn gerichtet und folgen jeder seiner Bewegungen. Die gaffende Menge beugt sich ihm unwillkürlich entgegen. Er ist eindrucksvoll in seinem Zorn.

»Die Pestilenz, die vor unseren Augen wütete – der Fluch, dessen Zeuge wir wurden –, lässt sich mit Worten nicht beschreiben.« Er berichtet von ganzen Familien, die binnen eines einzigen Tages ausgelöscht wurden, von den riesigen Haufen, zu denen ihre Leichen aufgetürmt wurden. Er erzählt von Häusern, die in Brand gesteckt wurden, obwohl sich in ihrem Inneren noch Lebende befanden. Von Räubern spricht er, welche ohne Unterschied die Kranken und die Überlebenden berauben und plündernd und schändend durch die Lande ziehen. »In Florenz ist es so, in Mailand, in Marseille und in Lothringen – das Grauen schleicht mit jedem Tag näher. Einige suchen Zuflucht in den Gotteshäusern, doch das hilft ihnen nichts. Priester sterben genauso wie Nonnen und Bischöfe – Gerechte trifft es ebenso wie Gottlose, Reiche wie Arme. Die Pestilenz greift wie ein Feuer um sich und lodert und wütet. Sie wird auch zu euch kommen, Brüder und Schwestern! Sie wird auch zu euch kommen!« Unruhe erfasst die Menge. Angst. Todesangst. Was können wir tun?

Und nun beginnen die Flagellanten mit ihrem grotesken Tanz. Schneller, immer schneller bewegen sie sich im Kreis und lassen die Peitschen auf ihre Rücken niedersausen – dicke, knotige Lederpeitschen sind es, mit spitzen Eisenstiften an den

Enden. Lautes Wehgeschrei erklingt aus der Menge der Gaffer, als die Schläge mit solcher Gewalt niederprasseln, dass das Blut nach allen Seiten spritzt, wenn die Nägel das Fleisch treffen. Frauen eilen kreischend auf die Flagellanten zu, um das Blut der Frommen mit Tüchern aufzufangen und es sich auf Stirn, Lidern und Lippen zu verreiben. Die Menschen wehklagen und flehen um Vergebung. Gnade!

Bei aller Einbildungskraft hätte ich mir solch einen Anblick niemals ausmalen können. Die Menge hat jetzt jegliche Beherrschung verloren. Es muss der Anblick des Blutes sein. »Komm weg!« David zieht mich am Arm, doch wir können nichts ausrichten gegen diese Masse und ihre entfesselte Leidenschaft. Sie ist wild, wahnsinnig, wie im Rausch. David brüllt: »Nur weg hier, Johannes! Lauf!«

Doch wir sitzen in der Falle. Die Raserei um uns herum breitet sich so schnell aus wie eine züngelnde Flamme. Der Anführer der Flagellanten stachelt die Büßer an und richtet zugleich beschwörende Worte an die Zuschauer. »Es gab bereits Geständnisse ... sie müssen vertrieben werden, denn sie sind Gottes Werkzeuge der Rache ... einige von ihnen versuchen sich in den schwarzen Künsten, sie üben Verrat und streuen Gift.« Jemand streut Gift. Jemand verbreitet die Pestilenz. Jemand.

Der Anführer steht inmitten der sich windenden, blutüberströmten Büßer und verkündet: »Sie verbreiten das Übel – wie es die Aussätzigen vor Jahren taten! Ist euch bekannt, dass jene danach trachteten, das ganze Land zu vergiften? Und wusstet ihr, dass die Juden ihnen dabei geholfen haben?«

Jetzt ist es heraus – das Wort, das schmutzige Wort. *Jude.* Der Ruf wird von vielen Stimmen um uns herum aufgenommen. »Die Juden sind schuld! Die Juden!«

»Mörder und Giftmischer – sie trinken das Blut unserer

Kinder, sie schänden unsere Hostien, sie vergiften unsere Brunnen...«

»Die Juden! Das Pack hat sich gegen uns *verschworen*!« Die Stimmen werden lauter. Das gefürchtete Wort, wie ein spitzer Stein in die Menge geschleudert, fliegt jetzt von Mund zu Mund. »... sie haben sich *verschworen*, den Heiland zu ermorden, *verschworen*, unsere Kinder zu töten, *verschworen*, unseren Glauben zu verschmutzen, unsere Luft, selbst das Wasser, das wir trinken...«

Mit einem Mal wird mir schwarz vor Augen. Leiber fallen auf mich, begraben mich unter sich. Ich habe Angst, dass sie mir die Knochen brechen. Die eisernen Glieder des Kettenhemds schneiden mir tief ins Fleisch. Der Helm drückt. Die Luft wird knapp. Ich keuche, verliere den Boden unter den Füßen und verspüre noch nicht einmal Furcht, denn ich habe nur noch einen Gedanken. Luft!

Plötzlich kann ich wieder atmen und erblicke auch wieder das helle Licht der Sonne, deren Strahlen die Erde tränken. Es ist, als sei das Ende der Welt gekommen, das Ende der Zeit. Die Schreie hallen mir noch in den Ohren, doch sie werden immer leiser, ersterben zum Echo. Die Geißelbrüder haben ihren Marsch wieder aufgenommen, die Menge folgt ihnen. Und ich liege am Boden und sehe einfach nur zu. Ich bin weder Verfolgter noch Verfolger – es ist, als wäre ich unsichtbar. Meine Augen und Ohren quellen über von all dem Bösen um mich herum.

Der Pöbel hat sich Waffen besorgt – Stöcke, Steine, Messer, Haken, Hämmer und Knüppel. Jemand brüllt: »*Da ist einer! Der spitze Hut, die Geldtasche, die Haartracht... Jude! Jude!*« Und: »*Da, seht ihr den gelben Flicken, das Judenzeichen?*« Und: »*Da vorne läuft ein Muselman, ein Heide. Packt sie euch!*«

Einige Menschen versuchen zu fliehen oder der Gewalt Einhalt zu gebieten. Vergebens. Wie von einem einzigen Herzschlag angetrieben, sucht sich das rasende Gesindel seine Opfer. Marktstände werden einfach überrannt. So auch der Karren des bedauernswerten Abiru. Im nächsten Augenblick liegt der Mann schon am Boden, wie ein Käfer zertreten von tausend trampelnden Füßen. Im Nu stehen die Häute, die er verkauft, in hellen Flammen. Buden werden geplündert, Tiere losgebunden, mitgenommen oder abgestochen.

Wo sind die Ratsherren? Die Wachen von den Toren? Die Wächter, die eben noch auf den Stadtmauern standen, um für Ordnung zu sorgen?

»David!«, schreie ich. »David!« Ich finde ihn nicht. Er ist verschwunden.

Inmitten des Durcheinanders nehme ich nur einzelne Bruchstücke wahr – ein Grinsen, dann ein Gesicht, das von solch blankem Hass verzerrt wird, wie er mir zwischen zwei Menschen bisher nicht möglich schien. *Weshalb hassen sie uns so? Weshalb hassen sie mich?*

Ich rappele mich auf, dränge mich eilig durch eine Lücke, die sich für einen Augenblick in der Menge auftut, und begreife erst jetzt, dass mich mein Kettenhemd gänzlich unkenntlich macht. Kurz übermannt mich Erleichterung. Dann fühle ich mich nur noch mutterseelenallein. *Vater. Großvater. David.*

Auf der Suche nach David laufe ich in Gassen hinein und wieder hinaus und durchkämme Hinterhöfe. Ich kann der Raserei der Menge nicht entfliehen, den züngelnden Flammen, die plötzlich überall auflodern. Ich höre es krachen und splittern, als würde etwas – vielleicht Knochen – brechen.

Und dann ist es unvermittelt zu Ende. Eine seltsame Stille senkt sich über die Stadt und breitet sich sogar auf die umliegenden Wiesen aus, wo selbst die Vögel und die anderen Tiere innehalten. Ich wandere wie durch einen Nebel, mein ganzer Körper tut weh. Der Schmerz kommt von tief drinnen, ein Brennen in meinem Inneren. Wie konnte das nur geschehen? Ich weiß gar nichts mehr – meine Gedanken kreisen nur noch um eins: *David.*

Irgendwann findet Vater mich. Er wankt auf mich zu wie ein Geist. Seine Arme umfangen mich. Ich spüre seine Tränen auf meinem Gesicht.

»Du bist in Sicherheit!« Er schlägt mir auf den Rücken und zieht mich erneut an sich, seine großen Hände halten, drücken, liebkosen mich. »Wie bist du nur in diese Menschenmenge geraten? Weshalb steckst du in der Rüstung? Wo ist David? Mein Gott! Mein Gott, ich dachte schon, ihr wärt tot!«

Ich kann nicht atmen. Die Augenblicke des Schreckens, die ich durchlebt habe, scheinen in meiner Brust und meiner Kehle festzustecken und mir die Luft abzudrücken. Endlich würge ich keuchend hervor: »David... aus den Augen verloren... sie haben ihn erwischt, glaube ich. Ich konnte... nichts... tun! Wo... ist Großvater?«

»Wir sind in ein Kloster geflüchtet. Sie... einige Nonnen haben uns Unterschlupf gewährt. Großvater wartet dort.« Vaters Gesicht ist mit Schweiß bedeckt, obwohl die Abendluft klamm und kalt ist. »Komm, wir müssen nach deinem Oheim suchen«, sagt er mit einer Stimme, die ohne jede Hoffnung ist.

Schließlich finden wir ihn neben einem umgestürzten Karren mit Feuerholz liegen. Im ersten Augenblick erkennen wir ihn nicht, begreifen kaum, dass es sich um einen Menschen handelt. Was wir sehen, ähnelt eher einem verkrüppelten Stück Holz. Doch dann begreifen wir. Mir stockt der Atem, und meine Hände sind wie taub, als ich das grauenhafte Bild in mich aufnehme.

Ein Klagelaut, ein leises Stöhnen, entringt sich Davids geschwollenen und blutverkrusteten Lippen. Ein dünnes Rinnsal Blut sickert aus einem Mundwinkel. Sein Wams ist an der Brust zerrissen, wo ein tiefer Schnitt in seinem Fleisch klafft. An seinen beiden Händen und Füßen ist zu sehen, dass die rasende Menge ihn auf dieselbe Art martern wollte, wie einst Christus gemartert und schließlich gekreuzigt wurde. Das ist nichts Neues. Jahr für Jahr sucht sich der Pöbel erneut ein Opfer, an dem es die Passionsgeschichte nachstellen kann.

Vater beugt sich hinab. Ich neige mein Gesicht dicht zu Davids. Wenn mein Atem nur heilen könnte! Wenn meine Liebe sein Leiden nur lindern könnte! David schlägt die Augen auf. Seine Lider flattern. Er murmelt: »Gott sei Dank. Wir sind...«

»Wir nehmen den Karren«, bestimmt Vater, der sich nun aufrichtet und die Schultern strafft, als würde ihn eine plötzliche Welle von Kraft zu einem Riesen machen. Er wirft das Feuerholz vom Karren und hievt das Gefährt mit einem einzigen Ruck wieder auf die Räder. »Los, auf den Karren mit ihm!« Eine Blutlache glänzt am Boden, wo David gelegen hat. Das Blut ist tiefrot und beginnt bereits zu gerinnen. Und jetzt, wo die Dämmerung hereinbricht, sehe ich, dass Davids Gesicht blass ist, so blass wie der Mond am Morgen.

Drei Tage lang liegt er in einem Kellerverlies des Klosters. Kalt ist es dort – es ist ein Ort für Gefangene, Flüchtlinge oder Geisteskranke –, doch wenigstens liegt er dort geschützt, und die guten Nonnen erlauben uns zu bleiben. David ruht auf einem Lager aus Stroh auf dem nackten Boden aus gestampftem Lehm. In den Hohlräumen der aus Stein gemauerten Wand sammelt sich Feuchtigkeit. In einer der Nischen entdecke ich Knochen. Einen langen, vielleicht von einem Oberschenkel, und mehrere kleinere. Ich erzähle Vater und Großvater nichts davon.

Die beiden machen sich auf, um einen Arzt zu suchen. Sie kehren unverrichteter Dinge zurück, bringen jedoch Neuigkeiten über das Gemetzel und die Verwüstungen mit. Die Messe geht weiter, das Tagesgeschäft ist durch die Vorfälle kaum beeinträchtigt. Einige haben wohl nach dem Juden Menachem gefragt – warum sitzt er nicht an seinem Tisch?

Vater, Großvater und ich hocken nur da und starren vor uns hin. Wir lauschen Davids Atemzügen und beten. Vater schickt mich in die Klosterküche, um Essen zu kaufen – ein paar Eier, eine Hand voll Mandeln und Milch. David schlürft die Milch. Etwas anderes will er nicht. Ich finde ein letztes Beutelchen mit Margaretes Kräutern. Mithilfe zweier Steine zerreibe ich die Kräuter zu Pulver, das ich unter die Milch mische. Doch auch sie bringen David nicht zu Kräften. Seine offenen Augen sind ohne Unterlass auf die von Rissen durchzogene Decke gerichtet, ganz gleich ob er wacht oder schläft.

Am zweiten Tag stehen plötzlich zwei Nonnen in der Tür. Eine trägt eine Kerze, obwohl es Tag ist. Die ältere der beiden ist hoch aufgeschossen und hager. Jahre der Arbeit und Hingabe haben sich als tiefe Falten und Runzeln in ihr Gesicht eingegraben.

Die jüngere – wohl eine Novizin – ist ein pummeliges Mädchen von gedrungenem, bäuerlichem Körperbau mit einem Doppelkinn. Sie tritt lächelnd ein und beugt sich zu dem Kranken hinunter.

Als sie sich wieder aufrichtet, wispert sie der älteren Nonne zu: »Aber... aber, wo sind denn seine Hörner?«

Die andere gibt ihr leise und verächtlich zur Antwort: »Die können sie selbstverständlich einziehen, so wie Katzen ihre Krallen. Stellt nicht solch törichte Fragen, Schwester Augustine, wir sind hier, um ihn zu retten.« Ihr Blick ruht für einen Augenblick auf Davids zusammengesunkenem Körper.

»Vielleicht würde ein Aderlass helfen.«

Großvater brummt ungehalten. »Er ist schon halb tot, so viel Blut hat er bereits verloren.«

»Nun – wir fanden den Aderlass stets hilfreich. Zusätzlich zu den Gebeten natürlich.«

Ich sehe David an. Seine Augen stehen schon seit geraumer Zeit weit offen. Er bewegt die ausgedörrten Lippen und stöhnt: »Keine Gebete.«

»Wenn Ihr unseren Erlöser doch nur annehmen könntet!«, ruft die jüngere, Schwester Augustine, aus. »Dann würdet Ihr ganz gewiss auf wundersame Weise genesen! Wir werden dennoch für Euch beten«, sagt sie eifrig. »Im Namen Jesu.«

»Nein«, ertönt ein heftiges Flüstern. David hebt den Kopf. Seine Stimme wird kräftiger. »Wenn ich das zuließe«, sagt er, »und überleben würde, was bliebe mir dann am Tag meines Todes zu sagen? Dass ich meinen Herrn verraten habe?«

»Kommt, Schwester!«, mahnt die andere. »Das sind starrköpfige Leute, wie ich es Euch gesagt habe. Wir haben unserer Pflicht Genüge getan, indem wir es ihnen angeboten haben. Ach, könnten sie doch nur die Wahrheit erkennen! Doch sie sind geblendet von ihrer Treue zu Satan.«

Nachdem die Nonnen gegangen sind, winkt David mich zu sich. »Gräme dich nicht, Johannes«, flüstert er. »Ich habe... ich habe geliebt.«

Ich warte darauf, dass er mehr sagt, doch sein Blick bewölkt sich, und er sinkt zurück. Sein Atem wird flacher.

Am dritten Tag fährt er plötzlich auf. »Spiel es für mich, Johannes!«, ruft er.

Ich werde aus einem tiefen Schlaf voller Albträume geweckt. Ich schrecke hoch und eile auf ihn zu. »Was?«

»Das Hochzeitslied – weißt du noch? Das Lied von der Braut und dem Bräutigam. Spiel es für mich, Johannes!«

Erst vier Jahre ist es her, da spielte ich dieses Lied mit den anderen Musikanten, als David in den blumengeschmückten Raum geführt wurde, in dem seine strahlend schöne Braut wartete. Tamara. Ich hatte das Lied eigens für seine Hochzeit gelernt. Es ist wunderschön.

Jetzt führe ich meine Flöte an die Lippen und spiele und dabei kommen mir auch die Worte wieder in den Sinn.

»Singt für das Brautpaar,
ihr glücklichen Herzen,
singt ein Lied auf das Leben.
Auf die Liebe, die kommt als Gottesgeschenk,
wie Er, den wir ersehnen.

Lasst Blumen blühn
und Vögel singen,
spielt auf Harfe und Leier,
singt den Segen, lasst Glocken erklingen
und reiht euch ein in die Feier.

Die Flammen der Liebe,
sie lodern so hell,
der Bräutigam sieht die Braut,
und unter frommem Segenswunsch
werden sie heute getraut.

O glücklicher Bräutigam,
O glückliche Braut,
lang sollt ihr leben und gesund,
in Frömmigkeit und von Kindern umringt,
vereint im ewigen Bund.«

David öffnet die trockenen Lippen. »Noch einmal«, flüstert er. Ich spiele das Lied wieder und wieder und wieder. Doch während die fröhliche Weise aus meiner Flöte erklingt, zerreißt es mir das Herz.

In dem Durcheinander ist der Esel verschwunden. Vielleicht ist er auch tot.

Vater, Großvater und ich besprechen uns. Davids Tod hat uns noch enger aneinander geschweißt. Wir sind mehr als Verwandte. Wir sind drei Männer, die in Trauer vereint sind, und keiner von uns stellt die Frage: Wie sollen wir nur ohne David nach Hause zurückkehren? Wie sollen wir das, was geschehen ist, den Frauen erklären, die uns gewiss verantwortlich machen werden? Die Trauer sucht stets nach Antworten, wenn sie diese auch nie findet.

Ohne sagen zu können wieso, spüre ich, dass ich die Führung übernehmen muss, als seien Vater und Großvater plötzlich zu alt und zu gebrechlich dafür. Ich habe auch schon einen Plan, den ich ihnen auseinander setze. Sie sind einverstanden. Wir sammeln unsere Habseligkeiten zusammen: die Geldtasche, die eiserne Kassette und die paar Pfänder, die uns bei den Unruhen nicht gestohlen wurden. Wenigstens konnten wir das Geld in Sicherheit bringen, weil Vater gleich damit ins Kloster floh, als der Aufruhr begann.

Aber natürlich werden unsere Widersacher höhnen, wie bezeichnend für die Juden, denen ihr Geld ja das Teuerste ist – als wären wir die Einzigen, die wissen, dass man ohne Geld so gut wie tot ist.

In der Nähe des Stadttores sitzen immer noch die Muselmanen mit ihrer struppigen Mähre. Ihre Frauen und Kinder sind nicht zu sehen. Vielleicht wurden sie zum Betteln in die Stadt geschickt. Wer könnte es ihnen verübeln? Ich trete zu dem

Mann mit dem Lendenschurz, und schneller, als man einen Humpen Bier leeren kann, ist der Handel besiegelt. Der Muselman eilt davon, die Hände zum Himmel erhoben und vor Freude jubelnd. Ich nehme das Pferd an den zerschlissenen Zügeln und führe es zurück zum Kloster, wo Vater und Großvater neben Davids Leichnam wachen, der nun kalt und steif ist.

Zu dritt hieven wir den Toten auf das Pferd, was uns unendlich schwer fällt. Ich kann es nur ertragen, wenn ich an gar nichts denke, doch das ist unmöglich. Also denke ich an Benjamin und daran, wie sehr er sich freuen wird, wenn er dieses Pferd erblickt, das ihm gehören wird.

Zwölftes Kapitel

Ich habe von unglaublichen Dingen geträumt, von weitläufigen Palästen der Freude, wo den Leuten zuerst Wunder gezeigt und wo sie dann getötet wurden. Es war ein Ort, an dem sich die Menschen für den Tod entscheiden konnten, sowie unsereins sich im Wald entscheidet, welche Weggabelung er wählt. Weshalb sollte jemand freiwillig den Tod wählen? Was mag dieser Traum bedeuten?

Ganz bestimmt hat David sich nicht gewünscht zu sterben. Ich denke an die beiden Nonnen und an ihr Angebot. Sie haben keine Ahnung, was es bedeutet, Jude zu sein, einen Bund mit dem Gott Abrahams geschlossen zu haben. Dieser Bund ist wie eine Ehe, er ist für die Ewigkeit gemacht und schließt alles andere aus. Ich weiß jetzt, dass es das ist, was David ausdrücken wollte, als er mich bat, immer und immer wieder das Hochzeitslied zu spielen.

Mit dem ersten Licht jedes anbrechenden Morgens spüre ich aufs Neue diesen dumpfen Schmerz in mir – es ist wie ein Schlag in die Magengrube: David ist tot. Ich werde ihn nie wieder sehen. Nie wieder mit ihm lachen oder musizieren.

Auf dem Heimweg reden wir nicht viel miteinander. Großvater sitzt auf dem Pferd und lässt sich im Takt des gemächlichen Trottes hin und her wiegen. Vater schlurft müde neben ihm. Ich führe sie nach Hause.

Es gibt nichts zu erzählen, nichts zu besprechen. Dafür stürzt eine Flut von Erinnerungen auf mich ein, nicht nur solche an David, sondern auch an meine Kinderzeit. Diese Reise scheint einen Wendepunkt in meinem Leben einzuläuten. Ich lasse die Kindheit hinter mir. Und meine Erinnerungen bekommen nun eine ganz besondere Bedeutung.

Ich sehe wieder den Mann mit dem Neugeborenen auf der Brücke vor mir. Auch denke ich daran zurück, wie Gunther, Jakob und ich als kleine Jungen zusammen herumtollten. Ich spielte gerne »Kreuzfahrer«, bis Vater mich dann einmal zur Seite nahm und mir erklärte, dass die Kreuzritter vor Jahren ausgezogen waren, um die »Ungläubigen« zu bekehren und das Heilige Land von den Muselmanen zurückzuerobern, und dass sie sich unterwegs an Aussätzigen und Juden in der Kunst des Tötens geübt hatten.

»Es ist nicht recht, dass ein Judenjunge den Kreuzritter spielt«, sagte mein Vater. Es beschämt mich nun, dass ich manches Mal die Rüstung angezogen habe, um ein anderer zu werden. Auch Gott weiß von meiner Schlechtigkeit. Doch dann muss ich daran denken, dass ich jetzt sehr gut tot sein könnte, hätte ich nicht das Kettenhemd und den Helm getragen. Vielleicht war es ja Gottes Wille, dass ich die Rüstung genau in dem Augenblick anlegte, als die Flagellanten in die Stadt zogen. Aber wenn Gott mich rettete, zu welchem Zweck tat er es? Warum hat er David sterben lassen und mir erlaubt weiterzuleben?

Während wir so heimwärts ziehen, frage ich mich, wie wir von nun an den Rest unseres Lebens verbringen sollen. Werden wir uns jemals wieder an etwas erfreuen können? Doch dann, als wir das Ende des Waldes erreichen und der Fluss vor uns liegt, erfüllt mich plötzlich eine Welle der Dankbarkeit und des Staunens. Wir beschleunigen unsere Schritte. Selbst in das Pferd kommt Leben. Sein Kopf wippt auf und ab und es hebt die Hufe ein bisschen höher. Großvater strafft den Rücken. Ach, wie fern der Heimat wir doch waren! Wie sehr wir diesen Ort lieben – die Obstbäume, die uns zuzunicken scheinen und die blühenden Sommerwiesen und die Fachwerkhäuser mit ihren spitzen Dächern und den niedrigen Zäunen, hinter denen sich Hühner, Schweine und Kühe tummeln – all das ist so schön, dass es beinahe schmerzt.

Just als wir uns dem Stadttor nähern, erklingen die Kirchenglocken. Sonst empfinden wir Juden die Glocken als störend, als eine Mahnung daran, dass wir Außenseiter sind. Doch heute scheint uns ihr Läuten wie ein Willkommensgruß. Wir sind wieder daheim. Ein wahrer Heißhunger packt mich, doch dann überkommt mich wieder die Erinnerung und es trifft mich wie ein Schlag: David.

Als Mutter an die Tür kommt, sehe ich in ihrem Gesicht, dass sie etwas geahnt hat, es nicht glauben wollte und doch an nichts anderes denken konnte.

»Wo ist David?«, fragt sie mit bebender Stimme. »Wo ist er?«

Großvater lässt sich stumm vom Pferd gleiten.

Vater tritt mit ausgestreckten Händen auf Mutter zu. Sonst verbietet es ihnen der Anstand, sich in Gegenwart anderer zu berühren, doch jetzt umfasst Vater ihre Hände. Ihre Worte überstürzen und verheddern sich wie verknotetes Garn. Es ist ein Durcheinander aus Fragen und Antworten – der Versuch, das Undenkbare zu begreifen.

»David? Wo ist David?«

»Die Flagellanten...«

»Weshalb sitzt Großvater auf einem Pferd?«

»Abraham, bist du das? Gott sei Dank, du bist heil zurückgekehrt.«

»Großmutter ging es nicht gut. Sie hat sich vor Sorge verzehrt.«

»Wir haben ihn in der Stadt begraben – es war nur unter größten Schwierigkeiten zu bewerkstelligen.«

»Drei Tage. David war noch drei Tage bei uns.«

»Er wollte nicht, dass sie für ihn beten.«

»Johannes hat für ihn auf der Flöte gespielt und dann...«

Nachdem alle Fragen gestellt und alle Antworten gegeben sind, beginnt es von neuem – dieselben Fragen, dieselben Antworten. Niemand will es wahrhaben. Der Tod ereilt uns alle, und doch erscheint es unmöglich, dass einer am einen Tag da ist und am nächsten schon fort, aufgebrochen zu einer Reise, von der keiner wiederkehrt.

Nachbarn eilen herbei. Wer hat sie unterrichtet? Es ist wie eine Strömung, ein stiller Fluss, der von Haus zu Haus fließt und die entsetzliche Nachricht verbreitet. Wir Trauernden sitzen auf der Erde, wie es der Brauch gebietet. Die Leute sprechen mit gesenkter Stimme oder gar nicht. *Am wenigsten sind viele Worte im Trauerhaus am rechten Ort*, sagt ein jüdisches Sprichwort.

Nachbarn bringen Speisen herein: gesalzenen Fisch, geräuchertes Fleisch, harte Eier und frisches Brot. Jemand bringt auch einen Topf gekochte Linsen. Das Mahl wird auf großen Holztellern auf dem breiten Tisch angerichtet. Niemandem steht der Sinn nach Essen, doch irgendwie verschwinden die Speisen trotzdem. Hunger ist der ständige Begleiter der Trauer. Der Bootsbauer Dovie, Bäcker Zemel, Gevatterin Freda, der krumme Mosche, der Metzger Elias, der Gärtner Saul, der *Schochet*, der Schneider, der Hüter des Bades – sie alle sind mit ihren Frauen und Kindern gekommen.

Schaue ich mich um, blicke ich in die Gesichter meiner Nachbarn, der Menschen, die ich von Geburt an kenne. Jedes Gesicht ist mir wohl vertraut und teuer. Jakob ist da und Margarete mit ihren Eltern und ihrer kleinen Schwester. Rochele und Rosa haben sich gleich zusammengetan und tuscheln heimlich, wie es kleine Mädchen eben tun. Sie sind ernst. Ihr Haar glänzt. Ich sehe, wie Margarete ihnen einen Blick zuwirft, und im nächsten Augenblick stehen wir schon nebeneinander und sehen uns in die Augen.

»Johannes, es tut mir so Leid...«

»Es ist gut, wieder daheim zu sein.«

»Die Zeit ist mir so lang vorgekommen.«

»Es gibt vieles, was ich dir erzählen möchte, Margarete. Wir müssen miteinander sprechen. Über uns. Unsere Zukunft.« Ich staune über meine kühnen Worte, bin aber zugleich ohne jede Angst. Ich muss für mich selbst sprechen. Ich bin nun wirklich zum Mann geworden.

»Vielleicht möchtest du uns besuchen, wenn ihr die Trauerzeit, die *Schiwa*, beendet habt«, sagt sie.

»Das werde ich ganz sicher tun«, entgegne ich. »Ich habe ja auch noch dein Geld von den Kräutern.«

»Sprich jetzt nicht davon. Später ist noch genug Zeit«, wehrt sie lächelnd ab.

Ich sehe Margaretes Liebreiz, doch da ist noch mehr. Mir fällt auf, wie viel größer ich doch bin als sie, und das erfüllt mich mit dem Wunsch, sie zu beschützen. Und ich wünsche mir noch etwas anderes: Ich möchte ihre Wärme und Zuneigung spüren. Ich brauche sie. Die Welt ist zu bitter ohne diese eine besondere Liebe. Margarete hält einen geschnitzten Kasten in den Händen. »Ich habe einige Kräuter mitgebracht«, sagt sie. »Für deine Großmutter. Auf dass es ihr bald wieder gut geht.«

Ich nicke betrübt. »Ihre Beine schmerzen und sind geschwollen. Sie kann nicht mehr gehen.«

»Wir werden für ihre Genesung beten«, verspricht Margarete.

Als die beiden kleinen Mädchen auf uns zukommen, wende ich mich in neckischem Tonfall an Rosa: »Sag deiner Schwester, dass ich ihr ein Geschenk von der Messe mitgebracht habe. Ein Stück roten Samt. Aber vielleicht«, füge ich hinzu, »will sie es ja gar nicht. Ich hörte, sie versteht sich nicht so gut darauf, still zu sitzen und zu nähen.«

Margarete strahlt. Sie spricht Rochele an. »Richte deinem Bruder aus, dass ich sehr gerne nähen würde«, trägt sie ihr auf. »Und vielleicht bleibt ja noch etwas Stoff für ein Wams übrig. Was denkst du, würde deinem Bruder ein rotes Wams wohl gefallen?«

Die Kleinen kichern leise.

Wie merkwürdig das doch ist – Glück zu verspüren inmitten des Kummers, Kummer inmitten des Glücks. Aber so ist es für uns Juden schon immer gewesen. Auf dem Höhepunkt der fröhlichen Hochzeitsfeier zertritt der Bräutigam ein Glas, um so an die Zerstörung des Tempels zu erinnern und zu zeigen, dass Freude und Leid dicht beieinander liegen – denn noch sind wir nicht im Himmel.

Bald hat uns der Straßburger Alltag wieder. Während ich weg war, bildete ich mir ein, dass in meiner Abwesenheit alles beim Alten geblieben sein müsste, doch unsere Welt verändert sich ständig. Wir sind bloß zu nahe dran, um zu bemerken, wie es tagtäglich passiert. Rochele ist auf einmal aufgeschossen und leichter zu reizen. Benjamin lernt unermüdlich für seine *Bar Mitzwa*. Er ist ja nun bald dreizehn und wird dann als vollwertiges Mitglied in die Gemeinde aufgenommen. Bei Kerzenschein liest er mit Rabbi Meier und dessen Söhnen die heiligen Schriften. Großmutter rührt sich den ganzen Tag nicht von ihrem Lager. Großvater muss sich dicht zu ihr hinabbeugen, um ihre schwache Stimme zu verstehen, und wenn er sich dann wieder aufrichten will, bereitet ihm das große Schwierigkeiten.

Vater und ich statten unseren Schuldnern Besuche ab – unter ihnen sind Edelmänner, Mönche und Priester. Ich stehe daneben und beobachte alles. Jetzt mische ich mich auch zum ersten Mal ein und richte in meines Vaters Gegenwart das Wort an einen Schuldner. »Edler Herr, Ihr müsst verstehen, dass wir auf die Zahlung der Zinsen bestehen müssen. Wir bestreiten davon schließlich unseren Lebensunterhalt.«

»Ja, ja«, brummt Freiherr von Zims, der sich Jagdhunde und Pferde hält, gerne ausgelassen feiert und Turniere ausrichtet. »Wir haben auch unsere Ausgaben. Ihr müsst Euch eben noch etwas gedulden.«

Vater räuspert sich. »Ihr habt der Zahlung von Zinsen damals selbst zugestimmt. Hier, seht Eure Unterschrift auf dem Schuldschein.«

»Aber es waren die Umstände, die mich gezwungen haben, mich darauf einzulassen. Eure Zinsen sind viel zu hoch, das wisst Ihr selbst.«

»Wir haben ebenfalls hohe Ausgaben«, sagt Vater. »Wir müssen Judensteuern zahlen und unsere Familien ernähren.«

»Ach, ihr Juden, ihr seid doch unablässig nur am Jammern!«, schnaubt der Freiherr. »Ihr tätet gut daran, es euch nicht mit uns zu verderben, wenn ihr friedlich unter uns leben wollt.«

Vater leidet sichtlich unter alldem. Man sieht es an seinem Gang, an den schlaff herabhängenden Händen. Ich möchte von ihm wissen: »Warum müssen wir denn Geldleiher sein? Weshalb müssen wir überhaupt hier leben?«

»Geldleiher sind wir, weil wir keine andere Arbeit tun dürfen. Und in Straßburg haben wir immer schon gelebt. Schon seit dein Großvater ein Knabe war.«

»Aber weshalb müssen wir uns behandeln lassen wie streunende Hunde? Wir zahlen doch unsere Steuern. Wir tun unsere Pflicht. Sind wir denn nicht auch Bürger und haben Rechte?«

»Nein, das sind wir nicht!« Sein Ton ist barsch. »Wohin sollten wir auch gehen? Wir sind keine Deutschen, keine Franzosen oder Welsche aus Italien. Wir sind Juden und nichts als Juden.«

Ich möchte brüllen und mit ihm streiten. Ich möchte Fragen stellen. Was wäre denn, wenn es auch christliche Geldleiher gäbe? Was wäre denn, wenn sie uns nicht bräuchten – was dann? Doch ich bleibe stumm und spüre einen ungerechten Groll gegen meinen armen Vater in mir aufsteigen, der so niedergeschlagen ist.

Ich gehe allein zur zwinkernden Greta, um ihr den Erlös aus dem Verkauf des Käses zu geben. Auf mein Klopfen hin steckt sie vorsichtig den Kopf zur Tür heraus, als wolle sie ein Tier im Inneren der Hütte daran hindern zu entweichen. Sie zwängt sich durch den Türspalt nach draußen und strahlt mich erwartungsvoll an.

Aus der Hütte brüllt ihr eine heisere Stimme hinterher: »Ja, das denkst du dir wohl so, mich hier im Finstern verrotten zu lassen, du Hexe! Herrje, ich wünschte mir, ich bekäme dein grausliches Gesicht nie mehr zu sehen!«

Ich wappne mich innerlich gegen das Gebrüll. »So mach schon die Tür auf, damit ich zur Abwechslung auch mal ein bisschen Luft atmen kann statt des fauligen Gestanks deiner Brühe und deiner verdreckten Bettstatt.«

Greta zieht sanft die Tür hinter sich zu. Jetzt ist ihr Blick ernst, ihre Stirn in Falten gezogen. »Es geht ihm nicht gut«, sagt sie leise und nickt in Richtung der Hütte. »Meinem Mann.«

»Das tut mir Leid zu hören«, entgegne ich freundlich.

»Je nun, das ist nichts Neues. Es ist ja bekannt, was sie ihm angetan haben.«

Ich weiß es zwar eigentlich nicht genau, will aber auch nicht fragen. Stattdessen halte ich Greta den Beutel mit Münzen hin, der ein ordentliches Gewicht hat. Sie stößt einen Ausruf des Erstaunens aus, wiegt ihn in den Händen, wirft einen Blick hinein und drückt ihn dann an den Busen. »Danke, danke! Jetzt können wir essen. Jetzt können wir leben.«

»Im kommenden Jahr«, sage ich, »werden wir, so Gott will, noch viel mehr für dich verkaufen. Ich habe eine Wirtin gefunden, die sogar die dreifache Menge abnehmen würde.«

»Jesus Maria!«, ruft Greta und richtet den Blick zum Himmel. Dann beugt sie sich vor und berichtet voll atemlosem Stolz. »Mein Sohn Gunther hat jetzt übrigens eine Arbeit im Rathaus bekommen. Die Herren bezahlen ihn dafür, dass er alles sauber hält. Die Kammern und auch die Gasse vor dem Haus. Er hat dafür eigens eine Mütze bekommen, die er jetzt tragen muss. Nun bringt er auch etwas Geld nach Hause.«

»Sehr schön«, sage ich. »Meinen Glückwunsch.«

In der Hütte geht das Gezeter weiter. »Greta! Greta!«

»Ich muss wieder hinein.« Greta zwinkert mir entschuldigend zu und schlüpft dann ins Haus, wo sie von einem Hagel von Flüchen empfangen wird.

Benjamin und ich statten dem Herrn Fritsche Closener einen Besuch ab, um ihm die Rückantwort des Mönches aus Troyes zu überbringen. Benjamin nimmt sein Pferd mit. Er behauptet, es müsse bewegt werden. Allein in der vergangenen

Woche hat er das Tier etwa einhundertmal gestriegelt, seine Hufe gewaschen sowie die Mähne gekämmt und sogar geflochten. »Sag, hast du eigentlich auch noch vor, ihm die Zähne zu putzen?«, frage ich, als ich neben Benjamin hergehe, der das Pferd an einem Strick führt.

»Hältst du das für notwendig?«, fragt Benjamin ernst. Er zieht dem Pferd die Lippe hoch und betrachtet die gelben Zähne. »Vielleicht könnte ich sie mit Gewürznelken abreiben, was denkst du?«

»Ich denke, dass du das Pferd bemutterst wie eine Kinderfrau ihren Schützling!« Ich lache herzhaft. Benjamin versetzt mir einen Knuff und grinst gutmütig.

Fritsche Closener heißt uns freundlich willkommen. Die Hündin beschnüffelt Benjamins Schuhe.

»Wir haben jetzt ein Pferd!«, platzt es aus ihm heraus.

»Ah ja, ein schönes Tier«, lobt Herr Closener und zwinkert mir heimlich zu. »Unter deiner Pflege wird es sich sicher zu einem prächtigen Ross entwickeln.«

»Mein Bruder führt es täglich in die Hügel hinauf, wo das zarteste Gras wächst«, erzähle ich.

»Einige Tiere haben es besser als so mancher Mensch«, seufzt der Schreiber. »Ah, ihr habt mir einen Brief mitgebracht? Danke, danke.« Er holt zwei Silbermünzen aus seinem Gürtelbund und drückt jedem von uns eine in die Hand.

»Aber wir haben doch gar keinen Lohn erwartet«, protestiert Benjamin.

Ich würde ihm am liebsten den Mund zuhalten, stehe aber stumm daneben.

»Ich bestehe darauf«, sagt Closener. »Man muss seinen Schulden nachkommen und ich bin euch für den erwiesenen Dienst etwas schuldig. Ein vertrauenswürdiger Bote ist gar nicht mit Gold aufzuwiegen!«

Wir nehmen die Münzen und verabschieden uns. Als wir wieder vor der Tür stehen, sagt Closener zu mir: »Vergiss nicht, dass wir zwei zusammen musizieren wollten. Vielleicht hast du ja auf der Messe das eine oder andere neue Lied aufgeschnappt?«

»Das habe ich wirklich«, antworte ich. Und dann füge ich noch hinzu: »Mein Oheim ist in Troyes ums Leben gekommen.«

Closener nickt. »Davon habe ich gehört. Es tut mir sehr Leid. Ich wollte selbst nicht davon anfangen... falls... ich fürchtete, dich...« Nach den richtigen Worten suchend, hebt er hilflos die Hände.

»Ich danke Euch«, sage ich. Ich weiß um den tiefen Graben, der uns trennt und der es schwierig macht, über Angelegenheiten zu sprechen, die privat sind. Wir wissen eben zu wenig über die Sitten und Gebräuche des jeweils anderen.

»Gott behüte euch«, sagt er zum Abschied.

Benjamin schwingt sich auf den Rücken seines Pferdes.

»Hast du ihm eigentlich schon einen Namen gegeben?«, frage ich.

»Ihr. Sie ist doch eine Stute – siehst du das nicht?«

»Wie heißt sie denn nun?«

»Mathilda«, sagt Benjamin sofort. »Das ist ein wunderschöner Name, findest du nicht?«

Bevor ich antworten kann, sehe ich drei Stadtknechte auf das Haus des Sängers Meister Jakon zueilen. Einer von ihnen trägt einen dicken Prügel bei sich, ein anderer hat eine schwere Eisenkette um die Schulter geschlungen. Ich kenne die drei: Es sind die Schergen der Edelmänner Zorn und Engelbracht und der Ratsherren. Sie haben eine eigentümlich schwankende Art zu gehen und tragen lederne Kniebundhosen, Schnabelschuhe und Umhänge mit Lederflicken darauf. Ihre Barette haben sie sich tief in die Stirn gezogen, sodass ihre Augen fast nicht zu sehen sind.

Benjamin und ich bleiben sogleich stehen. Am liebsten würden wir mit der Umgebung verschmelzen und unsichtbar werden. Ich mache Benjamin ein Zeichen, woraufhin er aus dem Sattel gleitet und vorgibt, aufmerksam den Vorderhuf des Pferdes zu untersuchen. »Sie hat sich wohl einen Stein eingetreten, was?«, sage ich laut.

Die Büttel hämmern gegen die Tür. Meister Jakon öffnet ihnen blinzelnd, sein Haar ist wie vom Schlaf zerrauft. »Ja? Was gibt es?«

»Was gibt es?«, äfft ihn einer der Männer nach und verbirgt den Prügel hinter seinem Rücken. »Ihr werdet zu einer Anhörung vorgeladen, Meister Jakon. Euer Name wurde bei einer Befragung genannt.«

»Aber ich... ich weiß von nichts... worum geht es?«

»Das werdet Ihr noch früh genug erfahren. Kommt jetzt.«

»Wartet. Lasst mich erst meinen...«

»Ihr werdet schon bekommen, was Ihr benötigt«, sagt der mit der eisernen Kette.

»Vor Einbruch der Dunkelheit seid Ihr wieder zu Hause«, beteuert der Dritte.

»Es handelt sich nur um eine Formsache«, versichert ihm der mit dem Prügel.

Zögernd und mit klopfendem Herzen wage ich einen raschen Blick in ihre Richtung. Zwei der Männer haben den Sänger nun an den Armen gepackt und zerren ihn rasch über die Gasse. Ganz kurz sehe ich Meister Jakons Augen und die Todesangst, die darin liegt. Er reißt den Mund auf, als wolle er uns etwas zurufen. Dann schließt er ihn wieder und sie schleppen ihn an uns vorbei.

Die Nachricht verbreitet sich wie ein Lauffeuer im jüdischen Viertel. Der erste Schreck ist kaum verdaut, da trifft uns schon der nächste. Die Menschen versammeln sich in den Gassen, am Brunnen. Sie legen die Arbeit in den Geschäften und den Gärten nieder, um sich zu besprechen. »Was hat Meister Jakon denn getan? Habt ihr auch schon gehört, dass er zum Verhör vorgeladen wurde?«

»Wer kann schon sagen, was das für einen Grund hat? Sie haben ihn zur Befragung geholt. Seine Frau ist halb wahnsinnig vor Sorge. Sie ist auch schon zum Kerker gegangen, doch da wollte man ihr nichts sagen.«

Vor dem Schabbatgottesdienst stellt sich Rabbi Meier in den Vorhof der Synagoge und redet auf die Leute ein. »Alles wird gut«, versichert er ihnen. »Es muss ein Irrtum vorliegen. Wir werden für unseren Bruder beten.«

»Wir sollten einen Judenrat einberufen«, sagt Vivelin, der wohlhabende Geldleiher, »und von den Ratsherren verlangen, uns zumindest mitzuteilen, was ihm zur Last gelegt wird.«

»Einen Rat einberufen!«, ruft Reb Zebulon der Lehrer aus. »Wann hätte es denn jemals geholfen, einen Rat einzuberufen? Sie nehmen uns doch überhaupt nicht wahr.«

»Wenn wir uns benehmen, als hätten wir keine Rechte«, gibt Vivelin zurück, »werden wir natürlich wie Knechte behandelt. Wir sind aber freie Menschen! Wir gehen alle in der Stadt unseren Geschäften nach. Wir zahlen Steuern!«

Die Männer sehen einander an. Die Frauen schütteln die Köpfe und ziehen ihre Kinder an sich. »Kommt ins Bethaus«, sagt der Rabbi. »Gleich erscheint die Schabbatkönigin.«

Die Sonne ist untergegangen. Der *Schabbat* ist da. Sorgen und Zwistigkeiten haben jetzt keinen Raum mehr. In der Synagoge sitze ich neben Benjamin und Jakob, hinter Vater und mehreren anderen älteren Männern. Großvater, den das Zipperlein plagt, ist zu Hause geblieben. Die Gebete, Gesänge und Lieder, zu denen sich um mich herum die Stimmen vereinen, erfüllen mich mit jener Hochstimmung, die ich am *Schabbat* stets empfinde. Jedes Mal frage ich mich bang, ob es das nächste Mal wieder so sein wird, doch jeden *Schabbat* senkt sich aufs Neue ganz allmählich dieses Gefühl des Friedens über mich – das Gefühl, dass alles so ist, wie es sich gehört, und dass die Welt sicher in Gottes Händen liegt.

Nach dem Gottesdienst sehen wir auf dem Nachhauseweg in den Fenstern der Häuser die Kerzen flackern. Unser Haus wird von sieben Kerzen erhellt, eine für jeden von uns. In ihrem Schein versammeln wir uns um die Tafel und singen, nachdem Vater den Wein gesegnet hat:

> »Friede grüß euch fein,
> Friedensboten Sein,
> Ihr Boten aus der Höh',
> Vom König aller Könige,
> Vom Heiligen – Ihm sei Lob.«

Der arme Meister Jakon muss diesen *Schabbat* im Kerker unter Bewachung verbringen. Am nächsten Tag geht seine Frau bleich und zitternd von Haus zu Haus und teilt allen mit, was geschehen ist, als würde ihre Bürde leichter, wenn sie sie auf viele Rücken verteilt. »Tot ist er«, sagt sie. »Er hat es nicht überlebt.«

»Tot?« Mutter zieht sie ins Haus. »Was ist geschehen, gute Frau?«

»Es heißt, er starb unter der Befragung. Sie haben ihn wegen dieses alten Verbrechens verhört – wegen des Kindes, das in Straßburg ermordet wurde. Er hatte damit nichts zu tun! Wie konnten sie nur glauben, dass er etwas damit zu tun hatte? Meister Jakon liebte Kinder.«

»Hat ihn jemand angezeigt? Gab es irgendwelche Beweise?«

Die Frau schüttelt den Kopf. »Was spielt das jetzt noch für eine Rolle. Er ist nicht mehr. Sie sagen, sein Herz sei zu schwach gewesen.«

Einen Augenblick lang sehe ich zu, wie Mutter versucht, die frisch Verwitwete zu trösten. Ich fühle mich linkisch und hilflos.

»Ich muss los!«, rufe ich und eile zu Elias, wo ich meinen Freund Jakob zu finden hoffe und vielleicht, wenn ich Glück habe, auch einen Blick auf Margarete erhaschen kann.

Jakob arbeitet hinter dem Haus, wo er eine Grube aushebt, um die Knochen und Eingeweide der Schlachttiere zu verscharren. Auf seinem Gesicht glänzt der Schweiß, sein Kittel ist verdreckt. Er wirkt stark wie ein Holzfäller oder Jäger. Am Fenster sehe ich kurz einen roten Haarschopf aufleuchten, dann ist er verschwunden.

»Meister Jakon, der Sänger, ist tot!«, stoße ich hervor. »Sie behaupten, er habe ein schwaches Herz gehabt. Aber seine Frau hat beteuert, er sei keinen Tag krank gewesen. Hältst du das für möglich?«

»Möglich ist es wohl«, erwidert Jakob und stellt den Fuß auf den Spaten, um ihn in die Erde zu rammen. »Wahrscheinlicher ist jedoch, dass sie ihn gefoltert haben und er das nicht überlebte.«

»Aber warum ihn, den Sänger? So einen harmlosen Menschen...«

Jakob stützt sich mit all seinem Gewicht auf den Spaten. Es gibt einen schneidenden Laut, als er die Erde spaltet. »Nun, er besitzt ein prächtiges Haus«, sagt er. »Und einen schönen Garten.«

»Du meinst, sie werden das Haus an sich nehmen?« Ich kenne die Antwort schon.

»Aber gewiss doch. Das Verbrechen des Sängers bestand darin, wohlhabend zu sein. Und stolz. Du weißt, dass sie es nicht mögen, wenn ein Jude mit hoch erhobenem Kopf geht. Ich sage dir, diese Stadt...« Er lehnt sich auf den Spaten und blickt besorgt zum Himmel hinauf, »diese Stadt hat ihre Abgründe.«

»Sie warfen ihm vor, etwas mit dem Mord zu tun zu haben, der sich vor Jahren hier ereignete.«

»Ach ja, der Mord an dem Christenkind. Und jetzt, nach all der Zeit, wollen sie die Tat dem Sänger anlasten?« Jakob schüttelt den Kopf. »Nein. Das gefällt mir nicht. Mir schwant Böses...«

Unvermittelt steht Margarete neben uns. »Grüß dich, Johannes.«

Sie hält die Lider niedergeschlagen, doch da ist ein feines, heimliches Lächeln, das ihre Lippen umspielt. »Mutter sagt, du sollst dich waschen und zum Essen kommen«, richtet sie das Wort an Jakob.

»Sofort«, antwortet er. Er nimmt noch einmal eine Schaufel voll schwerer Erde auf und schleudert sie auf den Haufen, als wären es bloß Federn. Die Muskeln an seinen Armen treten dabei deutlich hervor. Sein Körper riecht nach Männlichkeit, Kraft und Schweiß. Ich spüre einen fürchterlichen Druck auf der Brust. Jakobs Bewegungen haftet etwas Ungehöriges an.

Margarete geht wieder ins Haus. Jakob schaufelt eine weitere Ladung Erde aus dem trotzigen Boden. »Wirklich eine entzückende Jungfer, die Margarete«, sagt Jakob. »Gut gebaut ist sie.« Er lacht. »Letzte Woche kam ich zufällig in den Raum, als sie gerade ein Bad nahm...«

Außer mir vor Wut packe ich Jakob, werfe ihn in den Dreck, schlage, prügele auf ihn ein und schreie: »Wie kannst du es wagen, auf diese Weise von einer ehrbaren Jungfer zu sprechen!«

Wir ringen. Schon bald hat er mich so weit, dass ich am Boden liege. Ich spüre die Steine im Rücken. Er hält mir die Hände über dem Kopf fest. Auf Jakobs Gesicht glänzen Schweiß und Blut und er ist mit Matsch beschmiert, doch er lacht. »Du Narr! Gar nichts habe ich gesehen. Und wenn, dann hätte ihr Vater mir die Seele aus dem Leib geprügelt und sie hätte mich selbst aus dem Haus gejagt.«

»Ich habe gesehen, wie sie dich angeschaut hat.« Ich liege hilflos unter diesem muskelbepackten Brocken. »Und jetzt lachst du über mich.«

»Ganz recht, ich lache über dich«, stimmt Jakob zu, der seinen Griff gelockert hat und einem letzten, flinken Schlag meiner Faust ausweicht. »Weil du ja noch nicht einmal weißt, dass sie ihr Herz an dich verloren hat. Ich habe versucht, mit ihr zu reden, doch sie mag nicht. Es gibt nur ein Thema, bei dem sie munter wird – nur einen Namen, der ihre Augen zum Leuchten bringt.«

Ich rappele mich langsam auf und klopfe mir den Staub ab. Ich habe blaue Flecken, meine Lippe blutet. Es tut weh, als ich lächle und frage: »Ist das wirklich wahr?«

»Ich würde in solch einer Angelegenheit niemals scherzen.«

»Verzeih mir, dass ich auf dich losgegangen bin.«

»Ist ja nichts passiert. Vergiss es, Bruder.«

Zusammen gehen wir zum Wassertrog und waschen uns. Jakob, dem das Wasser aus den Haaren und vom Gesicht tropft, wendet sich mir zu. »Nimm das Mädchen zur Frau und tu es bald. Ich möchte auf deiner Hochzeit tanzen, aber ich will nicht mehr ewig hier bleiben.«

»Bitte geh nicht fort, Jakob! Weshalb denn? Wir sind doch Freunde, seit ich auf der Welt bin.«

»Und wir werden stets Freunde bleiben«, versichert mir Jakob. »Jetzt schau nicht so trüb drein.«

Ich bemerke den Eimer nicht, der am Boden steht, bis Jakob ihn hochnimmt.

»Nicht!«, rufe ich. Zu spät. Er hat mir das Wasser bereits über den Kopf geschüttet. Ich lache, tropfnass und bibbernd vor Kälte. Vielleicht kommt mir noch ein Einfall, wie Jakob doch hier bleiben kann.

Dreizehntes Kapitel

Ich träume von Menschen, die in einem großen Saal im Kreis herumwirbeln. Ihre Gesichter sind hinter Masken verborgen. Ich strecke den Arm aus und will jemanden berühren, doch das ist gegen das Gesetz. Die Leute sprechen Worte ohne Bedeutungen, ihre Stimmen vermischen sich zu einem unverständlichen Geplapper. Strahlend helles Licht bedrängt mich. Stampfender Lärm dringt mir unter die Haut, bringt mich zum Zittern, dröhnt in mir, zerreißt mich, hebt mich in die Lüfte. »Kuppel. Kuppel«, murmeln die Masken. »Kuppel. Kuppel.«

Großmutter verbringt ihre Tage nur noch in ihrem Stuhl, von beiden Seiten durch Kissen gestützt. Bei jedem Atemzug ertönt ein röchelndes Pfeifen, als sei ihre Lunge mit Säften gefüllt, die herausdrängen und abfließen wollen. Doch sie bleiben in der Tiefe ihres Leibes und lasten schwer auf ihr. Nachts schläft sie in aufrechter Haltung, das stark geschwollene Bein auf ein niedriges Bänkchen gelagert. Jeder Atemzug klingt in einem Klagelaut aus. Ich kann mir keine ungestörte Nachtruhe mehr vorstellen, denn die Dunkelheit wird immer wieder vom Stöhnen der mit dem Tode ringenden Großmutter unterbrochen.

Mutter, die sie pflegt, ist am Ende ihrer Kräfte. Vater ist vor Kummer wie benommen. Nachbarinnen kommen. Margarete und ihre Mutter bringen Kräuteraufgüsse, frisch zubereitet und so lange aufgebrüht, dass sie ganz dunkel und dick sind. Frau Freda kommt mit Umschlägen und knetet Großmutters Bein mit ihren kräftigen Händen. Der Bader Jossi bringt sein Messer und das Schröpfglas, um die dicken Säfte aus dem Bein abzulassen, die Großmutters Venen verstopfen und dazu führen, dass ihre Beine und ihr Bauch so aufgedunsen sind. Sorgfältig schneidet er ins Fleisch, lässt den Saft ablaufen und studiert dann lange seine Farbe und Beschaffenheit.

Großmutter murmelt ihren Dank und segnet ihn, doch als er wieder weg ist, richtet sie sich entschlossen auf: »Genug!«, ruft sie, und ihre Augen funkeln. »Keine Heiler und Aderlasser mehr und auch keine bitteren Aufgüsse. Genug davon. Ich habe meinen Frieden gemacht. Nun lasst mich in Ruhe.«

Großvaters Verwirrung nimmt zu. Er schlurft verstört in der Stube herum, stößt sich am Tisch und stolpert, obwohl da kein Hindernis ist. Wenn die Kinder ihn ansprechen, schreckt er zusammen. Beim Abendessen schwebt seine Hand mit dem Löffel über der Suppenschale, als habe er vergessen, was sie dort soll.

Ich frage Jakob um Rat. »Die Körpersäfte deiner Großmutter sind aus dem Gleichgewicht geraten«, sagt er. »Soweit ich mich entsinne, war sie von allen vier Elementen schon immer am meisten dem Wasser zugehörig. Jetzt setzt sich all die Feuchtigkeit in Beinen und Füßen ab. Natürlich hat auch der Mondzyklus seinen Einfluss auf diese Dinge.«

»Muss sie sterben?«

»Das liegt in Gottes Hand«, erwidert Jakob.

Ich schlafe mit gespitzten Ohren. Manchmal erwache ich, betrachte Benjamin, der auf dem Strohsack neben mir schläft, lausche Großmutters Röcheln und Stöhnen und danke Gott für jeden Atemzug, den sie tut.

Eines Tages im Herbst bin ich mit Großmutter allein im Haus. Großvater ist im Garten, wo er Steine ausgräbt. Zu welchem Zweck? Niemand weiß es. Mutter und Rochele sind mit Körben über dem Arm losgezogen, und Vater ist ausgegangen, um ein Pfand zurückzugeben. Benjamin ist bei Rabbi Meier und lernt aus der *Thora*.

Ich bin damit beschäftigt, für meinen Vater Beträge auf einer Schiefertafel zusammenzurechnen. Außer dem Kratzen meines Griffels sind nur die röchelnden Atemzüge von Großmutter zu hören. Doch plötzlich ändert sich etwas – das Röcheln wird heftiger – verwandelt sich in ein Brodeln. Ich eile an ihre Seite.

»Johannes«, keucht sie. »Johannes!« In ihren Augen glimmt ein fahles Feuer.

»Lass mich dir helfen. Möchtest du vielleicht etwas Wasser trinken?« Ich reibe ihr die klammen Hände.

»Nein!« Sie saugt die Luft ein, jeder Atemzug gleicht einem kleinen Sturm. Mit dem Finger deutet sie zur Tür, kneift die Augen zusammen. »Es ist sehr hell. Fliegen. Ich... *fliege!*« Ihr Flüstern klingt wie das Rascheln des trockenen Laubs.

»Dein Oheim. Das Lied, das du spieltest – das Hochzeitslied...«

Mir geht das Herz über vor Sehnsucht und Schmerz. »Das Hochzeitslied.«

Großmutter hebt ihre Hände flatternd zum Himmel. »Ja, siehst du es denn nicht? Wir sind die Braut. Israel. Wir treten dem Bräutigam nicht voller Angst entgegen, sondern voller Liebe.«

»Voller Liebe«, wiederhole ich tonlos, und in meiner Kehle steigt ein Schluchzen auf.

Großmutter berührt meine Wange. »Dieser Leib«, flüstert

sie, »hat ausgedient wie ein altes Kleid. Lasst ihn im Stuhl sitzen. Freut euch. So wie die Braut und der Bräutigam. Das ist es, wozu wir geschaffen sind. Für das... das Fliegen.«

»Ich liebe dich, Großmutter!«, rufe ich aus. Ich möchte sie ganz in die Arme schließen, ihr meinen Atem leihen und meine Kraft, doch sie ist bereits zu weit entfernt. In ihren Augen ist ein Glimmen. Sie sieht etwas.

»Johannes, Johannes«, flüstert sie. »In dir ist Musik. Spiel deine Musik, Johannes. Bewahre sie dir.«

Ihre Hand fällt von meiner Wange herab. Der Augenblick dehnt sich ins Unermessliche. Ich weiß, ich sollte Großvater rufen, aber irgendetwas hält mich hier zurück. Ich begreife jetzt, was unsere weisen Vorväter meinten, als sie sagten, dass für den Gerechten der Augenblick des Todes schöner sei als jener der Geburt. Großmutter ist von uns gegangen, doch ein Teil von ihr ist gegenwärtiger denn je.

Jetzt sitzen wir bereits zum zweiten Mal binnen eines Monats die *Schiwa*. Das ist wirklich denkwürdig. Ein Unglück kommt selten allein und das dritte kommt vollkommen unerwartet. Es klopft an der Tür.

»Der Geldleiher Menachem?«

»Ja? Was gibt es?«

»Ihr werdet zur Befragung vorgeladen.«

»Wovon redet Ihr? Wer schickt nach mir?«

»Ihr sollt ins Rathaus kommen. Die Richter werden Euch alles erklären. Nun beeilt Euch schon, sie warten, und wir möchten sie nicht von der Arbeit abhalten.«

»Welcher Arbeit? Was in Gottes Namen...? Hier muss ein Irrtum vorliegen. Wer hat meinen Namen genannt? Ich habe alle meine Steuern gezahlt. Fragt den Herrn Peter Swarber, er weiß es. Ich zahle stets...«

»Menachem, was ist denn?« Mutter kommt zur Tür und trocknet sich die Hände mit einem Tuch ab. »Was wollen diese Männer?«

»Nichts. Es ist nichts, Miriam. Sie wollen mir nur einige Fragen stellen.«

»Was für Fragen? Lass sie ins Haus kommen. Tretet ein. Ihr könnt doch hier an Ort und Stelle sprechen.«

»So wird in solchen Angelegenheiten nicht verfahren. Ihr müsst schon mit uns zum Rathaus kommen. Und zwar unverzüglich.«

Schreckliche Angst erfasst mich, legt sich wie ein eisernes Band um meine Brust. Ich eile zur Tür und stelle mich neben meinen Vater. Ich bin beinahe so groß wie er, doch ich fühle mich größer. Ich möchte ihn von den Männern wegzerren, meine Arme um ihn legen und ihn festhalten. Ich möchte den Büttteln des Stadtrats entgegenschreien: »Lasst ihn in Frieden! Nehmt mich an seiner Stelle. Ich werde euch auf eure dreckigen Fragen schon Antwort geben!« Doch Vater gebietet mir mit einem drohenden Blick zu schweigen.

»Gemach, meine Herren«, sagt Vater mit tiefer, beherrschter Stimme. »Es handelt sich ganz gewiss um einen Irrtum. Ich bin schließlich nicht der einzige Geldleiher am Ort. Meine Bücher sind außerdem vollkommen in Ordnung. Seht sie Euch nur ruhig an.«

»Mit Euren Büchern wollen wir nichts zu schaffen haben. Kommt jetzt endlich mit. Es ist ein schweres Vergehen, die Richter warten zu lassen.«

»Nun, dann erlaubt mir wenigstens, meine Bücher...«

»Die braucht Ihr nicht. Ihr werdet vor Anbruch der Nacht wieder zu Hause sein, das versichere ich Euch. Solch ein Geschrei wegen einer simplen Befragung! Wenn Ihr unschuldig seid, wovor fürchtet Ihr Euch dann?«

Mutters Gesicht ist wie versteinert. Sie versetzt mir einen Schubs. »Lauf Benjamin holen«, sagt sie. »Und benachrichtige den Rabbi.«

Ich gehe los. Rochele klammert sich an meiner Hand fest. »Nimm mich mit, Johannes«, ruft sie.

Mutter nickt. Wie sie da bleich und bewegungslos in der Tür steht und ein plötzlicher Windstoß ihren weißen Rock flattern lässt, sieht sie aus wie ein Gespenst.

»Was werden sie Vater antun?«, fragt Rochele. Ihre Stimme hört sich reif an, es ist nicht mehr die schrille Stimme eines Kindes.

»Sie sagten, dass sie ihn lediglich befragen wollen. Gewiss wird er bald wieder zu Hause sein. Vater ist ein kluger Mann. Er weiß schon, was er ihnen sagt. Er kann auf sich aufpassen.«

Die Gassen liegen merkwürdig still da. Niemand ist unterwegs. Doch plötzlich erklingt eine schneidende Stimme. »Soll ich euch was verraten?«

Mein Magen ist wie zugeschnürt. Ich spüre, wie Rochele heftig an meiner Hand zerrt, und sehe, dass sie zittert. »Achte gar nicht auf ihn«, murmele ich und ziehe sie weiter.

Konrad lungert vor der Kirchentür herum. Sie haben die Kirche direkt vor das jüdische Viertel gebaut, sodass der Schatten des Kreuzes am Abend auf die Gassen der Juden fällt.

»Heda! Ich spreche mit dir!« Plötzlich steht Konrad direkt vor uns, die Arme vor der Brust verschränkt. Bei ihm ist ein dürrer, hoch aufgeschossener Knabe namens Rudolf. Rudolfs Haar ist geschoren, weil er kürzlich Kopfläuse hatte, und jetzt stehen nur noch einige Stoppeln in die Höhe. Seine Hände sind groß, die Knöchel rot und rau. Er knackt mit den Gelenken, lockert die Finger.

»Was wollt ihr?«, rufe ich.

»Sie haben deinen Vater in den Kerker gesteckt«, sagt Konrad und wirft sich wichtigtuerisch in Pose. Er verlagert das Gewicht von einem Fuß auf den anderen und verschränkt selbstsicher die Hände hinter dem Rücken, wie ein Zuschauer, der einem Schauspiel beiwohnt. »Ich weiß es, denn ich habe gesehen, wie sie ihn brachten.«

Rocheles Knie zittern. Ich halte sie mit aller Kraft auf den Beinen und ziehe sie näher an mich.

»Willst du wissen, was sie dort mit den Leuten anstellen?«

Ich dränge mich an den Burschen vorbei und ziehe Rochele mit mir. »Das interessiert mich nicht«, rufe ich. Wir hören das widerliche Geräusch von Rotz, der hochgezogen und ausgespien wird.

»Warte einfach, bis du ihn siehst«, brüllt Konrad uns hinterher. »Dann wird's dich gewiss interessieren.«

Gehässiges Gelächter hallt in der Gasse wider und eine Hand voll Steine wird uns auch noch hinterhergeworfen. Mein Herz klopft so wild, dass ich weder denken noch sprechen kann.

»Ich hasse ihn«, stößt Rochele hervor. »Als er mich damals eingefangen und...« Sie atmet schwer. »Du weißt, was er mir angetan hat. Er hat mich festgebunden.«

»Ja. An einem Baum.«

»Und dann hat er... er sagte, dass er nach meinen Hörnern suchen wollte, und er...«

»Ja. Er ist ein bösartiger Bursche.«

»Ich habe aber nicht geweint, Johannes. Ich habe dabei kein einziges Mal geweint.«

»Ich weiß. Du warst sehr tapfer. Wie jetzt auch. Ich bin froh, dass du nicht geweint hast.«

Nun müssen wir Benjamin holen und ihm sagen, was passiert ist. Aber wie? Wir klopfen an die Tür des Hauses, in dem Rabbi Meier wohnt. Der Rabbi selbst öffnet uns. Er nickt lächelnd. »Dein Bruder Benjamin entpuppt sich als fleißiger Scholar!«

Der Rabbi strahlt vor Zufriedenheit. »Wir beginnen bereits mit dem *Talmud*. Seine Übersetzungen, Fragen und Kommentare sind... aber was hast du denn, Johannes?«

Eilig kläre ich ihn auf. Der Rabbi greift nach seinem Umhang. »Ich gehe umgehend zum Rathaus und erkundige mich«, sagt er und winkt seinen beiden Söhnen. »Ihr kommt mit mir. Du, Johannes, gehst nach Hause und stehst deiner armen Mutter bei. Wir werden dieser Sache auf den Grund gehen, sei dir gewiss. Und vergiss nicht das Abendgebet!«

Benjamin stellt mir immer wieder dieselben Fragen, bis er es endlich zu begreifen scheint. Dann geht er mit gesenktem Kopf neben mir her, die Bücher unter dem Arm. Rochele bespritzt ihn beim Gehen versehentlich mit Matsch. »Ja, kannst du denn nicht aufpassen!«, entfährt es Benjamin sogleich wutentbrannt.

»Benjamin!«, sage ich tadelnd. Mehr nicht. Ich höre die Angst in der Stimme meines Bruders. Ich sehe die pochende Ader an seiner Schläfe und beschließe, ihn abzulenken.

»Was hast du heute gelernt?«

»Nichts.«

»Aber gewiss hast du etwas gelernt.« Meine Stimme klingt streng. »Hast du nicht ein Stück aus der *Thora* übersetzt?«

»Doch.«

»Und was stand darin?«

»Moses. Sein Tod. Wegen seiner Sünde muss er auf dem Berg Nebo sterben. Er darf nicht den Jordan überqueren und sein Volk auf die andere Seite führen.«

»Worin bestand die Sünde?«

»Er ist Gott untreu gewesen, inmitten des Volks beim Haderwasser von Kadesch, indem er ihn nicht als Heiligen geehrt hat, als er mit seinem Stab gegen den Fels schlug, aus dem daraufhin Wasser floss. Er hat getan, als habe er selbst das Wunder bewirkt. Johannes, sag, wann kommt Vater nach Hause? Was stellen sie mit ihm an? Wo ist er?«

»Hat Rabbi Meier dir auch gesagt, was wir daraus lernen?« Ich erinnere mich gut an die Stunden, die ich mit dem Thorastudium und Übersetzen verbracht habe, und an die immer gleiche Frage des Rabbis. Hinter mir stehend, beugte er sich zu mir nieder und fragte stets: »Und was, mein Kind, lernen wir daraus?« An Benjamin gewandt, stelle ich erneut meine Frage.

Benjamin antwortet: »Dass wir Gott für alles dankbar sein müssen, das sich ereignet.«

»Für alles«, bekräftige ich. »Ob wir es für gut oder schlecht ansehen, wir danken Gott, denn seine Wege sind unergründlich.«

Meine eigenen Worte versetzen mich in Erstaunen. Ich habe vorher noch nie meinem Bruder oder einem anderen gegenüber gepredigt. Woher nehme ich die Stirn, Benjamin etwas beibringen zu wollen? Aber es ist ja schließlich kein anderer da und ich sehe immer noch Angst in seinen Augen. Einer muss es tun.

Der Abend bricht herein. Vater ist noch nicht wieder zurück. Wir sitzen um den Tisch, bis die Kerzen niedergebrannt sind. Mutter hockt im Dunkeln an unseren Betten. Das Mondlicht zeichnet die Umrisse ihres Gesichts nach. »Morgen«, sagt sie. »Wenn Vater bis morgen nicht wieder da ist, gehen wir zu den Ratsherren und bieten ihnen…« Sie blickt zum Alkoven hinüber, wo Vater das Geld aufbewahrt.

Ich nicke. Ich werde die Münzen eigenhändig tragen, mit denen wir die Herren bestechen werden, damit sie Vater gehen lassen.

»Wie viel sollen wir ihnen geben?«

»Alles«, sagt Mutter. »Alles, was wir haben.«

Doch am Morgen, beim Hahnenschrei, hören wir es an der Tür klopfen. Es ist Vater – oder jemand, der einmal mein Vater war. Sein Gesicht ist um Jahre gealtert und eingefallen. Die Augen liegen tief in den Höhlen und er zieht die Schultern hoch. Etwas ist um seinen linken Arm gebunden, ein dunkles Stück Tuch. Und als er über die Schwelle tritt, stürzt er. Mutter, Großvater und ich halten seinen Kopf, tragen ihn zu seinem Bett. Er weigert sich jedoch, sich hinzulegen, und sitzt stattdessen in sich zusammengesunken da. Seine Zunge ist dick angeschwollen, sodass er nur schleppend sprechen kann.

»Ich habe ihnen nichts gesagt.«

»Menachem! Menachem! Gott sei Dank!« Mutter küsst ihm die Hand. Die Hand, die nicht verbunden ist.

»Ich habe ihnen nichts gesagt.«

»Sie haben dich gehen lassen. Gott sei Dank!«

»Peter Swarber. Er hat für mich gebürgt, nachdem sie …«

»Wer hat dir das angetan?«, will Großvater wissen.

»Die Richter und … für einen kurzen Augenblick sah ich … die Ringe an seinen Fingern. Er stand bei der Tür … sah zu.«

»Wer? Wer?«

Ich antworte für ihn. »Er spricht vom Bischof. Bischof Berthold, möge er in der Hölle schmoren!«

Den ganzen Tag sitzen wir neben Vater. Wir können nichts tun, außer zu beten und zu warten, bis die Wunden verheilen. Immer wieder befördern plötzliche Ausbrüche weitere Einzelheiten ans Licht, wenn Vater die grauenhafte Nacht aufs Neue durchlebt. Ich hatte schon früher von Folter gehört, doch jetzt kenne ich die Wirklichkeit. Wie sie ihm die Hand verdrehten. Wie sie das Seil knüpften und ihn am Arm aufhängten und ihn höher und höher zogen, bis ihm alle Muskeln anschwollen und schließlich auch der Knochen nachgab und brach.

Vaters Stimme ist leise und heiser. »Ich habe ihnen nichts gesagt. Was hätte ich denn auch gestehen sollen? Lügen? Ich habe ihnen die Wahrheit gesagt. Sie haben mich beschuldigt...«

»Wer hat ihnen deinen Namen genannt?«

»Ein Mann, den ich noch nicht einmal selbst kenne. Liebkind heißt er, so sagten sie. Aus Bern. Wir Juden hätten uns verschworen, um Christenkinder zu töten, habe er erzählt.«

»Diese alte verleumderische Lüge? Mein Gott! Weshalb kommen sie jetzt auf einmal wieder damit?«

»Liebkind hat gesagt, es sei unsere Rache für all die Juden, die von der Armlederbande ermordet wurden.«

Die Geschichte kann nicht in einem Mal erzählt werden, sondern immer nur Stück für Stück.

»Liebkind wurde gefoltert. Sie wollten Namen von ihm hören. Woher er den meinen kannte? Vielleicht hat er ihn irgendwo gehört. Vielleicht auf der Messe. Ich weiß es nicht. Sicher ist nur, dass er mich genannt hat. Er hat wohl auch Meister Jakon beschuldigt, doch der starb, als sie das Rad an der Streckbank das erste Mal drehten.«

Ich weiß, wie sie es machen. Welche Mittel sie anwenden, um ihre Opfer zum Sprechen zu bringen. Sie sagen ihnen selbst vor, was sie hören wollen, dann drehen sie an der Kurbel, fragen noch einmal nach, verstärken den Schmerz noch ein wenig: »Meister Jakon steckte doch auch mit ihnen unter einer Decke, nicht wahr? Meister Jakon, der Sänger. So ist es doch, oder? Können wir deinem Gedächtnis vielleicht auf die Sprünge helfen? Wie ist es, wenn ich noch etwas an der Kurbel drehe? Und noch ein Stück. Ah, ich glaube fast, jetzt kann er sich wieder erinnern. Und Menachem war auch dabei, nicht wahr? Der Geldleiher. Der mit dem Haus und dem Garten, der sogar ein Pferd besitzt. Er hält sich für einen rechten Edelmann, dieser Menachem. Kommt in die Häuser ehrbarer Leute und fordert Geld von ihnen. Dieser Menachem war's doch, nicht wahr, der mit dir den Racheplan ausgeheckt hat? So, ich drehe die Kurbel nur noch ein Stück, um dir beim Nachdenken zu helfen...«

Vater wird seinen Arm nie mehr benutzen können, dasselbe gilt für die Hand. Durch die Verletzungen wird alles anders. Seine Haltung und sein Gang verändern sich. Auch der Ausdruck in seinem Gesicht. Die Wunden rauben ihm die Kraft aus dem Herzen und das Leben aus den Augen. Allmorgendlich und auch jeden Abend verrichtet er nach wie vor seine Gebete, doch er steht wankend da und flüstert die Worte nur noch. Sie fallen ihm von den Lippen wie Kiesel in einen Teich. Weiß er überhaupt, was er sagt? Er und Großvater: zwei alte Männer, die nur noch teilnahmslos durchs Leben gehen und das Geschäft den Jüngeren überlassen. Nun bin ich derjenige, der Tag für Tag zu den Kaufleuten, in die Häuser der Wohlhabenden und in die Klöster geht, um das Familiengeschäft fortzuführen. Ich entscheide darüber, wer Geld geliehen bekommt und welches Pfand er dafür geben muss. Ich bin es, der darauf hinweist, dass Zinsen beglichen werden müssen. Ich bin derjenige, der die säumigen Zahler an ihre Schulden erinnert.

Ich, Johannes der Geldleiher, sehe weder nach rechts noch nach links, so viel arbeite ich. Spät am Abend gehe ich zum Haus von Elias, dem Metzger. Dort stelle ich mich draußen hin und warte, bis Margarete am Fenster erscheint.

Ich habe meine Flöte mitgebracht und spiele für sie. Es sind Lieder ohne Worte, Lieder der Liebe.

Ich weiß jetzt, dass das Leben zu kurz ist, um Zeit mit Warten zu verlieren. Ich weiß, dass ich von Vater und Großvater, die in ihren eigenen Schmerz versunken sind, nicht erhoffen darf, über mich und mein weiteres Leben nachzudenken. Doch ich kann mein Leben nicht aufschieben Es gehört mir! Ich spüre in mir ein unbekanntes Drängen. Ich muss Margarete zur Frau haben!

Vierzehntes Kapitel

Als ich eines Tages mit einem stattlichen Gewinn nach Hause zurückkehre, gehe ich zu Vater. Die Gelegenheit ist günstig und ich komme sogleich zum Kern meines Anliegens. »Vater, ich will Margarete heiraten.«

Vater hebt abwehrend die Hände. »Seit wann treffen junge Leute eigenmächtig derartige Entscheidungen?«, brummt er.

Ich entgegne: »David hielt es für an der Zeit, Vater. Ich bin beinahe siebzehn, älter, als du es warst, als du Mutter zur Frau nahmst.«

»Das war zu einer anderen Zeit«, sagt er.

»Die Zeiten ändern sich fortwährend«, antworte ich.

»Du nimmst dir zu viel heraus!«, ruft er verärgert. »Wir haben dir zu viele Freiheiten gelassen... du kommst und gehst, wie es dir beliebt...!«

»Ich kümmere mich lediglich um das Familiengeschäft, Vater.«

»Eine Heirat kommt gar nicht infrage«, sagt er scharf. »Elias hat nicht das Geld, um den Brautpreis aufzubringen. Wir würden ihn nur beschämen, wenn wir jetzt damit ankämen.«

»Ich will keinen Brautpreis haben!«, entfährt es mir. »Ich will nur die Braut!« Wer denkt bei Heirat an Preise?

»Hast du denn keinen Stolz?«, stößt Vater hervor. »Diese Dinge werden so geregelt, wie es die Tradition gebietet. Denkst du, du kannst dich über das Althergebrachte einfach hinwegsetzen?«

»Vater, bitte«, murmle ich beruhigend. Doch innerlich ist mein Blut in Wallung – es ist wahr, ich habe keinen Stolz, kann an nichts anderes mehr denken als an Margarete. »Vielleicht wurde für sie ja bereits eine Mitgift beiseite gelegt. Vielleicht kann sie den Brautpreis selbst aufbringen, durch das Geld, das sie mit ihren Kräutern verdient.«

»Und wie soll es weitergehen«, ruft Vater aus. »Wovon wollt ihr leben?«

»*Ich* bin doch derjenige, der ohne Unterlass darüber nachdenkt, wie es weitergehen soll!« Mein Ton ist barsch. Doch als ich sehe, wie Vater schrecklich blass wird, senke ich meine Stimme. Mit einem Mal verstehe ich, dass er sich nicht um mein künftiges Leben sorgt, sondern um seines und Mutters. Deshalb beherrsche ich mich und senke demütig den Kopf. »Vater«, fahre ich mit ruhiger Stimme fort. »Ich werde mich um unser Geschäft kümmern und hart arbeiten, um für dich und Mutter im Alter zu sorgen – und auch für Großvater. Ich werde alles dazu tun, das schwöre ich. Ich kann beides zugleich sein. Sohn und Ehemann.«

Vater sieht auf und betrachtet mich, als sähe er mich seit Wochen zum ersten Mal. Seine Augen ruhen auf meinem Gesicht, meiner Gestalt. »Es ist wahr«, sagt er schließlich. »Du bist ein Mann. Und ich habe selbst gesehen, dass du mit unseren Schuldnern verhandeln und sie gut einschätzen kannst. Du kennst dich mit den verschiedenen Münzen aus und mit dem Handel.« Er bedeckt kurz die Augen mit der Hand. Als er mich wieder ansieht, bemerke ich ein feines Zucken um seine Mundwinkel.

»So, so. Heiraten möchtest du also, mein Sohn?«

»Ja, Vater. Von ganzem Herzen will ich das. Und zwar Margarete.«

»Und du glaubst, dass sie dich haben will? Und dass ihre Eltern dich als Schwiegersohn wollen?«

»Nicht dass ich es wert wäre!«, rufe ich aus. »Doch ich hege berechtigte Hoffnung – Margarete gab mir einen Glücksbringer mit, als wir zum Markt fuhren. Sie spricht viel mit mir und lächelt mich an.«

In die Augen meines Vaters kommt ein Funkeln. »Ich weiß, mein Sohn. Denkst du denn, mir wäre nicht aufgefallen, mit welchen Blicken sie dich anschaut?« Er reibt sich nachdenklich die Oberlippe. »Nun, das ist eine heikle Angelegenheit, die mit viel Zartgefühl geregelt werden muss. Ich muss mich zu Elias begeben, um die Sache mit ihm zu bereden und zu sehen, was sich tun lässt... die Vereinbarungen betreffend.«

»Vater, ich danke dir!«, entfährt es mir, und gleich darauf spüre ich, wie er mich fest an sich drückt. Ich glaube nicht, dass ich schon jemals so glücklich war. Mir geht das Herz über vor Freude.

Das Haus von Elias' Familie ist mit Blumen und mit Kränzen aus Tannen- und Kiefernzweigen geschmückt. Die Tage haben schon etwas von der Kälte des Spätherbstes, dennoch ist vor dem Haus eine große Tafel angerichtet, auf der Krüge mit Bier und Apfelwein stehen, wunderschön geflochtene Brotlaibe und Kuchen aus Marzipan, Äpfeln, Weinbeeren und Gewürzen. Margaretes Mutter Chava trägt ein Kleid mit blauem Mieder, aus dem weiße, spitzenbesetzte Ärmel und ein dazu passender weiter Rüschenkragen hervorquellen. Ihre Röcke rascheln, als sie hin und her eilt, die Gäste willkommen heißt und Glückwünsche zur Verlobung ihrer Tochter entgegennimmt. Margarete und ich stehen unter den tief hängenden Ästen einer Weide. Um uns herum fallen kleine grüne Samenkapseln zu Boden, die mir vorkommen wie Edelsteine, die vom Himmel regnen. Unter unseren Sohlen raschelt bereits das erste trockene Herbstlaub und erinnert mich an das Glas, das ich bei unserer Hochzeit im Frühling mit dem Fuß zertreten werde.

»Ab heute sollst du mir versprochen sein«, verkünde ich mit fester, klarer Stimme. Mutter lächelt und gleichzeitig kommen ihr die Tränen. Ich reiche Margaretes Vater den goldenen, mit einem Saphir besetzten Ring. Elias betrachtet ihn, nickt und gibt ihn mir zurück, woraufhin ich ihn an Margaretes Finger stecke und die flammende Wärme ihrer Hände spüre. Ich kann mir gut vorstellen, wie es sich anfühlen wird, sie in den Armen zu halten. Alles wird so sein, wie sie es sich wünscht. Alles. Sie wird niemals Leid oder Hunger oder Verzweiflung erfahren müssen.

Rabbi Meier hebt den Kelch mit Wein. Der Bund ist geschlossen. Gott ist Zeuge unseres Eheversprechens. Selbstredend sind wir einander noch verboten, bis wir dann im Frühjahr die Hochzeit feiern. Doch wir dürfen uns treffen, miteinander plaudern und Pläne schmieden.

Wenn es nach mir ginge, würde ich sie noch heute zur Frau nehmen. Doch Margarete hat sich Zeit erbeten, um einiges zu ordnen, um Geld zu verdienen und Leinen, Kerzen und Gewänder anzuschaffen und weiche Decken für unsere Kleinen zu nähen, so Gott sie uns schenken wird. Bis zum Frühling werden wir auch entschieden haben, wo wir wohnen – bei meinen Eltern oder ihren, bis wir einmal unser eigenes Heim haben.

Doch jetzt spielen die Musikanten erst einmal zum Tanz auf. Mosche führt sie mit seiner Fidel an. Die jungen Männer bilden einen Kreis. Einer springt in die Mitte, die anderen umringen ihn und klatschen im Takt. »Johannes, spiel auch du für uns!«, rufen sie.

Es ist ungewöhnlich für den Gastgeber, auf seinem eigenen Fest aufzuspielen, doch sie bitten und bedrängen mich. Ich spiele Tanzlieder, Lieder, welche die Jahreszeiten besingen, und Lieder der Dankbarkeit. Zuletzt stimme ich das Lied von der Hoffnung an, das jede unserer Feiern begleitet, ganz gleich, ob der Anlass traurig oder fröhlich ist.

»Ich glaube in ganzem Glauben, dass der *Maschiach* kommt, und ungeachtet seines langen Ausbleibens
erwarte ich täglich seine Ankunft...«

Seit *Rosch Haschanah* sind zehn Tage vergangen, es ist *Jom Kippur*, der Tag, an dem wir fasten und beten. Das Bethaus ist wie immer voll gewesen. Niemand würde an diesem höchsten Feiertag zu Hause bleiben. Auf dem Hof der Synagoge und auf den Gassen rufen die Leute einander Glückwünsche zu. »Mögest du einen guten Eintrag im Buch des Lebens erhalten haben und einem guten Jahr entgegensehen! Einem gesegneten Jahr voll Frieden, Gesundheit und Glück!« Meine Stimme ist noch feierlicher als sonst und zugleich bin ich von überbordender Freude erfüllt – stehe ich doch auf der Schwelle zu einem neuen Leben.

Die letzten Früchte fallen von den Bäumen, und die Ernte ist eingebracht, als Margarete und ich eines Tages mit Benjamin und den beiden Mädchen am Waldrand spazieren gehen, um Tannenzapfen und Nüsse zu sammeln. Benjamin watet in einen Teich, wo er nach den Elritzen hascht, und Rochele und Rosa jauchzen vor Vergnügen. Da sehen wir am gegenüberliegenden Ufer zwei Gestalten mit Angelruten sitzen, einen Jungen und eine Frau.

»Seid gegrüßt!«, rufe ich und winke. Es ist Gunther mit seiner Mutter.

Gunther winkt zurück. »Leider haben wir kein Glück«, ruft er und deutet auf den leeren Eimer. Seine Mutter grüßt uns mit einem Stirnrunzeln und einem Nicken. »Grüßt euch Gott!«

Ich gehe zu ihnen herüber und vertraue Gunther an: »Ich bin jetzt verlobt und werde im Frühjahr heiraten.«

»Meinen Glückwunsch!«, sagt Gunther und streckt mir die Hand hin, die ich ergreife. »Dann nimmst du wohl die Tochter eures Metzgers zur Frau?«

»Genau!« Ich weiß, dass ich über das ganze Gesicht strahle. »Margarete.« Wie ich es liebe, ihren Namen auszusprechen.

»Ein schöner Name«, sagt Greta und zwinkert mir zu. »Ich wünsche euch viel Glück«, setzt sie noch hinzu, »und dass die üblen Nachreden euch nichts anhaben.«

»Was für Nachreden?«, frage ich. Margarete ist inzwischen auch gekommen und nickt Gunther und Greta schüchtern zu. »Grüßt euch Gott.«

»Na, ich denke nicht, dass diese Reden uns hier beunruhigen müssen«, sagt Greta, die ihrem Sohn einen raschen Seitenblick zuwirft. »Man weiß ja, wie das Gerede von einem Ort zum nächsten fliegt.«

»Worum geht es denn?«, frage ich.

Greta beißt sich auf die Unterlippe. »Ich selbst habe gar nichts gehört«, räumt sie ein. »Aber Gunther, der ja seit neuestem für den Stadtrat arbeitet – seht nur, das ist die Mütze, die sie ihm gegeben haben –, ihm kommt so einiges zu Ohren.«

Plötzlich geht ein Ruck durch Gunther, er zerrt heftig an seiner Angel und zieht schließlich ein winziges Fischlein aus dem Wasser. Es ist lachhaft klein, kaum halb so lang wie seine

Hand. Gunther nimmt ihm den Haken aus dem Maul, wirft es zurück in den Teich und reibt sich die Hand am Beinkleid trocken. »Es ist nicht viel, was ich euch sagen kann«, meint er. »Aber es scheint, als wäre ein Jude am Genfer See verhaftet worden. In der Schweiz.«

Ich höre, wie Margarete zischend die Luft einzieht. »In der Schweiz? Aber das ist doch sehr weit weg von hier, nicht wahr? Was hat das mit uns zu tun?«

»Ja… nun«, sagt Gunther. »Die Ratsherren schwatzen immer viel daher, müsst ihr wissen.«

»Sprich nicht so über Leute, in deren Lohn du stehst!«, rügt ihn seine Mutter.

Gunther sieht mir geradewegs in die Augen und es durchläuft mich merkwürdig kalt. »Ich weiß wirklich nicht viel darüber«, sagt er.

»Was ist aus diesem Juden geworden, den sie verhaftet haben?«

Ich will es gar nicht fragen, aber ich muss. Was einem Juden zustößt, betrifft uns alle.

»Ich hörte, sie haben ihn auf das Schloss Chillon gebracht«, sagt Gunther.

»Und was ist dort geschehen?«, fragt Margarete. Da kommen die beiden Mädchen angelaufen. Margarete hebt schützend die Hände, als wolle sie sie abschirmen. Benjamin stellt sich zu uns hin. »Was gibt es?«, fragt er ängstlich.

»Irgendein Jude wurde verhaftet«, erzähle ich.

»Was haben sie mit ihm gemacht?«, fragt Benjamin.

»Ach, du weißt schon«, erwidert Gunther. »Das Übliche.«

Gretas Lippen bewegen sich, sie verzieht den Mund. »Ach, wenn ihr es doch nicht von uns erfahren müsstet.«

Da nähert sich Hufgetrappel. Pferd und Reiter sind prächtig herausgeputzt. Der Umhang des Mannes ist mit Pelz gefüttert, seine Beinkleider sind aus Samt. Die Mähne des Pferdes ist geschmückt, das Leder des Sattels geprägt. Die Augen des Mannes wie die des Pferdes blicken dunkel und kalt.

»Engelbracht«, murmelt Greta, und ihre Hände fliegen zum Mund.

»Komm, Gunther! Lass uns gehen.«

»Wartet doch!«, rufe ich, doch sie haben sich bereits so schnell davongemacht, als wollten sie ihrem eigenen Schatten davoneilen.

Die beiden Mädchen werfen sich ihre Säcke mit den gesammelten Nüssen auf den Rücken. Benjamin hält ein Bündel Tannenzweige im Arm. Margarete und ich lassen unsere Sachen liegen.

»Was ist denn?«, fragt Rochele in weinerlichem Ton. »Weshalb seid ihr so bedrückt?«

»Nichts, nichts«, beruhigt Margarete sie. Doch selbst die Luft scheint sich verändert zu haben, als hätte sich eine Kuppel aus Eis über die Stadt gesenkt. Ein kalter Wind peitscht uns die Wangen und zaust unser Haar.

»Es riecht nach Schnee«, sagt Benjamin. »Ich muss Mathilda rasch in den Schuppen bringen.«

Margarete und ich sehen uns an und brechen in lautes Gelächter aus. Oh, wie gut es tut, zu lachen, wenn einem die Angst im Nacken sitzt! Als wir bei Margarete ankommen, steht die Haustür weit offen. Die Leute haben sich draußen auf der Gasse versammelt. Einer fragt den anderen: »Hast du es schon gehört?«

»Es heißt, ein Jude sei verhaftet worden.«

»Aber weit weg von hier, in der Schweiz! Was hat das mit uns zu tun?«

»Er hat gestanden.«

Mutter eilt auf uns zu. Freda, unsere Nachbarin, ist bei ihr und hinter den Frauen kommt Rabbi Meier mit seinen beiden Söhnen. Bald hallt die Luft von Stimmen wider und es liegt Todesangst darin.

»Sein Name, so heißt es, sei Agimet.«

»Agimet?« Bald weiß es jeder. Agimet.

»Und was lasten sie ihm an?« Reb Zebulon, der Lehrer, mischt sich ins Gewühl. Er verkörpert die Stimme der Vernunft, die zur Ruhe mahnt. »Was wissen wir eigentlich genau darüber?«

Rabbi Meiers Sohn Ashur meldet sich zu Wort. »Ich habe es von einem reisenden Notar, der aus Zürich kam und der es wiederum von einem Gastwirt erfahren haben will.« Der junge Gelehrte holt tief Luft. Er zittert. »Dieser Jude Agimet wurde verhaftet und in das Verlies des Schlosses verbracht. Dort haben sie ihn dann gefoltert, bis er schließlich ein Geständnis ablegte.«

Schweigen senkt sich über die Menge, so unvermittelt wie eine Decke aus Schnee – es wird still wie im tiefsten Winter. Das Wort »Geständnis« trifft uns alle wie ein Keulenschlag. Selbst der Lehrer Zebulon erblasst, und seine Lippen scheinen seltsam geschwollen, als er wiederholt: »Ein Geständnis!«

Mittlerweile ist auch Vater gekommen und hat sich neben uns gestellt. Der nutzlose Arm baumelt in einer Schlinge vor der Brust.

Ashur, der Sohn des Rabbiners, fährt fort: »Dieser Agimet hat wohl gestanden, er habe alle Brunnen vergiftet und dadurch die Pestilenz übers Land gebracht, der schon so viele Menschen zum Opfer gefallen sind.«

Alle beginnen gleichzeitig zu sprechen. Vivelin Rote, der Reichste von uns, klopft mit seinem Gehstock hart auf das Pflaster. »Wo ist der Mann, von dem du das hast? Dieser Notar? Wir wollen ihn selbst befragen.«

»Rasch, geh!«, befiehlt der Rabbi seinem Sohn. »Hole ihn her. Wir müssen Genaueres erfahren. Und ihr – kommt!« Er winkt den Menschen, ihm zu folgen. »Lasst uns in die Synagoge gehen und uns dort beraten. Wir sollten nicht wie Vieh auf der Gasse herumstehen und unseren Kummer öffentlich zeigen, auf dass unsere Widersacher sich daran ergötzen können.«

Erst jetzt bemerke ich die vielen Christen, die sich um uns versammelt haben. Sie reden erregt aufeinander ein, während sie mit dem Zeigefinger auf uns deuten: *Ha, da siehst du, hab ich's nicht gesagt? Sie haben sich alle gegen uns verschworen.* Und vom Wipfel eines Baumes kräht eine freche Stimme: »Wollt ihr noch etwas wissen?«

Die Älteren sind bereits auf dem Weg zur Synagoge. Die Leute drängen sich aufgeregt vorwärts, eifrig darauf bedacht, ins Innere des Bethauses zu kommen. Doch Benjamin und Jakob und ich gehören zu den Letzten, sodass ich das Gesicht der verhassten Schlange mit dem strohblonden Haar sehe und das von Rudolf, jenes anderen Jungen, der eine mürrische Miene zieht.

»Von euch wollen wir gar nichts wissen!«, rufe ich. Ich habe genug von ihnen, mehr als genug.

»Lass uns gehen, Johannes«, bittet Jakob leise.

Doch da haben sich Konrad und der schlaksige Rudolf bereits von ihrem Ast geschwungen und sind mit einem lauten Plumps inmitten eines Schauers aus Blättern und trockener Rinde am Boden gelandet. Konrad stellt sich breitbeinig hin, die Fäuste in die Hüfte gestemmt, und Rudolf tut es ihm gleich nach.

»Sei's drum, ich sage es euch trotzdem. Mein Vater hat mir nämlich erzählt, dieser Jude habe aus jeder Körperöffnung geblutet, als sie mit der Folter fertig waren«, höhnt Konrad.

»Und da habe er endlich alles gestanden. Nämlich dass er das Gift in einem kleinen, roten Lederbeutel dabeigehabt habe und in die Brunnen streute, um uns Christen zu vergiften. Aber jetzt haben sie ihn geschnappt und werden ihn für sein Verbrechen büssen lassen. Und euch werden wir uns auch noch holen, sagt mein Vater!«

»Du stinkender Esel!«, brüllt Jakob, an dessen Hals die Adern schwellen. »Was für ein Unsinn. Weisst du denn nicht, dass wir Juden genauso an der Pestilenz sterben?«

»Das ist doch eine List!«, behauptet Konrad. »Ihr lasst ein paar eurer eigenen Leute sterben, damit es den Anschein macht, als wärt ihr unschuldig. Wir kennen die Wahrheit. Mein Vater sagt…«

»Zur Hölle mit deinem Vater!«, schreit Benjamin.

Jetzt ist die Hatz eröffnet, und wir drei Juden rennen die Gasse entlang, was das Zeug hält, verfolgt von Konrad und Rudolf, die mit Stöcken und Steinen werfen. Aber dieses Mal sind wir die Schnelleren. Benjamin, der vorneweg läuft, erklimmt eine Mauer und springt auf der anderen Seite hinunter. Jakob und ich folgen ihm. Ich höre, wie etwas ganz dicht an meinem Kopf vorbeisaust – ein Ast, dann noch einer. Aber tief in mir spüre ich keine Wut, sondern nur dieses überwältigende Gefühl von Stärke. Wir haben Konrad besiegt und sind in Sicherheit!

Im Innenraum der Synagoge, dem kleinen Hafen der Zuflucht, hat sich die Gemeinde mittlerweile um das Vorbeterpult versammelt. Die Kerzen brennen, denn bald wird es dunkel. Die Leute flüstern und scharren mit den Füssen. Dies ist nicht der Ort für laute Worte.

Da endlich erscheint Ashur, der Sohn des Rabbi, mit dem Notar. Dieser ist ein hagerer Mann mit dünnem Gesicht und langem Kinn und Bart. Er zuckt bei jedem neuen Satz mit den

Brauen, doch redet er sicher und deutlich, während sich die Gemeinde um ihn schart. Die Männer, Frauen und Kinder hängen an seinen Lippen. »Nun, es ist überall gesagt worden, dass diese Pestilenz und all die Toten ihre Ursache in einer Verschwörung haben müssen. Also kamen die Leute zu dem Schluss, dass die Juden schuld wären, da sie danach trachteten, die gesamte Christenheit zu töten. Jemand hat behauptet, einige Juden aus Toledo hätten den Plan ausgeheckt und einer der Hauptverschwörer wäre ein Rabbiner namens Peyret, der seinen Wohnsitz im Savoyen habe und von dort aus mehrere Leute nach Italien, Frankreich und in die Schweiz geschickt habe, um Gift zu streuen.«

An den Wänden scheinen sich Schatten entlangzuschleichen, die im flackernden Schein der Kerzen wachsen und schrumpfen. Und es herrscht eine eigentümliche Kälte hier im Bethaus, die Kälte des Todes.

Reb Zebulon drängt den Fremden ungeduldig zum Weiterreden: »Und was geschah darauf? Redet schon. Lasst uns nicht warten!«

Der Notar befeuchtet sich die Lippen, schluckt und fährt dann fort: »Nun, Amadeus Graf von Savoyen ordnete daraufhin an, eine Reihe von Juden zu verhaften, die am Ufer des Genfer Sees lebten. Sie wurden ins Schlossverlies gebracht und dort gefoltert. Euch ist ja allen bekannt, wie diese so genannten peinlichen Befragungen vonstatten gehen.« Der Mann lässt seine Augen unruhig durch den Raum wandern, als sei er auf der Suche nach etwas, worauf er seinen Blick richten könne. Als er nichts findet, schaut er zu Boden. »Sie hielten Agimet mehrere Stunden lang fest. Zum Schluss legte er ein Geständnis ab.«

»Aber was genau hat er denn gestanden?«, ruft der Rabbi, dessen Gesicht im Kerzenschein verzerrt erscheint, und reißt die Hände in die Höhe.

»Nun, er sagte, jener Rabbi namens Peyret habe nach ihm geschickt, da er, Agimet, als Seidenhändler weit gereist war und sich in der Fremde auskannte. Deshalb habe der Rabbi beschlossen, ihn für seinen Plan zu verwenden, und habe ihm ein kleines Päckchen mitgegeben, das etwa eine halbe Spanne lang gewesen sei. Dieses Päckchen habe einen dünnen, genähten Lederbeutel mit vorbereitetem Gift enthalten. Der Rabbi habe ihm aufgetragen, es in die Brunnen, Zisternen und Quellen von Venedig zu streuen und dies auch an anderen Orten zu tun, wo er sich aufhalte, um die Menschen zu vergiften, die sich dort ihr Trinkwasser holen.«

Nicht eine Stimme, nicht ein Laut ist zu hören. Diese Lüge ist einfach zu absurd – zu unsinnig und kaum zu begreifen. Und doch wird sie weiterleben. Das wissen wir alle. Und der Name Agimet wird für alle Zeiten mit dieser Lüge verbunden sein.

Der Mann fährt mit seinem Bericht fort. Seine Worte fallen in das kalte graue Dunkel, senken sich in unsere Köpfe, während wir wie betäubt dastehen. Sprachlos. »Agimet berichtete, er habe das Päckchen mit dem Gift genommen, es nach Venedig gebracht und es nach seiner Ankunft in alle Brunnen und Zisternen gestreut. Er sagte außerdem, der Rabbi Peyret habe ihm zum Lohn für seine Mühe versprochen, ihm alles zu geben, was er haben wolle. Und dann gestand er noch, dass er außerdem Gift in Brunnen in der Nähe des Mittelmeers und an anderen Orten gegeben habe. Sie fragten ihn, ob sich die Juden an diesen Orten ebenfalls des Verbrechens schuldig gemacht hätten, und er sagte, das wisse er nicht. Aber er schwor es auf die fünf Bücher Moses.«

Mein Vater räuspert sich. »Der arme Kerl. Sie haben ihn gebrochen.«

Niemand sagt etwas dazu. Allen ist klar, dass Menachem

nur dank der Gnade Gottes und durch das Eingreifen des Ratsherren Peter Swarber nicht ebenso zerstört wurde. Wie lange vermag ein Mensch der Folter zu widerstehen? Die Leute holen tief Luft, scharren mit den Füßen. Sie wollen nach Hause.

Der Rabbi öffnet die Tür und alle gehen. Ich habe Margarete aus den Augen verloren. Und um die Wahrheit zu sagen, in diesem Augenblick will ich sie auch gar nicht sehen, denn ich vermag ihr keinen Trost zu spenden. Daheim sitzen wir im Dunkeln, bis wir schließlich zu Bett gehen.

In der Finsternis wispert Benjamin plötzlich: »Sie glauben, dass wir uns an der Verschwörung beteiligen, so ist es doch, oder?«

Ich gebe vor zu schlafen. Ich weiß, dass die Christen denken, dass die Juden zusammenhalten, dass sie alle unter einer Decke stecken. Das, was Agimet widerfahren ist, kann uns allen widerfahren.

Fünfzehntes Kapitel

Seit einiger Zeit stehen wir nun beim Morgengebet zu viert nebeneinander, denn Benjamin hat seine *Bar Mitzwa* gefeiert und darf nun ebenfalls den Gebetsschal tragen und die *Tefillin*, die ledernen Gebetsriemen, anlegen. Wir stehen neben der Tür, wo das Morgenlicht uns willkommen heißt, und beten: »Gelobt seist Du, Ewiger, unser Gott und Gott unserer Väter ... der in Güte Gnade erweist und dem alles gehört, der gedenkt der frommen Werke der Väter und der den Messias bringen wird ihren spätesten Abkömmlingen ...«

Seit ich mit Margarete verlobt bin, habe ich manchmal das Gefühl, als sei der Messias bereits da. Ich spüre eine bisher ungekannte Freude in mir.

Wir sprechen tagtäglich vom *Maschiach*. Nicht weil das Leben auf der Erde so schlecht wäre – sorgt Gott nicht dafür, dass wir alles haben, was wir benötigen? Was wir uns vom Messias erhoffen, sind Gerechtigkeit und Erlösung und Liebe. Wir beten darum, dass bald, sehr bald, ein großer Führer aus dem Volk hervorgeht, um uns Heil und Liebe zu bringen. Und diese Vorstellung ist es, die Juden und Christen wie eine scharfe Klinge spaltet – die Frage, ob er bereits gekommen ist und ob er Mensch ist oder Gott.

Ja, ich bete täglich für die Ankunft des *Maschiach*, aber vor allem warte ich auf den Frühling und auf Margarete. Ich bin zufrieden in meiner Vorfreude.

Doch allmählich dringen neue Nachrichten zu uns vor, zögernd und tropfend erst, dann brechen sie mit Gewalt über uns herein wie ein Sturzbach. Innerhalb weniger Stunden weiß jeder in der Stadt, was Fritsche Closener durch seine Briefwechsel erfahren hat, welche Geschichten der Edelmann Zorn in den Schankstuben verbreitet oder was Graf Engelbracht seinen Begleitern auf der Jagd anvertraut hat: An einigen Orten ermorden die Christen die Juden und beschuldigen sie, die Pestilenz gebracht zu haben. Papst Klemens VI. verteidigt die Juden. Er erließ von seinem Palast in Avignon aus ein Edikt, in dem es heißt: »Diejenigen, welche die Seuche den Juden anlasten, sind von jenem Lügner, dem Teufel, verführt.«

Kein anderer Papst hat jemals solch starke Worte gebraucht und zudem noch gemahnt, dass kein Jude ohne ein Gerichtsverfahren ausgeplündert, gewaltsam bekehrt oder getötet werden dürfe. Doch die örtliche Geistlichkeit hört nicht auf den Papst – sie hat ihre eigenen Ansichten und ihre eigenen Beweggründe. Nach dem Geständnis des Agimet wurden in mehreren Städten zahlreiche Juden vom aufgebrachten Pöbel niedergemetzelt. Einige fragen sich empört: Wo waren die Ratsherren, die Hüter der Ordnung? Und bekommen zur Antwort: Das waren doch nur vereinzelte Untaten einiger weniger Schläger – jetzt macht doch deswegen nicht so ein Geschrei. Weshalb müssen sich die Juden immer gleich verfolgt fühlen? Warum können sie nicht einmal ruhig bleiben?

Bald erfahren wir, dass der Rat der Stadt Zürich abgestimmt und beschlossen hat, die Juden aus der Stadt zu vertreiben. Es wird ihnen gesagt, sie dürften niemals wiederkehren.

»Es ist wie in den alten Tagen«, klagt Großvater. »Als sie

uns aus Frankreich vertrieben. Was sollen wir denn jetzt tun?« Er hebt hilflos die Hände zum Himmel und geht in den Garten, wo ihm der Winterwind die Zweige ins Gesicht peitscht. Er sucht nach Steinen.

Ich bin sehr beunruhigt und frage Vater: »Wo sollen diese Leute hingehen? Wovon werden sie leben? Müssen sie ihre Häuser und all ihren Besitz zurücklassen?«

Vater antwortet achselzuckend: »Wir Juden sind in der Wanderschaft geübt. Sie werden an einen anderen Ort ziehen. Vielleicht in eine kleinere Stadt oder in eine größere. Wer weiß?«

»Vielleicht sollten wir aus Straßburg weggehen«, entfährt es mir, obwohl es mir schier das Herz zerreißt bei dem Gedanken, die Gassen, unser geliebtes Zuhause und all die vertrauten Menschen tatsächlich zu verlassen. »Jakob sprach davon, dass Straßburg seine Abgründe habe.«

Mit unvermitteltem Zorn herrscht er mich an: »Und wohin sollten wir gehen? Kannst du mir das sagen, mein kluger Sohn? Nach Frankreich etwa, von wo sie die Juden bereits vertrieben haben? Oder nach Italien, aus dem die Pest ein unbevölkertes Ödland gemacht hat? In die Schweiz gar, wo die so genannten Brunnenvergifter gejagt, gefoltert und zuletzt in Stücke zerteilt werden?«

Schmerz und Ohnmacht erfüllen mich und mein Herz pocht wild in meiner Brust. »Ich weiß es doch auch nicht! Ich weiß es nicht! Aber sie werden uns töten...«

»Aber genau darum geht es, mein Sohn«, sagt Vater, dessen Gesicht vom Schreien rot angelaufen ist. »Wohin sollten wir gehen? Selbst wenn wir das gelobte Land erreichen könnten – was, denkst du, ist davon geblieben, nachdem die Kreuzritter dort geplündert und gemordet und die Stadt zerstört haben? Jerusalem! Die Stadt liegt in Schutt und Asche.« Er kann nicht mehr still sitzen und läuft erregt auf und ab, der nutzlose Arm baumelt schlaff herunter. »Ich habe es von Reisenden gehört und selbst die Mönche leugnen es nicht. Ja, glaubst du denn, ich hätte nie daran gedacht – an Flucht? Ich hatte eigentlich Spanien als Ziel im Sinn. Doch jetzt sagen sie, die Verschwörung hätte dort ihren Anfang genommen. Nein. Spanien also nicht. Holland? Auch dort müssen die Juden ein Abzeichen tragen. Nein, Holland also auch nicht. Dann vielleicht Cathay – das ferne Reich, von dem der Reisende Marco Polo berichtete? Denkst du, wir würden den Weg dorthin finden, mein Sohn? Und selbst wenn – könnten wir dort endlich in Frieden leben?«

»Lass den Jungen in Ruhe, Menachem!«, schreit Mutter plötzlich. »Lass ihn doch!«

»Er soll lernen, nicht so törichte Reden zu schwingen!«, fährt Vater sie an.

»Er ist noch jung. Lass ihm doch seine Hoffnung!«

Ich stehe verstört zwischen den beiden. »Es tut mir Leid«, rufe ich verzweifelt. »Es ist schon gut. Streitet euch nicht wegen meiner Torheit.«

Vater hat den Kopf zurückgeworfen, die Augen schmerzerfüllt zusammengekniffen. »Ach Gott, ich weiß ja, dass es keine Torheit ist!«, sagt er. »Es sind nur die Angst und Sorge und der Wunsch, etwas zu unternehmen – ich habe selbst lange so gefühlt, mein Sohn. Doch die Wahrheit ist, dass auch ich nicht weiß, was wir tun können. Ich weiß es nicht.«

Das Leben gestaltet sich immer schwieriger. Einer der Vorsteher des Franziskanerklosters wendet sich mit der Bitte um ein Darlehen an uns, weil er das Klosterdach richten lassen möchte. Als Pfand bringt er einen prächtigen Kelch, doch dann zögert er, sich von dem Kirchenschatz zu trennen. Er spricht ganz offen. »Wie kann ich einen solch wertvollen Besitz einem Juden anvertrauen? Wer sagt mir, ob Ihr in sechs Monaten noch hier seid, wenn das Geld fällig ist?«

»Wir werden hier sein«, versichert Vater ihm.

»Wer verbürgt sich für Euch?«, beharrt der Mönch. »Könnt Ihr mir jemanden nennen?«

Ich halte den Atem an. Es hat immer einige christliche Bürger gegeben, aufrechte, fromme Kaufleute, die uns diesen Dienst erwiesen haben. Doch sie alle haben uns wissen lassen, dass sie nicht länger zur Verfügung stehen.

»Vielleicht«, mische ich mich ein, »käme der Herr Fritsche Closener infrage?«

Vater zieht überrascht die Brauen hoch. »Ja, glaubst du, dass du dich an ihn wenden könntest?«

»Er hat mich gefragt, ob wir nicht einmal zusammen musizieren wollen, und lobte unsere Zuverlässigkeit, als wir dem Mönch in Troyes den Brief überbrachten.«

»Nun, wenn du das für richtig hältst, mein Sohn.« Vater blickt freundlich und tritt sogar einen Schritt zurück, sodass es mir vorkommt, als hätten wir auf einmal die Plätze getauscht.

»Ich werde mich darum kümmern«, wende ich mich an den Mönch. »Wenn Ihr morgen Nachmittag wiederkommen wollt? Dann werde ich alles geregelt haben.«

Voller Selbstvertrauen und Zuversicht mache ich mich, meine Flöte in der Hand, auf den Weg. Allein, denn der Winterfrost tut dem Arm meines Vaters nicht gut. Über mir strahlt eisblau der Himmel mit ein paar weißen Streifen darin. Ich höre das Getrippel von Eichhörnchen und den Ruf eines Vogels hoch oben in einem Baumwipfel. Von der Kirche des heiligen Thomas dringt das Vesperläuten zu mir herüber. Über den Pflastersteinen liegt ein blauvioletter Schimmer und die spitzen Dächer leuchten wie poliertes Messing. Ein Pferd, das auf seinen Herrn wartet, stampft mit dem Huf auf und wiehert. Ich muss an Benjamin denken und an seine Stute Mathilda, deren Bauch sich bereits ordentlich rundet, deren Mähne glänzt und deren Hufe er hübsch mit Pech geschwärzt hat. Ich begreife es einfach nicht. Wie kann es inmitten all dieser Schönheit so viel Leid auf der Welt geben?

Am Haus von Fritsche Closener angelangt, bleibe ich vor der Tür stehen, weil ich im Inneren Stimmen höre. Eine Zeit lang stehe ich so da, will nicht stören, und just als ich mich zum Gehen wende, wird die Tür aufgerissen. Es ist Closener selbst, gefolgt von einem Herrn mit weißem Bart und schwarzem Umhang. Als er mich sieht, zieht er eine Brille aus dem Gewand und hält sie sich vor die Augen. Ich habe bisher nur von Brillen gehört, jedoch noch nie eine gesehen. Der Herr mustert mich durch diese gläsernen Linsen, und mir ist, als würde ich gleich zweifach angestarrt, verstört und zutiefst erschrocken.

Fritsche Closener, der seinem Gast vorangeht, bemerkt den Blick nicht. »Ah, mein junger Freund!«, ruft er aus und packt mich am Arm. »Nur herein mit dir! Hast du mir vielleicht neue Musik mitgebracht? Symont, bleibt doch noch ein Weilchen, und wir spielen Euch zusammen auf.«

»Nein, nein«, ruft der andere. »Das kommt gar nicht infrage.«

Er schwingt energisch seinen Gehstock. »Ganz und gar nicht, Fritsche. Man erwartet mich zu Hause. Ja, ich habe die Glocken gehört und muss mich dringend auf den Weg machen.« Er hüstelt, dreht sich rasch herum, sieht Closener eindringlich an und scheint noch etwas hinzufügen zu wollen. Doch dann wendet er sich hastig ab und schreitet davon.

»Nun«, sagt Fritsche Closener. »Er ist ein viel beschäftigter

Mann. Aber so komm doch herein. Wir haben sicherlich Zeit für das eine oder andere Lied. Vielleicht eines, das du in Troyes auf der Straße aufgeschnappt hast, ja?«

Meine Finger fühlen sich steif und ungelenk an, wie vereist von dem frostigen Blick, mit dem dieser Mann, Symont, mich angesehen hat. Ich habe Angst, dass mir die Musik verdorben ist. Doch da hebt Fritsche Closener seine Blockflöte an die Lippen und sieht mich erwartungsvoll an, und gegen meinen eigenen Willen habe ich den Mann, die Kälte und alles andere außer der Musik bald vergessen.

Ich spiele und spiele. Das Herz geht mir auf in Erinnerung an diese Melodie, dieses Lied, das David und ich in jener Nacht hörten, die sternenklar war. Ich verwandele das Gelächter, das uns damals umgab, das Flüstern, das Säuseln des Windes, das Klappern der Hufe, das Rumpeln der Karren und die Zurufe der Händler in Flötentöne – ach, ob ich wohl jemals wieder auf eine solche Messe reisen werde?

Fritsche Closener lauscht mit geneigtem Kopf und zeichnet mit der Hand den Takt in die Luft. Dann führt er die Flöte an die Lippen und fügt meinen Noten seine eigenen hinzu, ergänzt sie hier mit einem neuen Triller, dort mit einer Variation oder einer Harmonie.

Wir spielen das Stück immer wieder aufs Neue – jedes Mal anders, jedes Mal flüssiger – bis wir unsere Instrumente schließlich absetzen und uns beglückt in die Augen sehen. Fritsche Closener strahlt. »Wundervoll! War das eine Freude! Ich danke dir, dass du mich daran hast teilhaben lassen. Ich werde die Melodie gleich heute Abend wieder spielen, damit ich sie auch ja nicht vergesse. Doch ich glaube fast, sie sitzt bereits.« Und er spielt noch einmal ganz allein ein paar der Tonfolgen. Dann nickt er und lächelt. »Jawohl, sie sitzt, mein junger Freund!«

Die Worte »junger Freund« verleihen mir den Mut, ihn um den Gefallen zu bitten: Ob er wohl so freundlich wäre, zugegen zu sein, wenn der Vorsteher des Klosters das Pfand bringt? Und wäre er vielleicht auch bereit, es zu treuen Händen aufzubewahren, damit wir uns mit dem Mönch einig werden und er nicht um das Kircheneigentum fürchten muss?

Closener wendet sich kopfschüttelnd dem Kamin zu. »Leider kann ich euch diesen Gefallen nicht tun«, antwortet er knapp. »Ich darf in dieser Angelegenheit keine Partei ergreifen. Das verstehst du doch, nicht wahr? Es ist eine Sache, miteinander zu musizieren – wir Musikanten sprechen eine eigene Sprache. Aber du verlangst von mir, als Mittler zu wirken zwischen der Kirche und den... Geldleihern. Nein. Das wäre nicht recht. Siehst du, ich bin Stadtschreiber. Ich halte Ereignisse für die Nachwelt fest. Ich darf mich nicht einmischen, sonst sehe ich nicht mehr klar. Die Leute sollen mir nicht vorwerfen können, dass ich... äh... beeinflussbar sei. Verstehst du das?«

»Ich verstehe«, erwidere ich tonlos. »Ihr sprecht von dem Gift. Von dem Geständnis.«

»Den Geständnissen«, verbessert er mich. »Es gab mehr als eines. Davon wisst ihr doch sicherlich.«

»Wir haben das von dem Mann aus Châtel gehört – von diesem Agimet.« Ich gehe auf die Tür zu, wünsche mir plötzlich nichts sehnlicher, als nach Hause zu gehen, zu Hause zu *sein* und nicht an diesem fremden Ort, der mir vor ein paar Minuten noch so warm und freundlich erschienen war.

»Sie haben zehn weitere Juden befragt«, sagt Closener. »Diese haben gestanden, dass sie ebenfalls an besagter Verschwörung beteiligt seien. Und nicht nur das, sondern dass *sämtliche* Juden vom siebten Lebensjahr an aufwärts von dem Komplott wüssten und an ihm teilhätten.«

Mein Gesicht brennt, als stünde ich direkt neben dem Feuer, dabei bin ich doch schon halb zur Tür hinaus. »Sie sind gefoltert worden«, sage ich. »So wie mein Vater.«

»Ja, natürlich sind sie das!«, ruft Closener. Er macht einen Satz auf mich zu, rauft sich mit beiden Händen das Haar, ist sichtlich verzweifelt. »Ich weiß das und wir alle wissen das. Sie hätten alles gestanden, nachdem man sie auf die Folterbank gebunden hatte – wie jeder es tun würde. Aber die Geständnisse verbreiten sich wie ein Lauffeuer, und sie bezichtigen jeden Juden, *jeden einzelnen* Juden, von den Kindern angefangen, ein Verschwörer zu sein, die Brunnen zu vergiften und die Pestilenz zu bringen.«

»Sie klagen die Juden an.« Mein Kopf ist leer, ich fühle mich schwach, muss mich am Türrahmen festhalten.

»Erst klagt man sie an und dann werden sie verbrannt.«

»Verbrannt?«

»Zu Basel«, Closener blickt kopfschüttelnd zu Boden, »haben sie alle Juden in ein eigens errichtetes Holzhaus gesperrt. Und dieses dann entzündet.«

»Sie haben die Juden verbrannt?«

»Sie haben sie verbrannt.«

Im Gehen höre ich Closener leise brummen: »Das Geld war es, das den Juden wirklich den Tod gebracht hat. Wären sie arm gewesen und hätten die Landesherren ihnen nicht viel Geld geschuldet, dann hätte man sie nicht verbrannt.«

Seine Worte verwandeln sich in meinem Kopf zu Bildern. Fragen und Antworten türmen sich um mich herum auf wie totes Holz, bis ich mich eingeschlossen fühle und glaube, ersticken zu müssen. *Sie haben eigens ein Holzhaus errichtet…* ich sehe es vor meinem geistigen Auge, dieses große hölzerne Gebäude auf einer Wiese; die Tür, durch welche die Juden eintreten und die später vernagelt werden kann. Das Dach ist dürftig, nur ein paar über die Seitenwände gelegte Planken, mit Lücken, die breit genug sind, dass die Flammen hindurchschlagen können. Und in seinem Inneren... im Inneren... da stehen die Menschen dicht gedrängt – Arme, Schultern, Beine und Köpfe berühren sich. Frauen wiegen ihre Kleinkinder in den Armen, Väter und Mütter drücken die größeren Kinder an sich. Sie reden leise, tröstend auf sie ein: *Alles wird gut. Weine nicht. Hab keine Angst.*

Wie sie das Haus wohl in Brand setzen? Sicherlich mit Fackeln, mit vielen auf einmal, sodass das Feuer rasch von einem Fleck zum anderen springt und sich das Haus schnell mit Rauch füllt. Umso mehr, als das Holz noch frisch und grün ist. Doch der johlenden Menge gefällt es so, denn der Rauch steigt als dicke, schwarze Säule zum Himmel auf, als Zeichen, als Mahnung dafür, wie mit den Ketzern verfahren wird. Die Flammen. Ihr Prasseln und knisterndes Züngeln ist wie eine eigene Sinfonie, unterlegt von den Schreien aus dem Inneren. Wie lange es wohl dauert, das Verbrennen? Erscheint es den Opfern wie eine Ewigkeit? Oder sind Körper und Geist so erstarrt, dass alles blitzschnell geht, ein rasches Hinübergleiten ins Vergessen?

Sonst bete ich eigentlich nur zu den festen Zeiten. Doch jetzt bete ich ein ums andere Mal: »Herr der Welt... Herr der Welt... hilf mir, deine Wege zu ergründen.«

Mir ist, als trüge mir der Wind, der zarte Schneeflocken über die Gasse treibt, eine Antwort zu. »Das sind nicht meine Wege, sondern die der Menschen.«

Ich flüstere das eine Gebet, das jeder Jude im Schlaf aufsagen könnte: »*Schma Jisrael...* Höre, o Israel, der Ewige ist Gott, der Ewige ist einzig.« Einzig. Einmalig. Unbeschreiblich. Unerreicht. Einzigartig. Wir lassen uns nicht von dem Glauben abbringen, dass Er *einzig* ist. Deshalb verbrennen sie uns. Ich wende mich der Gasse zu, in der Margarete wohnt. Es ist nun schon fast dunkel, und Mutter wird sich fragen, wo ich bleibe. Doch ich kann jetzt noch nicht heimgehen. Ich klopfe. Margarete öffnet mir. Ihre Wangen sind rosig, weil sie sich über das Feuer gebeugt hat. Sie hat sich das Haar mit einem weißen Band zurückgebunden, doch einige Strähnchen haben sich gelöst und rahmen ihr Gesicht ein, und an ihrem Hals klebt eine feuchte Locke. Als ich sie so sehe, überkommt mich großes Verlangen, und ich würde sie gerne im Arm halten, doch ich darf mich der Verlockung nicht hingeben. Außerdem ist ihre Mutter mit im Raum.

Ich nicke. »Grüß dich, Margarete.« Höflich erkundige ich mich: »Wie geht es euch? Sag, ist Jakob zu Hause?«

»Nein«, erwidert sie. »Der wohnt jetzt beim Doktor Junge. Mein Vater kann ihn nicht hier behalten. Es gibt nicht genug Arbeit für ihn. Aber komm doch bitte herein, Johannes.«

Ich trete in die Stube, und als ich sage: »Ich bin auch gar nicht wegen Jakob gekommen«, belohnt mich Margarete mit einem Lächeln.

»Guten Abend, Johannes«, ruft ihre Mutter Chava. »Es wäre schön, wenn du zum Nachtmahl bliebest, auch wenn es sehr bescheiden ist.« Sie ist freundlich wie immer, doch etwas hat sich in ihrem Gesicht verändert, sie wirkt nachdenklich.

»Ich danke dir, doch ich muss bald nach Hause. Mutter macht sich noch immer Sorgen um mich, wenn es Abend wird und ich nicht da bin.« Ich lache.

»Ja, freilich«, ruft Chava. »Mütter hören nie auf, sich Sorgen zu machen, ganz gleich wie alt ihre Kinder sind. Aber dann nimm dir wenigstens von diesen Brombeeren. Wir haben sie heute Nachmittag gepflückt. Es werden wohl die letzten des Jahres sein.«

Margarete bringt mir die Schale mit den Beeren, die groß

und reif sind und saftig. Ich spreche den Segen und stecke mir eine in den Mund. Da bemerke ich, dass auch Margaretes Lippen vom Beerensaft gerötet sind. »Köstlich!«, sage ich.

Rosa scheint mir heute bleich und sehr still. Sie sieht sich um. »Ist Rochele nicht mitgekommen? Ich will zu Rochele.«

Ihre Mutter lächelt nachsichtig. »Du hast deine Freundin doch erst gestern gesehen. Nun komm, Rosa, du musst mir beim Flicken helfen. Komm, komm«, sagt sie und führt sie in die andere Ecke der Stube, wo einige Stühle sowie ein Tischchen und ein Spinnrad stehen und eine Art eigenen Raum bilden, sodass Margarete und ich ein wenig für uns sein können.

Margarete senkt die Stimme. »Vater würde dich auch begrüßen«, sagt sie, »doch er führt gerade ein wichtiges Gespräch mit dem Rabbi und einigen der anderen Männer. Es ist furchtbar für ihn. Heute... es ist furchtbar für ihn«, stammelt sie.

»Was denn?«, frage ich. »Ist es wegen der Geständnisse?«

»Welche Geständnisse?«

»Einige Juden haben gestanden, überall im ganzen Abendland Brunnen vergiftet zu haben«, erzähle ich. Die Last, die ich spüre, hat sich verlagert. Jetzt ist es Margarete, um die ich mir Sorgen mache, aus deren Augen ich den Kummer vertreiben möchte. Von den Verbrennungen werde ich ihr nichts erzählen.

»Von Geständnissen weiß ich nichts«, sagt sie.

»Was ist es dann?«

Margarete sieht zur Seite. »Heute Nachmittag«, sagt sie, »bin ich mit Vater bei der Mühle gewesen. Mutter und Rosa waren Beeren pflücken. Als wir nach Hause zurückkehrten, hörten wir diese fürchterlichen Schreie. Jemand hatte eine Sau in unseren Hof gelassen. Sie haben das Tier mit Öl übergossen und es dann angezündet.«

Mir schwirrt der Kopf. Alles verschwimmt vor meinen Augen.

»Wer tut so etwas?«

»Es war so furchtbar, Johannes, die Schreie des Schweins und der Rauch und der Gestank... du kannst dir das nicht vorstellen.«

»Ich kann es mir denken.«

»Vater stürzte sogleich los und erlöste die arme Kreatur von ihren Qualen. Der ganze Hof war mit Schweineblut durchtränkt, es klebte an Vaters Händen, Armen und an seiner Schürze.« Margarete beginnt zu zittern und schlingt die Arme um den Körper, doch dann hebt sie das Kinn und Trotz spricht aus ihrem Blick und ihrer Stimme. »Ich habe Vater gesagt, dass er ihnen nicht nachgeben darf. Das sind Verbrecher! Jetzt bespricht er sich mit dem Rabbi und den anderen.«

»Was wollen sie denn von deinem Vater? Wer steckt hinter dieser Sache?«

»Du musst auf dich Acht geben, Johannes«, ruft Margarete mit unvermittelter Heftigkeit. »Die Leute in der Stadt verändern sich. Ich sehe es ihren Gesichtern an, wenn ich durch die Gassen gehe. Ich spüre, wie sie mich hassen.«

»Nicht doch, sie fürchten sich vor der Pestilenz. Wenn sie auch noch nicht bis zu uns vorgedrungen ist.«

Margarete sieht stirnrunzelnd zu Boden. »Vater bekam heute Besuch, nach dem Vorfall mit dem Schwein. Draußen im Hof. Es waren vier Männer.«

»Wer?«

»Einer war Uriah, der Gerber – der, dessen Arme dick wie Baumstämme sind. Zwei kamen von der Zunft und dann war auch noch der Metzger dabei – Betschold.«

»Betschold«, wiederhole ich. »Den kenne ich gut. Und seinen Sohn auch.«

Als Margarete fortfährt, liegt ein wütendes Funkeln in ihren Augen. »Sie drohten Vater, unser Haus niederzubrennen, falls er weiterhin Fleisch an Christen verkauft. Sie überschütteten ihn mit Gemeinheiten und sagten, das Schwein sei nur ein Vorgeschmack auf das, was sie mit ihm anstellen würden.«

Schwere Schritte nähern sich von draußen. Elias tritt ein. Er wünscht mir einen guten Abend. »Ist deine Familie wohlauf?«, will er wissen.

»Ja, danke. Allen geht es gut und sie lassen dich grüßen«, sage ich, äußerlich gelassen, obwohl ich innerlich aufgewühlt bin.

Elias geht auf seine Frau zu. »Ich muss ein hohes Bußgeld zahlen«, eröffnet er ihr, »weil ich Fleisch an die Christen verkauft habe. Außerdem haben sie sich eine neue Steuer ausgedacht. Fleischsteuer wird sie genannt. Wenn ich die nicht zahle, Chava, kann ich mein Geschäft gleich aufgeben.«

»Noch mehr Steuern!«, ruft Chava.

»Von jetzt an muss ich das überschüssige Fleisch wohl verschenken. Oder verbrennen.«

»Das wäre eine Sünde!«, entfährt es Chava.

»Frau, hör mich an. Wenn ich im Geschäft bleiben will, muss ich die Zünfte bestechen. Denn nichts anderes ist es. Auch wenn sie es Schutzsteuern nennen oder Wegzoll. Sie sagen, dass ich hier meinen Lebensunterhalt verdiene und den Zünften deshalb etwas zurückgeben müsse, die alles dafür täten, dass die Stadt blühe und gedeihe. Und auch dem Bischof, der uns Schutz gewähre und Rechte einräume.«

»Ah, jetzt ist alles klar«, sage ich. »Bischof Berthold.« Ich bin überrascht über meine Unverfrorenheit – dass ich mich ohne Aufforderung in ein Gespräch einmische. Doch Elias wendet sich mir zu, nickt und schließt mich so mit ein.

»Bischof Berthold erinnert uns unablässig daran, dass er es war, der uns vor der Mordlust der Armlederbande bewahrt hat. Und jetzt...«, sagt Elias und zieht dabei die Schultern hoch, »... jetzt hat er ein weiteres Druckmittel gegen uns in der Hand. Es heißt, zehn Juden hätten gestanden, Brunnen vergiftet zu haben. Es sei eine Verschwörung aller Juden, um sämtliche Christen zu töten.«

Ich sehe an Margaretes erstarrter Haltung, wie sehr sie das erschreckt. Chava sitzt mit offenem Mund da und hat das Flickzeug fallen gelassen.

»In Basel«, fährt Elias fort, »haben sie die Juden verbrannt. Man stellte sie vor die Wahl, sich zu Christus zu bekennen...« Elias sieht Rosa an, deren Augen groß und rund sind, streckt die Hände aus und zieht sie an sich. »Doch genug davon«, sagte er. »Es ist Zeit für das Nachtmahl. Johannes, wirst du bleiben?«

»Nein, nein. Das ist sehr gütig von dir, doch ich muss jetzt rasch nach Hause.«

»Dann geh schnell«, meint Chava, »bevor die Dunkelheit dich einholt.«

Doch die Dunkelheit hält mich bereits umklammert, eine fürchterliche Dunkelheit, die keine Kerze zu erhellen vermag. Mir ist übel, und ich fühle mich ohnmächtig, wie an dem Tag, an dem ich sah, wie man das Kind ertränkte.

Margarete bringt mich zur Tür. Sie tritt mit mir nach draußen. »Johannes, was geht hier vor? Vater sagte immer, wir wären sicher, weil doch der Bischof auf unserer Seite stünde und der Rat der Stadt uns erlaubt, hier zu leben und zu arbeiten. Bei uns in Straßburg wütet die Pest nicht und auch nicht in der Nähe.«

»Das alles ergibt keinen Sinn«, sage ich. »Wie kann auch nur ein Mensch so etwas glauben? Wenn wir die Brunnen tatsächlich vergiftet hätten, würden wir uns doch auch selbst vergiften.«

Margarete steht stumm neben mir. Es ist kalt, doch sie zittert nicht. »In meinen Augen sind sie Helden«, sagt sie endlich, »die Baseler. Sie sind wie Hanna und ihre sieben Söhne. Die aus der *Thora*, die so grausam getötet wurden, weil sie sich weigerten, ihren Gott zu verraten. Oder wie Rabbi Akiba, der während des Bar-Kochba-Aufstands von den Römern bei lebendigem Leib gehäutet wurde. Ich habe mich immer gefragt, ob Hanna wirklich gelebt hat.«

»Sie haben alle gelebt«, sage ich. »Es sind Märtyrer.« Ich muss auch an David denken.

Einen ganz kurzen Augenblick lang – so kurz, dass es auch ein Traum gewesen sein könnte – fühle ich im Dämmerlicht Margaretes Fingerspitzen an meiner Wange und ihre Lippen auf den meinen.

Sechzehntes Kapitel

Der Anblick eines Christen im Judenviertel ist selten in diesen Tagen, daher überrascht es mich, Gunther zu sehen, der in die Gassen und Hauseingänge linst wie eine Katze auf Mäusefang.

»Gunther!«, rufe ich aus dem Fenster.

Gunther blickt sich um und eilt dann keuchend auf mich zu.

»Genau dich habe ich gesucht, Johannes. Nur wusste ich nicht, wo euer Haus... verzeih mir, aber Mutter hat mir aufgetragen, deinen Freund zu holen – Jakob den Arzt.«

»Tritt doch ein, Gunther.«

»Nein, ich kann nicht. Ist der junge Arzt denn da?«

Ein plötzlicher Windstoß lässt mich erschauern. »Warte, ich hole rasch meinen Umhang.« Als ich ihm draußen gegenüberstehe, frage ich: »Ist deine Mutter krank?«

»Nein, aber Vater. Er ist ganz rot im Gesicht von einem Ausschlag und jammert laut...«

»Was mag ihm fehlen?« Mein Herz scheint plötzlich still zu stehen. *Was mag ihm fehlen?* Jeder weiß, dass die Pestilenz tobt und das gesamte Abendland in Todesangst versetzt. O Gott – was, wenn die Pest nun auch Straßburg erreicht hat? Ich weiß nicht, wovor ich mich mehr fürchten soll, vor der Krankheit oder unseren Nachbarn – denn die werden ganz gewiss behaupten, wir hätten die Seuche über sie gebracht. Falls Gunthers Vater von der Krankheit befallen ist, trägt sein Sohn sie womöglich sogar auf der Kleidung, in seinem Atem, an seinen Händen – ich habe Angst, in seiner Nähe zu sein oder ihn überhaupt nur anzusehen. Es heißt, dass schon der Blick eines Befallenen genügt, um die Krankheit weiterzugeben. Ich stehe da, ohne mich zu rühren, und Gunther weiß sich vor Sorge fast nicht zu fassen.

»Jakob wohnt im Hause des Judenarztes, des alten Medicus«, sage ich endlich schwer atmend. »Lass uns dorthin gehen.« Ich rufe Mutter zu, dass ich rasch etwas zu erledigen hätte, und dann hasten wir die Gassen entlang. An ihren Seiten türmt sich Schnee, und nur wenige Menschen sind unterwegs, bloß einige Holzträger, Kesselflicker und Müllersburschen mit Säcken voll Getreide. Sie grüßen mit einem Nicken, werfen Gunther jedoch argwöhnische, ängstliche Blicke zu.

»Ich scheine in eurem Viertel nicht wohl gelitten zu sein«, keucht Gunther.

»Nein, nein. Es ist schon gut«, antworte ich. »Sie kennen dich nur nicht. Aber ich bin ja bei dir, sei unbesorgt.« Ich spüre seine Angst. »Weshalb lässt deine Mutter gerade Jakob rufen?« Gunther beißt sich auf die Unterlippe. »Der Arzt aus der Stadt kommt nicht zu Gesindel wie uns. Mutter dachte, der Judenarzt... der Jüngere der beiden – wäre vielleicht bereit, sich Vater anzusehen. Es reicht ja schon, wenn er uns sagen könnte, was ihm fehlt. Vergüten können wir es ihm freilich nicht – oder denkst du, er würde einen Käse nehmen?«

»Mag sein.« Ich bringe es nicht über mich, Gunther zu sagen, dass wir Juden keinen Käse essen dürfen, der aus dem Lab eines unkoscheren Tieres gemacht wurde.

Als wir zum Haus des Arztes kommen, finden wir Jakob alleine vor. Er ist damit beschäftigt, Gefäße zu waschen und

Arzneifläschchen mit merkwürdig gefärbten Mixturen zu füllen.

»Der Doktor ist nicht hier«, sagt Jakob und sieht verwundert auf. »Oder wolltet ihr mich besuchen?«

»Gunthers Vater braucht dich«, erkläre ich. »Er hat einen schlimmen Ausschlag und offenbar Schmerzen.«

Wir sehen uns stumm in die Augen. Schließlich greift Jakob nach der kleinen Ledertasche, in der sich verschiedene Tinkturen, Pulver und mehrere rot-weiße Lappen zum Verbinden von Wunden befinden. Er nimmt seinen Umhang von einem Haken. Er ist aus schwarzem Wollstoff, abgetragen und voller Löcher. »Dann lasst uns gehen«, sagt er.

Zu dritt stapfen wir die Straße hinter dem Münster entlang, über die Brücke und in die Niederung hinunter, wo unter der dichten Schneedecke die ärmliche Hütte hervorlugt. Kein Rauch steigt aus dem schiefen Schornstein empor, nichts deutet auf Leben oder Wärme hin, bis wir dann beim Näherkommen aus den winzigen Fensteröffnungen tierhafte Laute dringen hören. Es faucht und knurrt, brüllt und kreischt. »Du verdammtes Sauvieh! Du elendes, altes Miststück, was muss ich noch anstellen, damit du mir endlich etwas gegen diese Schmerzen bringst? Wenn du einmal krank darniederliegen solltest, ich schwör's dir, dann ... Ich kann's gar nicht erwarten, dich leiden zu sehen, dir alles auf Heller und Pfennig zurückzuzahlen.«

Jakob geht mit großen Schritten zur Tür und schlägt dagegen.

»Hier ist der Arzt!«, ruft er mit einer mir neuen Stimme, die streng und Ehrfurcht gebietend klingt.

Die Tür wird aufgerissen. Drinnen ist es dämmrig und es riecht streng. Ich halte den Atem an und blinzle in das verräucherte Dunkel. Als meine Augen sich endlich an das Dämmerlicht gewöhnt haben, sehe ich in dem finsteren Raum eine kleine gemauerte Feuerstelle, einen Strohsack, einen Tisch, zwei Stühle und einen Hocker.

Greta stürzt erleichtert auf uns zu. »Ihr seid gekommen! Gott segne Euch. Ich wusste, du würdest uns nicht im Stich lassen, Johannes. Wartet, lasst mich ein Licht entzünden.« Sie geht rasch ans andere Ende der Hütte und kehrt mit einem kleinen Talglicht auf einer Tellerscherbe zurück. Die Flamme flackert und beleuchtet das Antlitz des Patienten – er ist ein Riese von einem Mann mit dunklem Gesicht und dichtem Bart. Seine Brust ist eingesunken, doch seine Arme sind stattlich und stark. Er liegt mit ausgestreckten Beinen auf dem Lager. Füße hat er keine mehr.

»Wen hast du mir da angeschleppt, Weib?«, schimpft er mit vor Wut und Schmerz verzerrtem Gesicht. »Das sind Kinder – denkst du, die können etwas gegen mein Leiden ausrichten? Bist du von Sinnen?«

Jakob hebt gebieterisch die Hand. Er nähert sich dem Kranken, kniet neben ihm nieder und lässt seine Stimme freundlich klingen, fast fröhlich. »Was fehlt Euch denn, Gevatter?«, sagt er. »Ich hörte etwas von einem Ausschlag. Könnt Ihr essen und verdauen?«

»Schmerzen!«, bricht es aus dem Mann hervor. Als er den Mund öffnet, schlägt mir der Gestank von fauligem Fleisch entgegen. Der Kiefer ist geschwollen, ebenso seine linke Wange.

»Aha, ein Zahn ist entzündet. Sogar schlimm entzündet. Gute Frau, könnt Ihr das Licht etwas näher bringen?«

Greta kommt mit dem Talglicht und hält es ein paar Zoll neben die klaffende, dunkle Mundhöhle ihres Mannes.

»Streckt bitte Eure Zunge heraus«, sagt Jakob. Ich sehe voller Bewunderung zu, wie er den Patienten untersucht – den

Mund, die Augen, sogar sein Haar. Er befühlt ihm die Stirn und betrachtet die roten Pusteln um Nase und Mund herum und an den Händen. Selbst von meinem Platz aus sehe ich deutlich die rote, schuppige Haut und das Gewimmel der Läuse auf dem Kopf des Mannes.

Greta hält das Licht höher. Es flackert und die Flamme wird größer. »Was ist es?«, fragt sie ängstlich.

»Ein Hautausschlag«, antwortet Jakob. »Könnte vom Fleckfieber herrühren. Fieber oder Durchfall hat er nicht, oder?«

»Nein, habe ich nicht«, blafft der Kranke. »Und das ist auch besser so, denn auf diesen vermaledeiten Stümpfen würde ich es niemals rechtzeitig zur Grube schaffen!«

Jetzt bemerke ich das speckige Kissen auf dem Boden. Da legt er sich wohl bäuchlings drauf und schiebt sich dann mühsam vorwärts. Ich spüre Übelkeit in mir aufsteigen und wende mich ab, um den Anblick für einen Augenblick zu vergessen, bis der Würgereiz vergeht. Doch ich blicke genau in Gunthers Gesicht.

»Was sollen wir tun?«, fragt Greta, die halb gebückt daneben steht.

»Der Zahn muss gezogen werden«, erklärt Jakob. »Ich habe so etwas selbst noch nie gemacht, aber...«

»Ich bitte Euch«, fleht Greta. »Tut es für ihn! Wir haben doch sonst niemanden. Keiner aus der Stadt würde uns Armen diesen Dienst erweisen, der Barbier nicht und erst recht nicht der Arzt...«

»Halt's Maul, Weib!«, brüllt der Mann, schwingt die Fäuste und rudert mit den Beinstümpfen. »Wenn der Jude es nicht tun will, soll er doch zum Teufel gehen!«

»Ich tue es«, sagt Jakob. Er greift in seine Tasche und holt ein Hämmerchen und eine spitze Zange hervor. Sie hat lange

Griffe und ist sicher sehr wirkungsvoll. Als Nächstes wendet er sich mir und Gunther zu. »Es wäre gut, wenn ihr ihn an den Armen festhieltet.«

Greta zieht sich zurück.

»Nicht doch, Gevatterin! Ich brauche Licht. Nehmt Euren Mut zusammen«, sagt Jakob. Er ist strahlend, stark und tapfer. Ich selbst hätte niemals den Mut zu solch einer Meisterleistung – einem Tobsüchtigen die Hand in den fauligen Mund zu stecken. Es wird sehr still. Ich gehe in die Knie und packe den Mann an einem Arm. Er fühlt sich dick, furchtbar stark und sehr warm an, trotz der Eiseskälte in der Hütte. Meine Finger werden taub davon und auch meine Zehen. Die Fußstümpfe des Mannes sind mit schmutzigen, zerschlissenen Lumpen umwickelt. Ich bewege meine eigenen Zehen in den Stiefeln, voller Dankbarkeit für meine eigene Unversehrtheit.

Ein Ziehen, ein Grunzen, ein Schrei und es ist vorbei. Ich kippe vor Schreck fast nach hinten um, als das Geheul ertönt. Klirrend fällt ein blutiger, zerklüfteter Zahn in die Schüssel. Der Patient ist zurückgesunken und regt sich nicht. Tränen strömen seine Wangen hinab.

»Ist ja schon vorbei«, tröstet Jakob, wischt seine Hand an einem Lappen ab und wirft die Instrumente in die Tasche zurück. »Später könnt Ihr etwas Wasser trinken. Das Essen lasst für den Anfang lieber. Und was den Ausschlag angeht«, er wendet sich an Greta, »wenn es Euch möglich ist, so solltet Ihr den Strohsack mit einem sauberen Tuch verhüllen. Ich lasse Euch diese Tinktur aus Brennnessel und Rosenwasser hier. Damit müsst Ihr ihm zweimal täglich Gesicht und Hände abreiben, einmal am Morgen und dann zur Vesper. Mit Gottes Hilfe wird er bald wieder genesen.«

Greta steht da, ringt die Hände und blickt besorgt. »O

guter Doktor, wie kann ich Euch nur danken? Dann ist es also nicht... es ist nicht...« Sie bringt das gefürchtete Wort nicht über die Lippen.

»Nein«, sagt Jakob fröhlich. »Es ist nicht die Pestilenz. Ganz sicher nicht. Bloß eine Reizung wegen des verfaulten Zahns. Er soll mehrmals täglich den Mund mit Wasser spülen. Viel Glück«, wünscht er und gibt mir mit einem Wink zu verstehen, dass wir gehen sollen.

Greta tritt mit uns vor die Hütte. Es ist so bitterkalt, dass ich in die Hände klatsche. Aus der Hütte dringen wieder Rufe. Der Mann ist zu sich gekommen. »Greta, du alte Sauvettel, willst mich jetzt wohl verlassen, damit ich hier verrotte?« Greta nickt, zwinkert uns zu und verzieht den Mund fast zu einem Lächeln. »So ist er erst, seit er seine Füße verloren hat«, erklärt sie. »So... so verbittert und hart. Er kann nicht gehen, müsst ihr wissen. Nur auf dem Bauch kriechen wie ein Lurch, und auch das nicht gut. Also sitzt er da und ist voller Hass auf mich, weil er mich braucht. Ich weiß, dass mich keine Schuld trifft. Habe ich ihm etwa die Füße abgehackt? Aber er kann nicht mehr gehen und Rache an denen nehmen, die ihm das angetan haben. So verflucht er eben mich und knurrt wie ein wildes Tier. Es tut mir Leid, dass er so ist... nun, jedenfalls danke ich Euch. Immerhin ist er mein Mann.«

Sie eilt auf den kleinen Schuppen zu, in dem sie ihre Ware aufbewahrt, und kehrt mit einem runden, in Lappen gewickelten Käse zurück. »Geld habe ich nicht«, sagt sie, als sie ihn Jakob hinhält.

Jakob streckt rasch die Hand aus und nimmt den Käse. Er lächelt. »Ich danke Euch, Gevatterin. Der riecht köstlich. Wirklich köstlich.«

»Wir sind Euch und Eurer Heilkunst sehr dankbar, Jakob«, sagt sie. Ich bemerke, wie ein stolzer Ruck durch Jakob geht.

»Nichts zu danken«, winkt er ab.

In einiger Entfernung von Gretas Hütte sage ich: »Sie haben es also getan, damit er nicht mehr kämpfen kann.«

»Ja«, bestätigt Jakob.

»Was für eine Schlacht war es denn?« Ich habe mich um solche Dinge bisher nicht gekümmert. Juden durften noch nie in den Krieg ziehen. Es ist uns gar nicht erlaubt, Waffen zu tragen. »Graf Engelbracht ist in die benachbarten Ländereien eingefallen. Er beschuldigte Graf Rheinholds Leute, ihm Vieh gestohlen zu haben. Engelbrachts Männer erlitten eine verheerende Niederlage. Mehrere wurden getötet. Die anderen wurden so verstümmelt, dass sie nie mehr kämpfen konnten.«

»Woher weißt du das?«

Jakob lacht leise. »Weil ich Fragen stelle. Außerdem bin ich herumgekommen.«

»Was wirst du mit dem Käse tun?«

»Ich werde ihn wohl einem Christen schenken. Weißt du nicht jemanden?«

»Vielleicht den Meister Closener.«

»Gut, dann bringen wir ihn gleich vorbei«, sagt Jakob und hält den Käse in die Höhe.

Closener wohnt drei Gassen östlich vom Münster entfernt. Aus dem Schornstein steigt dichter Rauch empor und im Inneren leuchtet es einladend.

Auf mein Klopfen öffnet Closener sofort die Tür, hinter ihm steht die Hündin und wedelt mit dem Schwanz. Er blickt nach rechts und links und zieht mich dann rasch ins Haus. »Tritt ein, junger Freund. Tritt ein.«

»Dies ist mein guter Freund Jakob, der Arzt«, sage ich und gehe gleich auf den warmen Kamin zu.

»Jakob«, wiederholt der Gelehrte und reibt sich das Kinn. »Ich kenne Euch – ach ja! Jetzt weiß ich's. Ich habe Euch nicht mehr gesehen, seit Ihr ein kleiner Junge wart. Jetzt seid Ihr also Arzt? Wie doch die Zeit vergeht.«

Jakob nickt lächelnd. »Ich habe einige Jahre in Paris studiert.«

»Und jetzt habt Ihr Euch hier niedergelassen?«

»Nun, ich greife dem alten Judenarzt etwas unter die Arme.« Hastig fügt er hinzu: »Allerdings weiß der Rat nichts davon.« Man muss vorsichtig sein, wem man was erzählt.

»Und welchem Umstand verdanke ich die Ehre Eures Besuchs?«, fragt Closener. »Wollen wir vielleicht ein wenig zusammen musizieren?«

»Wir haben Euch diesen Käse gebracht«, sagt Jakob.

»Ah!«, freut sich Closener und nimmt ihn entgegen. »Der duftet aber köstlich. Ich nehme an, ihr dürft ihn nicht essen?«, fragt er, und in seinen Augen leuchtet es wissbegierig.

»So ist es«, antworte ich.

»Und das ist mein Glück«, entgegnet Closener mit einem Lächeln. »Ich danke euch sehr. Er wird mir beim Nachtmahl mit etwas Brot köstlich munden.« Er schweigt einen Moment nachdenklich und stößt dann heftig hervor: »Ich würde einen anderen niemals fragen, warum er dies oder jenes tut oder dies oder jenes glaubt. Über den Glauben lässt sich nicht streiten und er kann auch nicht erzwungen werden, ist es nicht so?« Sein Gesicht ist rot angelaufen und er hebt erregt die Arme. »Es gibt welche, die anders darüber denken«, entgegnet Jakob. »In Straßburg sind wir glücklich dran«, sagt Closener. »Denn wir haben Herren wie Peter Swarber und Gosse Sturm, die dem Stadtrat vorsitzen. Wenn man den Hitzköpfen hier ihren Willen ließe...« Er hält inne, als das Angelusläuten ertönt. Bald bricht die Nacht herein. Jakob und ich wenden uns zur Tür. »Kommt bald wieder«, lädt Closener uns ein. »Dann können wir musizieren. Ich habe einige eurer Schabbatlieder gehört – sie haben mir sehr gefallen. Wirklich.« Er geht vor uns zur Tür, doch dann dreht er sich noch einmal um und nestelt nervös an seinem Kragen. »Wenn ich an eurer Stelle wäre«, sagt er, »dann würde ich ins Auge fassen...« Er sieht uns eindringlich an. »Nun... ich würde fortgehen. Ich würde mir einen anderen Ort zum Leben suchen.«

»Fortgehen?«, wiederhole ich. »Aber wohin sollten wir gehen?«

»Vielleicht in eine größere Stadt. Vielleicht in die Berge. Ich weiß es selbst nicht.« Die Hündin stupst ihn winselnd mit der Schnauze am Knie. »Ist ja gut, Wechsel. Sei still.« Er wendet sich wieder uns zu. »In Frankfurt sind die Leute womöglich...« Er verzieht das Gesicht. »Ich weiß nicht. In Zürich haben sie die Juden verjagt. Und nun regt sich der Pöbel auch schon in deutschen Städten und Dörfern. Die Flagellanten heizen die Stimmung noch an. Ihr wisst es ja selbst – es ist eine Raserei, die ansteckend zu sein scheint. Mag sein, dass sie in Frankfurt... etwas vernünftiger sind. Ich kenne einen Arzt dort, Jakob. Vielleicht könntet Ihr zu dem gehen. Sein Name ist Spitz. Womöglich könnte er einen Gehilfen brauchen.«

Jakob errötet. Seine Augen leuchten. »Ich würde schon gehen«, sagt er eifrig. »Noch in dieser Minute würde ich losziehen, wenn die Wege nicht so schlecht wären. Aber der Schnee liegt zu hoch. Vielleicht im Frühjahr.«

»Im Frühjahr«, murmelt Meister Closener. Er krault die Hündin liebevoll. »Nun, lasset uns das Beste hoffen. Habt jedenfalls Dank, dass Ihr vorbeigekommen seid. Dank auch für den Käse. Gott behüte Euch.«

In dieser Nacht träume ich von Margarete. Es ist jedoch ein furchtbarer Traum, denn ihr Gesicht ist zu einer Maske aus blauem Eis erstarrt. Ihre Augen blicken wie schwarze Kiesel und ihr Haar hat die Farbe von bleichem Stroh. Als ich mich ihr nähere und ihr die Maske abnehmen will, sticht es in meinen Fingern, als sei ich in ein Dornengestrüpp geraten, und ich höre eine Stimme rufen: »Du wirst bestraft werden! Brennen wirst du!«

Als ich erwache, glüht jeder Atemzug wie ein Feuer in meiner Brust und meine Finger fühlen sich taub an. Draußen hängt schwerer weißer Nebel in der Luft. Ich höre die Räder eines Karrens einsam über den gefrorenen Boden rumpeln. Ich muss zu Margarete, muss sie sehen. Diese eisblaue Maske und diese steinern blickenden, leblosen Augen. Vielleicht hat der Herr Fritsche Closener Recht. Vielleicht können wir doch fortgehen. Ich könnte uns einen Karren oder einen Schlitten besorgen und Margarete neben mich setzen, in eine warme Decke hüllen und in Sicherheit bringen.

Eine Woche oder länger bin ich zu krank, als dass ich nach draußen könnte. Jedes Mal wenn ich Atem hole, ist es, als würde eine Klinge in meiner Brust stecken. Margarete besucht mich und bringt getrocknete Kamille und Kampfer mit, woraus sie einen Sud für meine Brust braut. Ja, sie hat sogar eine kostbare Zitrone für mich besorgt. Diesmal bringt sie auch Rosa mit, die mit Rochele spielen kann, während sie selbst an meiner Seite sitzt.

»Wo um alles in der Welt hast du nur diese Zitrone her?«, rufe ich und erhebe mich halb aus dem Stuhl. Heute fühle ich mich schon besser. Margarete trägt einen weichen braunen Umhang und schwarze Stiefel. Auf ihrer Kapuze liegt ein zarter Schleicher aus Schneeflocken wie eine Krone.

Sie lacht. »Ja, das möchtest du wohl gern wissen.«

»Verrat's mir.«

Sie lächelt. »Nun, Mutter hat sie seit dem Herbst aufbewahrt. Sie wollte sie eigentlich für *Chanukka* aufheben, aber es ist besser, wenn du sie jetzt bekommst. Die Schale kannst du ja für uns aufsparen. Die können wir dann in Zucker kochen, um unsere Chanukkakuchen damit zu würzen. Ich habe dir auch ein paar Küchlein gebacken«, sagt sie. »Mit Anis darin, damit du gesund wirst.«

»Ich danke dir!«, rufe ich und frage dann nach einer Weile zögernd: »Sag, du kennst doch meinen Freund, den Christen Fritsche Closener? Den Schreiber, der die Blockflöte spielt.«

»Ja. Du besitzt ein paar feine Freunde. Er ist ein guter Mensch und ein gelehrter Herr.«

»Closener glaubt, dass... vielleicht einige von uns – ähm, von uns Juden lieber in eine andere Stadt ziehen sollten.«

Margarete starrt mich ausdruckslos an.

»Er glaubt, die Menschen in den größeren Städten wären nicht so... nun, ich nehme an, du hast von den Verfolgungen gehört, zu denen es an vielen Orten kommt...« Ich greife zu Closeners eigenen Worten, als ich fortfahre: »Die Leute glauben diese törichte Geschichte mit den Brunnen. Dass wir Gift ins Wasser geben und so die Pestilenz verbreiten. Doch in Frankfurt sind die Leute klüger und gelehrter und glauben dem Papst, der in mehreren Edikten unsere Unschuld betont hat. In Frankfurt...«

Margarete geht ein paar Schritte rückwärts, als habe sie Angst, in eine Falle zu tappen. »Was weiß ich schon von Frankfurt?«, sagt sie, und ihre Stimme ist hoch und bebt. »Ich kenne doch keinen anderen Ort als diesen.«

»Ja, aber es gibt sie doch, diese anderen Orte, Margarete. Schöne Orte, wo Menschen leben, die...«

»Was brauche ich denn andere Leute als meine Familie und meine Freunde? Denkst du, ich würde sie verlassen? Verlangst du von mir, sie zu verlassen, Johannes? Hast du völlig den Verstand verloren?«

Ich winde mich unbehaglich und sage beschwichtigend: »So habe ich es nicht gemeint. Margarete. Ich gebe doch nur weiter, was er mir sagte. Er kennt unsere Sitten nicht, weiß nicht, wie es in unseren Familien ist. Ich möchte nur...«

»Ich will nichts davon hören«, faucht Margarete. Sie greift nach ihrem Korb und läuft zur Tür. »Komm her, Rosa«, ruft sie. Rosa erscheint mit Rochele an ihrer Seite. Die beiden Mädchen stehen mit ernsten Mienen dicht nebeneinander.

»Was ist?«, fragt Margarete.

»Rochele hat mir erzählt, dass die Juden in vielen Städten verbrannt wurden«, sagt Rosa. »Das tut sicher weh, verbrannt zu werden.«

»Rochele, halt den Mund!« Ich packe sie am Arm und schüttele sie. »Was fällt dir ein, Rosa beinahe zum Weinen zu bringen? Das war in der Schweiz, sehr weit weg von hier. Gut, vielleicht geschieht so etwas in einigen Dörfern, wo törichte Menschen wohnen, weit entfernt im Gebirge, wo sie alle einfältig sind.«

Margarete nickt und zieht Rosa an sich. »Johannes hat Recht«, tröstet sie. »Denk nicht an solche Sachen.«

»Ich habe aber gehört, wie der Rabbi davon sprach«, beharrt Rochele und schiebt beleidigt die Unterlippe vor. »Er sagte, die Leute wären nicht bereit gewesen, zu Kreuze zu kriechen. Ich weiß, was das heißt. Sie wollen Jesus nicht anbeten, weil sie nicht glauben, dass er Gottes Sohn ist. Und ich glaube das auch nicht. Mutter hat es mir genau erklärt. Er war ein Mann wie alle anderen und wir dürfen ihn nicht anbeten. Aber Rosa und ich – wir haben uns etwas ausgedacht.«

Ich sehe erst zu Margarete, dann zu meiner kleinen Schwester und beuge mich zu ihr. »Was habt ihr euch ausgedacht, Rochele?«

»Nun... also, wenn sie kommen und uns verbrennen wollen«, sagt sie, kichert und scharrt verlegen mit dem Fuß. »Wenn sie von uns verlangen, dass wir zu Jesus beten sollen, dann werden wir sagen, dass wir das gerne tun wollen! Doch in Wirklichkeit tun wir's nicht. Wir sagen es nur, damit sie uns in Ruhe lassen.« Margarete und ich blicken uns stumm an. Ich fühle mich ihr in diesem Augenblick sehr nah. Mir ist, als seien unsere kleinen Schwestern unsere eigenen Kinder. Endlich sage ich: »Das ist ein sehr guter Einfall, Rochele. Aber wir werden es dennoch nicht so machen. Nein, das werden wir nicht. Denn wir können in dieser Sache nicht lügen. Nein, *Adonai* will uns für sich haben, und wir haben versprochen, ihm zu gehören, ganz gleich was kommt.«

»Wir müssen jetzt gehen«, beschließt Margarete, nickt mir zu und verabschiedet sich von Mutter, die am anderen Ende der Stube am Spinnrad sitzt. »Gott behüte euch, und dir wünsche ich eine baldige Genesung, Johannes.« Sie geht in die Knie und zieht Rochele an sich und drückt ihr einen Kuss auf die Lippen.

Ich weiß, für wen dieser Kuss in Wirklichkeit gedacht ist. »Ich werde die Zitronenschale für dich aufheben!«, rufe ich, von plötzlicher überschwänglicher Freude erfüllt. Ich bin voller Staunen und Dankbarkeit. Nichts Böses auf dieser Welt kann Margarete und mir etwas anhaben, weil wir einander in dieser Liebe verbunden sind.

Siebzehntes Kapitel

Die Nachrichten erreichen unsere Gemeinde nicht allmählich und sanft wie herniederschwebende Schneeflocken, sondern brechen wie eine Lawine über uns herein. Die Pestilenz wütet nun auch in Deutschland. Einem Rudel wilder Wölfe gleich, schleicht sie sich verstohlen an, bringt den Tod über Dörfer und verschlingt ganze Landstriche. Eltern fliehen vor ihren eigenen Kindern. Viele Gassen liegen wie ausgestorben da. In den Straßengräben türmen sich die Leichen. Freunde wenden sich gegen Freunde, schlagen die Türen zu und verrammeln die Fenster. Und wir – wir verspüren die Angst gleich doppelt, denn uns gibt man die Schuld.

Jeder im jüdischen Viertel spürt die Gefahr. Die Leute eilen durch die Gassen und in ihren Augen glimmt Furcht. Sie greifen grob nach ihren Kindern, zerren sie davon oder stoßen sie vor sich her ins Haus, als würde das etwas helfen. Ihre Stimmen sind schrill. Ihr Schweigen unendlich tief. Sie sitzen noch bis spät in die Nacht beieinander. Beraten sich. Streiten sich.

Zebulon, der Lehrer, spricht mit der Stimme der Vernunft. »Es wird ihnen nicht lange verborgen bleiben, dass auch wir Juden an der Pest sterben. Wie können sie uns dann die Schuld geben? Außerdem ist Straßburg nicht von der Krankheit betroffen. Einige Städte sind bisher verschont geblieben. Vielleicht kommt die Pest gar nicht hierher.« Vivelin Rote schlägt mit der Faust auf den Tisch. »Vernünftige Reden kümmern die nicht. Sie wollen Geld. Die ganze Welt dreht sich ums Gold. Wir müssen den Stadtrat bestechen. Und wann haben wir dem Bischof eigentlich zum letzten Mal ein Geschenk gemacht?«

Es wird gesammelt. Vater und ich können nicht anders, als uns dem Beschluss der anderen zu fügen und ebenfalls zu bezahlen. Als die Kiste mit dem Geld herumgeht, werfe ich eine Hand voll Silbermünzen hinein, und es überläuft mich kalt beim Gedanken an meine eigene Scheinheiligkeit. Ein Teil des Geldes wird dazu dienen, dem Bischof ein neues pelzgefüttertes Gewand schneidern zu lassen. Der Rest geht an den Rat der Stadt, damit er uns in Frieden lässt.

Dovie, der Bootsbauer, der seit Jahren kein Boot mehr gebaut hat, hält nichts von dem Plan. »Nicht die Kirche oder der Rat hetzt das Volk auf, sondern diejenigen, die uns Geld schulden.«

»Wir könnten ihnen alle Schulden erlassen«, wendet Vater ein.

»Aber ob wir dann sicher wären?«

»Es geht nur ums Geld, um den Mammon!«, wettert der Rabbi.

»Wenn doch nur...«

Ja, es geht ums Geld, aber es geht noch um etwas anderes. Mit dem Vorrücken der Pest wächst auch die Angst der Menschen. In Solothurn, Zofingen und Stuttgart werden die Judenviertel abgeriegelt. Man stellt sie unter Bewachung. Die Bürger der Städte, die Handwerker, Kaufleute und selbst die Edelmänner beginnen zu murren: »Weshalb haben wir den Juden gestattet, hier zu leben? Sie sind ein Fluch!«

»Seht doch nur, wie sie herumstolzieren, als seien sie das

Volk wie wir! Dabei sind sie gefährlich und für all unser Unglück verantwortlich. Ungläubige! Teufel! Wir hätten es von Anfang an wissen müssen. An ihrem fremdartigen Aussehen und an ihren Sitten hätten wir merken müssen, dass sie nicht sind wie wir. Wusstet ihr, dass sie nicht einmal menschlich sind? Ja, versteckt an ihrem Körper wachsen ihnen Hörner und Schwänze!« In Solothurn, Zofingen und Stuttgart werden die Juden verbrannt wie tollwütige Hunde, wie Hexen. Die Bürger der Stadt – Edelleute ebenso wie Händler und Handwerker – teilen hinterher die Beute untereinander auf: Der Adel eignet sich die Häuser an, und die anderen nehmen, was übrig bleibt – Möbel, Kleider, Schmuck, Vieh und Vorräte. So sind alle zufrieden, die Schuldner am meisten – denn sind die Gläubiger nicht mehr da, verfallen all ihre Schulden. Und sie sind mit sich zufrieden. Die Juden sind weg. Nun wird die gefürchtete Pestilenz ihre Städte verschonen. Die Mörder mit den Fackeln in der Hand beglückwünschen einander. Einige legen sich sogar neue Namen zu, damit ihr Ruhm der Nachwelt erhalten bleibt. Und so nennt sich Thomas der Lange fortan Thomas Judenbrenner. Der Wind trägt die Neuigkeiten weiter. Der Wahnsinn greift rasch auf andere Dörfer und Städte über. Die Todesangst treibt die Menschen an – und die Gier.

Als ich von alldem erfahre, überfällt mich ein Gefühl, als sei unser Schicksal schon besiegelt. Es ist mehr als eine bloße Vorahnung. Es erstickt mich. Unwillkürlich schnuppere ich. Liegt da nicht Brandgeruch in der Luft? Doch nein, in Straßburg geht alles seinen gewohnten Gang. Einige Leute, wie Reb Zebulon und Frau Freda, sagen schon, dass wir doch nichts zu fürchten hätten. Dem Bischof gefällt seine neue Robe. Er wird uns beschützen. Wie töricht, Straßburg mit solchen Orten wie Solothurn, Zofingen oder Stuttgart zu vergleichen. Doch im Dezember greifen die Massaker weiter um sich. In Landsberg,

Burren, Memmingen und Lindau werden die Juden zusammengetrieben und verbrannt.

Vater und ich sprechen keinen der säumigen Schuldner mehr an. Wir leben unauffällig, halten die Köpfe gesenkt und vergraben das Kinn im Kragen. Vater, Großvater, Benjamin und ich sitzen jetzt immer bis tief in den Abend hinein am Tisch und lesen die *Thora*. Rabbi Meier hat allen nahe gelegt, den Lerneifer zu verdoppeln. Wir müssen unsere Herzen rein halten und unseren Geist klar. Rabbi Meier bittet alle inständig, die täglichen Gebete zu sprechen und dabei auch nicht das kleinste Wort zu vergessen!

Im Januar sehen wir eine große Anzahl Weinfässer den Rhein hinuntertreiben. Benjamin und ich stehen zusammen mit einer kleinen Schar Schaulustiger am Ufer, als einige Holzarbeiter die Fässer an Land ziehen und gierig aufbrechen. Die Fässer sind mit den Leichen von Juden gefüllt. Es ist ein schauriger Anblick. Benjamin und ich rennen nach Hause und kauern uns zitternd in eine Ecke. Benjamin erbricht sich und kann den ganzen nächsten Tag nichts essen.

Die Pestilenz breitet sich weiter aus. In Freiburg, das nur zwei Tagesreisen von Straßburg entfernt liegt, wie auch in Ulm werden alle Juden ermordet. Die Seuche kommt näher und näher. Wir erfahren es von einsamen Reisenden und Familien, die auf ihren Fuhrwerken geflohen sind. Der Stadtrat trifft zusammen, um darüber zu beraten, ob die Stadttore verrammelt werden sollen.

Eines Tages erscheint Gunther an unserer Tür. Er sieht aus wie ein Gespenst, hat sich die Mütze tief ins Gesicht gezogen. Vor Kälte ist er ganz weiß und seine Lippen sind blutleer und geschwollen. Er zieht mich zur Seite und beugt sich vertraulich vor.

»Ich komme, um euch zu warnen«, flüstert er. »Du weißt

ja, dass ich im Rathaus die Böden fege. Dabei schnappe ich so dies und das auf.«

Ich ziehe Gunther ins Haus. Niemand soll uns zusammen sehen. »Johannes, wen bringst du uns da?«, fragt Vater beunruhigt, und als Mutter herbeieilt, wirft sie die Hände in die Luft und ruft: »Gunther, was tust du denn hier?«

Wir gehen zum Feuer.

»Bitte verzeiht die Störung«, stammelt Gunther, zieht seine Mütze vom Kopf und knetet sie in den Händen. »Ich bin hier, um euch zu warnen. Johannes ist mein Freund. Ich habe gehört, was sie zu tun beabsichtigen. Meine Mutter meinte, ich solle euch Bescheid sagen.«

»Setz dich erstmal hin, Bursche«, sagt Vater. Sein Gesicht ist umschattet, seine Lider hängen tief, weil er so wenig schläft. »Wir sind dir für dein Kommen sehr dankbar. Aber was kannst du uns sagen, was wir nicht bereits wissen? Wir haben gehört, was in den anderen Städten vorgefallen ist.«

Großvater wiegt sich auf seinem Stuhl vor und zurück und summt ein mir unbekanntes Lied. Vielleicht etwas aus seiner Jugend. Sein Blick geht ins Leere.

»Nun«, hebt Gunther an und leckt sich nervös die Lippen. »Ihr müsst wissen, dass der Stadtrat zu einer Tagung nach Benfeld gerufen worden ist. Alle Landesherren vom Elsass werden dort sein und auch der Bischof.«

»Ja und?«, drängt Vater. »Was ist der Anlass dieser Tagung?«

»Also, sie ... sie kommen zusammen, um zu ... zu besprechen ... wie mit den Juden verfahren werden soll. Unser Ammanmeister Peter Swarber hat Nachricht vom Rat zu Köln erhalten, wo es sehr schlimm stehen soll.« Wieder fährt sich Gunther über die Lippen. »Sie schrieben ihm, dass die Juden überall verbrannt würden und dass die Dinge überhand nähmen. Sie fürchten, dass der Pöbel losgehen und die Häuser der

Juden niederbrennen würde und dass das Feuer dann auf die ganze Stadt übergreifen könnte. Deshalb wollen sie sich alle auf dieser Tagung zusammenfinden, um zu entscheiden.«

»Um was zu entscheiden?«, fragt Vater, und ich wiederhole seine Frage gleich: »Was, Gunther?«

»Nun, sie wollen entscheiden, ob die Juden im Elsass wirklich die Brunnen vergiften. Und wenn dem so ist, dann sollen sie gleich verbrannt werden – und es soll nicht gewartet werden, bis die Pestilenz zuschlägt.«

»Wann ist diese Tagung?«, will Vater wissen.

»Am kommenden Sonntag.«

»Wir danken dir, Gunther. Danke, dass du uns benachrichtigt hast.«

»Mutter sagt, das sei das Wenigste, was wir tun können. Nach all der Freundlichkeit, die ihr uns erwiesen habt und...«

»Ja. Ich danke dir.« Vater erhebt sich und begleitet Gunther zur Tür. Ich greife nach seiner Hand und danke ihm ebenfalls. Gunther geht schweren Schrittes davon, dreht sich dann jedoch noch einmal um. »Ach ja, und noch etwas«, sagt er.

»Ja?« Vater und ich stehen in der Tür. Es ist so kalt, dass wir rasch wieder schließen wollen.

»Der Herr Peter Swarber hat angeordnet, dass die Gassen der Juden abgeriegelt und unter Bewachung gestellt werden sollen.«

»Wann?«, frage ich. Ein heiseres Krächzen.

»Von morgen an, glaube ich«, antwortet Gunther, der mit hochgezogenen Schultern dasteht und die Hände in den Achselhöhlen wärmt. »Morgen Abend.«

Abgeriegelt. Das ist der Anfang. Erst riegeln sie das Viertel ab, stellen uns unter Bewachung – und dann... Es gibt Zeiten, in denen man beherzt handeln muss, das weiß ich aus dem Thoraunterricht. Als Gott das Meer teilte, damit das jüdische

Volk vor der Streitmacht des Pharaos fliehen konnte, stand Moses klagend und betend am Ufer. Und Gott schalt ihn: »Was schreist und betest du zu mir? Brecht schon auf! Geht!«

Ruhig frage ich Mutter: »Wo ist Benjamin?«

Mutter räumt Schüsseln, Becher und Löffel von einem Bord auf das andere. Sie blickt in Krüge und Kästen, rückt Gegenstände herum. Ihre Haube sitzt schief. Sie ist hilflos, lenkt sich ab.

»Er ist beim Rabbi und lernt.«

»Ich gehe ihn holen«, sage ich.

»Mach schnell«, mahnt Vater. »Es wird bald dunkel.«

»Ich beeile mich, Vater«, verspreche ich. Auf dem Weg fasse ich endgültig einen Entschluss, der schon seit Wochen in mir gärt.

Ich laufe rasch die Gasse hinauf, in der Junge, der Judenarzt, lebt. Es sind nur einige wenige Menschen unterwegs, die nach Hause eilen, um das Abendgebet zu sprechen. Als ich am Haus des Arztes ankomme, klopfe ich laut an die Tür. Jakob öffnet mir sofort. Der alte Medicus liegt inmitten von einem Haufen großer Kissen schlafend in einer Ecke.

»Was gibt's?«, flüstert Jakob. »Du siehst aus wie…«

»Ab morgen Abend verriegeln sie das Judenviertel«, bricht es aus mir hervor. »Wenn du fortwillst…«

»Was sagst du da?«

»Du hast doch davon gesprochen, nach Frankfurt zu gehen. Wenn du das wirklich vorhast, dann tu es jetzt, bevor es zu spät ist. Du weißt genau, wenn sie das Viertel abriegeln, kommt keiner mehr hinein oder hinaus.«

Jakob steht still da und starrt mich an. Ja, ich höre ihn noch nicht einmal atmen, obwohl sich seine Brust hebt und senkt. Sein Gesicht färbt sich tiefrot.

»Geh im Morgengrauen«, sage ich. »Und zieh so viele Kleider an, wie du kannst.« Ich sehe hinab auf seine Füße. »Du hast Stiefel, das ist gut. Den Judenhut nimmst du ab. Du hast einen Umhang mit Kapuze und einen Ranzen. Mit deinem schwarzen Bart werden die Leute dich für einen Muselmanen halten. Und mit der Arzttasche könntest du auch gut ein türkischer Arzt sein.«

»Was sagst du da? Ich soll...«

»Geh nach Frankfurt und kümmere dich dort um die Kranken.«

»Aber... was ist mit... kommst du nicht mit mir?« Jakob packt mich an den Schultern. »Komm doch mit mir, Johannes! Weshalb solltest du bleiben? Du könntest doch mein Gehilfe sein. Du könntest...«

»Nein. Das geht auf keinen Fall. Das weißt du genau, Jakob.«

»Aber ich kann nicht allein gehen. Und ich tu's auch nicht. Außerdem sind die Straßen...«

»Die Straßen sind gut genug«, sage ich. »Für einen Mann auf einem Pferd.«

»Von welchem Pferd sprichst du?« Jakob beginnt zu lachen. »Wer besitzt denn schon ein Pferd?«

»Mein Bruder Benjamin hat eins.«

»Ich verstehe mich doch gar nicht aufs Reiten.«

»Das überlass nur mir«, sage ich.

Als wir an diesem Abend unser Nachtmahl aus Hammelfleisch und Brot essen und Bier dazu trinken, schaue ich mich genau um, betrachte jede kleinste Einzelheit und versuche mir den Augenblick tief einzuprägen: das Flackern des Feuers, Rocheles unterdrücktes Kichern, das schläfrige Nicken von Großvater, dessen trübe Augen ahnungslos blicken – ich werde mich an alles erinnern. Vor allem Benjamin plappert viel während des Mahls, er erzählt von Rabbi Meier und von all den Dingen, die er gelernt hat. Er spricht davon, Lehrer werden zu wollen, vielleicht ein fahrender Gelehrter. Und Mathilda schließt er natürlich in seine Pläne ein. Ich bemerke, wie sich Vater tief über seine Schale beugt und mit der linken Hand unbeholfen den Löffel zum Mund führt. Er und Mutter sehen sich an mit einem Blick voll Innigkeit und Vertrauen. Mutter schüttelt unmerklich den Kopf, als wolle sie sagen: »Lass ihn einfach reden, lass ihn träumen. Er ist doch noch ein Kind.«

In der Nacht, als alle anderen schlafen, schleiche ich mich zu Benjamin. »Benjamin, hör mir zu! Sag nichts – hör einfach zu!«

Mein kleiner Bruder ist schlagartig wach und setzt sich auf.

»Was ist?«, flüstert er. Das durch das Fenster strömende Mondlicht beleuchtet sein Gesicht.

Ich erkläre ihm rasch alles und sage zum Schluss: »Du kannst Jakob auf Mathilda mitnehmen, oder? Sie ist doch stark genug für zwei?«

»Sicher«, erwidert er mit fester Stimme. »Sie ist ein gutes, kräftiges Tier. Doch was ist mit Vater und Mutter? Sie werden mich nicht ziehen lassen.«

»Du musst im Morgengrauen gehen, wenn keiner dich sieht und niemand dich aufhalten kann. Keine Sorge, Benjamin, ich werde es ihnen erklären.«

»Und wenn man mir unterwegs Fragen stellt? Was soll ich dann antworten?«

Ich halte bereits das Messer in der Hand. »Sie werden dich nicht für einen Juden halten«, sage ich und schneide ihm die langen Schläfenlocken ab. »Zieh Großvaters alten schwarzen Umhang über und nimm diese Tasche hier. Mit deinen kräftigen Bauernhänden wird keiner dich als Juden erkennen. Und auf dem Pferd siehst du aus wie ein Muselman. Dann glauben alle, du wärst der Gehilfe des Arztes.«

Kurz nach Sonnenaufgang kommt Mutter in die Kammer und sieht sich unruhig um, wie eine Füchsin, in deren Bau eingedrungen und deren Beute geraubt wurde. »Wo ist dein Bruder?«, fragt sie.

Ich gehe auf sie zu und strecke ihr meine Hände entgegen. »Hör zu, Mutter. Jakob musste eilig nach Frankfurt reisen. Ein Arzt dort hat nach ihm geschickt. Benjamin bringt ihn auf seinem Pferd dorthin. Es tut Benjamin gut, Jakob helfen zu können. Er hat sich sehr auf das Abenteuer der Reise gefreut, Mutter.«

Mutter starrt mich entgeistert an. »Und das hast du zugelassen? Du hast es ihm erlaubt?« Ihr Gesicht läuft rot an. Ihre weit aufgerissenen Augen blitzen wütend.

»Alle Zeichen deuteten darauf hin, dass es so sein sollte, Mutter«, sage ich beschwörend. Jedes meiner Worte ist gut überlegt, und ich spreche mit fester Stimme, wie ich es während der Nacht geübt habe. »Wer hätte jemals gedacht, dass wir eines Tages ein Pferd besitzen würden? Dass der klapperdürre Gaul überlebt? Alles war so vorherbestimmt – dass Jakob zu uns zurückkehrt und dass er jetzt nach Frankfurt gerufen wird, just in dem Augenblick, in dem unser Viertel abgeriegelt zu werden droht und wir Juden befragt werden, jetzt, wo die Ratsherren zusammenkommen...«

Rochele tappt auf uns zu und reibt sich die Augen. »Wo liegt Frankfurt?«, fragt sie. »In Frankreich?«

Ich gebe meiner kleinen Schwester Antwort, doch mein Blick ist unverwandt auf Mutters schmerzerfülltes Gesicht gerichtet.

»Frankfurt ist eine große Stadt in Deutschland, Rochele, wo viele unterschiedliche Menschen leben, die uns nicht kennen. Jakob wird dort bei einem Arzt arbeiten, und Benjamin bringt ihn auf Mathilda dorthin, weil das die beste Art zu reisen ist. Die sicherste.«

»Wann kommt Benjamin zurück?«, will Rochele wissen.

»Bald«, verspricht Mutter, die plötzlich heftig blinzelt. »So Gott will.«

Achtzehntes Kapitel

Das jüdische Viertel ist jetzt abgeriegelt. An den Wegkreuzungen stehen überall Wachen. Ihre Blicke durchbohren uns wie Dolche und ihre Kiefer sind fest aufeinander gepresst. Wir dürfen an ihnen vorübergehen, sie jedoch weder ansprechen noch ihnen in die Augen sehen. Das ist ein ungeschriebenes Gesetz für alle Gefangenen.

Obwohl wir wie in einem Kerker sitzen, dringen Neuigkeiten zu uns durch. Die Nachrichten, die durch den Müller, die Hebamme oder die zwinkernde Greta übermittelt werden, wirken wie Öl auf dem Feuer. Die Gerüchteküche brodelt. Rabbi Meier hält nun fast jeden Abend in seinem Haus Versammlungen ab.

Plötzlich tauchen unsere Schuldner auf und hämmern dreist an unsere Tür. »Wir kommen unsere Pfänder abholen«, erklären sie.

»Aber ... ihr habt doch eure Schuld gar nicht bezahlt!«

»Was tut's?« Ihr Lächeln ist höhnisch und verschwörerisch. »Die Zeiten haben sich geändert.«

Vater und ich stehen hilflos daneben und schauen zu, wie die Schuldner frech durch unsere Stube stapfen und sich ihre Ringe, ihre kostbaren Gewänder, Schwerter und Harnische zurückholen. Wir wagen es nicht, uns zur Wehr zu setzen.

Damit würden wir es für uns alle noch schwieriger machen. Ich stehe neben Vater, sehe sein bleiches Gesicht und fühle mich wie ein Feigling. Ich weiß, er zittert vor Angst, aber auch vor Empörung. Im Haus des Bootsbauers Dovie treffen sich des Nachts heimlich einige der Männer. Sie wollen Widerstand leisten und haben sich zu diesem Zweck ein kleines Waffenlager angelegt: Messer, Schwerter, Knüppel und sogar Steinschleudern. Bei Vivelin Rote kommen und gehen die Besucher. Er hat dem Bischof die fällige Steuer im Voraus gezahlt, Abgaben an die Edelleute geleistet und eine beträchtliche Summe für den Bau des Ostturms des neuen Klosters gespendet. Bestechungsgelder zu zahlen, ist nichts Neues für uns. Wenn es sein muss, werden wir damit unser Leben erkaufen.

Margarete und ich treffen uns jetzt täglich in der Nähe des Ritualbads in einem nahe gelegenen Garten, der um diese Zeit winterweiß daliegt. Eine Laube steht darin wie ein knochiges Skelett, der Blüten beraubt, die sie während des Sommers kleideten.

Wir stehen dicht beieinander, immer noch, ohne uns zu berühren, und ich bin von Sehnsucht, von Bedauern und einem merkwürdigen Glücksgefühl erfüllt. Alles zählt. Das kleinste Blatt, das von einem Baum zu Boden schwebt, das kurze Zwitschern eines Sperlings, die Pfotenabdrücke eines Fuchses im Schnee, eiskaltes Wasser, das über glitzernde Steine plätschert – alles kommt mir wie ein Wunder vor.

Ich erzähle Margarete, dass ich Benjamin fortgeschickt habe. »Er wird unser Zeuge sein«, sagt sie darauf.

»Wie meinst du das?«, frage ich. Ich vermisse meinen kleinen Bruder schrecklich. Ohne ihn klafft ein Loch in unserem Haus. Margaretes Lippen umspielt ein feines, wissendes Lächeln, so als würde sie unser Schicksal bereits kennen. »Er wird alles weitererzählen«, sagt sie. »Damit die Welt es nicht vergisst.«

Ich berichte Margarete von meinem Traum. Ich kann den düsteren Visionen, die mich quälen, nicht entfliehen. Sie kommen jetzt immer häufiger und legen sich wie ein Schatten auch über den Tag. »Gestern Nacht«, erzähle ich, »habe ich von einem Ort geträumt, an dem die Leute sich nichts erzählen und auch nicht von der Vergangenheit reden durften. So etwas wie ein Wissen um vergangene Zeiten gab es nicht.«

»Ein merkwürdiger Traum, Johannes. Wenn niemand etwas über das Gestern weiß, wie kann dann irgendetwas von Bedeutung sein?«

»Der Traum schien mir so lebendig! Es war verboten zu lieben. Und auch die Musik war untersagt.«

»Liebe und Musik«, sagt sie nachdenklich, »gehören zusammen.«

»Ja«, nicke ich. »Ich liebe dich, Margarete. Dich und meine Musik.«

»Wahrscheinlich hattest du diesen Traum gerade deshalb«, sagt sie, »weil du deine Musik so sehr liebst. Du hast eben viele Lieben.«

»Viele?«, entgegne ich. »Nein, ganz und gar nicht. Nur dich.«

»Deine Freunde und deine Familie musst du auch mitzählen«, ermahnt sie mich. »Und deine Liebe zu Gott.«

Was bin ich doch für ein glücklicher Mensch! Ich ziehe meine Flöte hervor und beginne, darauf zu spielen, aber nur ganz leise. Vorübergehende würden mich für verrückt halten, dass ich in einer Zeit wie dieser, wo die Bedrohung allgegenwärtig ist, auf der Flöte spiele. Aber wenn ich mit Margarete zusammen bin, verspüre ich Freude und einen seltsamen Frieden. Manchmal geht Margarete mit Rosa draußen im Schnee spielen und ich und Rochele kommen mit. Wir machen Schneeballschlachten und bauen uns ein Schneehaus, Schneemänner und sogar einen Schneehund! Die kleinen Mädchen tragen Fäustlinge und Umhänge. Sie sind in so viele Schichten Kleidung gepackt, dass sie kugelrund aussehen. Es kommt vor, dass sie auf dem Schnee ausrutschen und die vereisten Hügel hinunterkullern. Dann kichern sie und Margarete lacht mit und wärmt ihnen die Händchen. Sie würde eine wunderbare Mutter abgeben.

Ich denke ununterbrochen an Benjamin. Ich versuche mir auszumalen, wie die Reise für ihn, Jakob und das Pferd verläuft. Ob die Leute freundlich zu ihnen sind? Oder frieren er und Jakob und leiden Hunger?

Am Sonntag, dem 8. Februar, findet die Tagung in Benfeld statt. Die Landesherren, die obersten Ratsherren der Städte und der Bischof Berthold von Straßburg sitzen zusammen und beraten hitzig. Sie streiten und schreien sich an. Peter Swarber beteuert, er wüsste von keiner Bosheit, welche sich die Juden von Straßburg hätten zuschulden kommen lassen. Unbeirrt fordert er: Lasst ihnen ihren Frieden!

Die anderen machen sich über ihn lustig und rufen: »Ach ja? Wenn sie unschuldig sind, weshalb habt ihr dann eure Brunnen verschlossen?« Sie geben ihm kaum Gelegenheit zu antworten. Er spricht davon, dass er die Brunnen als Vorsichtsmaßnahme habe abdecken lassen, gegen jedwede Art von Verschmutzung; es habe jedoch nichts mit den Juden oder mit der Angst vor Gift zu tun. Doch sie lachen ihn nur aus und stimmen dann ab. *Schuldig.* All das erfahre ich von Gunther, der sich jetzt allabendlich durch versteckte Gassen zu uns schleicht, um mir Bericht zu erstatten. Ich treffe ihn im Dunkel unter den Bäumen.

Vater beschwört mich inständig: »Geh nicht hinaus, Johannes! Bleib hier bei uns im Haus!«

»Ich muss, Vater«, entgegne ich. »Ich muss die Wahrheit kennen.«

Gunther ist jetzt zu meinem Verbindungsglied mit der Außenwelt geworden. Ganz gleich, welche Nachrichten er mir bringt, alles ist besser als Lügen oder die Ungewissheit. Ich muss vorbereitet sein.

Am Montag, dem 9. Februar, kommen die Zunftleute von Straßburg zusammen. Ihre Meister fragen: »Was soll denn nun mit den Juden von Straßburg geschehen? Der Ammannmeister Peter Swarber sagt, sie seien unschuldig. Wie steht es mit euch? Was sagt ihr?«

»Schuldig«, sagen sie. Und dann machen sie sich auf den Weg – jede Zunft unter ihrem Banner: die Bäcker, die Dachdecker, die Metzger und all diejenigen, die es sonst noch gibt. Was für ein Tag! Die Eiseskälte des Winters wird durch eine unerwartete Flut von Sonnenlicht gelindert, die sich als glitzernder Schleier über den Schnee legt. In den Gassen ist das Pflaster schlüpfrig vom Schmelzwasser und die Pflastersteine schimmern blaugrau und braun. Die Tiere legen jene besondere Munterkeit an den Tag, die das Nahen eines neuen Frühlings ankündigt.

Die Zünfte marschieren grimmig entschlossen durch die Gassen, direkt am Judenviertel vorbei zum Hof des Ratsherren Peter Swarber. Ihr Wortführer ist Metzger Betschold.

»Meister Peter Swarber, kommt heraus! Zeigt Euch!«

Bischof Berthold in seiner prächtigen neuen Robe steht am Rande dabei und nickt dem Metzger zu. Peter Swarber ist ihm schon seit langem ein Dorn im Auge. Die Ratsherren zollen ihm für seinen Geschmack zu wenig Achtung und könnten ihm gegenüber außerdem ein wenig großzügiger mit den Geldern sein. Bald hat sich ein regelrechter Volksauflauf gebildet. Bauern und Bürger sind darunter, reiche Kaufleute, aber auch Arme. Sie rufen und fordern: »Ein neuer Rat muss her! Wir brauchen starke Männer, die hart durchgreifen!«

Die ersten beginnen, Steine gegen die Hauswand zu schleudern, und dann tritt der Ammannmeister endlich vor die Tür. Er zittert. »Ihr seid von den Juden gekauft«, behauptet Betschold und zeigt mit dem Finger auf ihn. »Sie geben Euch Geld, damit Ihr sie am Leben lasst. Warum solltet Ihr sonst wohl so versessen darauf sein, sie zu schützen?«

»Judenfreund!«, kreischt die Menge. »Er soll sich fortpacken! Solche wie den brauchen wir hier nicht!«

Von Gunther erfahre ich am späten Abend desselben Tages, dass Peter Swarber die Stadt verlassen hat. All sein Hab und Gut – sein Hof, seine Pferde und seine Möbel – hat er zurückgelassen. Die Zunftmeister teilen sein Eigentum untereinander auf. Zum Schluss macht sich der Pöbel über das Haus her und schleppt davon, was noch zu holen ist – einen zersprungenen Spiegel, ein altes Fass und ein Hackebeil.

Am Dienstag, dem 10. Februar, wird ein neuer Stadtrat gewählt. Die neuen Ratsherren brüsten sich mit ihrer Unbeugsamkeit und Härte. Das Amt, das bisher Peter Swarber innehatte, wird nun vom Metzger Betschold ausgefüllt.

Am Mittwoch, dem 11. Februar, verlassen Mitglieder des alten Stadtrats überstürzt die Stadt. Der Pöbel verfolgt sie und brüllt ihnen Verwünschungen nach. Für die Dauer von zehn Jahren sind sie aus Straßburg verbannt. Ihr Hab und Gut müssen sie zurücklassen.

Am Donnerstag, dem 12. Februar, wird der neue Stadtrat im Garten des Rathauses vereidigt. Auch Graf Engelbracht und der Edelmann Zorn werden Ratsherren.

Am Freitag, dem 13. Februar, erscheint eine kleine Abordnung von Stadtknechten, um die Juden abzuführen. Ich höre, wie sie die Gasse herunterkommen.

Rochele trägt ihr Schabbatkleid und hat sich blaue Bänder ins Haar geflochten. Mutter ist gerade mit dem Kochen fertig, ein großer Kessel Suppe mit Gemüse und Klößen darin simmert über dem Feuer. Vater hat sich gebadet und sein Haar gekämmt. Großvater döst im Stuhl und starrt nickend ins Leere. Er reibt ununterbrochen seine zuckenden Finger aneinander.

Ich wandere durchs Haus wie ein Geizkragen und liste im Geiste unser Hab und Gut auf. Nicht dass mir Besitz so viel bedeutet, doch ein jedes Ding hat einen Platz in meiner Erinnerung. Da sind Großmutters Schultertuch, Mutters blaue Schüsseln, auf die sie so stolz ist, Vaters Kiste für die Pfänder, Benjamins Buch, Rocheles einäugiges Püppchen. In der Ecke steht auch Großvaters Gehstock, dessen Knauf er vor vielen Jahren eigenhändig geschnitzt hat. Mein Blick wandert zum Tisch hinüber, an dem wir essen, in der *Thora* lesen und beten. Unsere Sachen – unsere Sachen, die ein Stück von uns selbst sind. Was, wenn sie in fremde Hände gelangen?

Die Flöte behalte ich bei mir. Ich werde sie nicht aus den Augen lassen. Und als die Büttel die Gasse heraufkommen, zieht es mich zum Fenster. Ich halte die Flöte an die Lippen. Mir kommt das Hochzeitslied in den Sinn, und plötzlich werde ich von so vielen Empfindungen überwältigt, dass ich sie nur durch Musik ausdrücken kann. Die Flötentöne trauern und jubilieren, klagen und lobpreisen. Es liegt Sehnsucht in ihnen, Bedauern, Liebe und Hoffnung. Ganz gleich was mit mir geschehen wird – mit mir und mit der Welt –, die Musik hat ein eigenes Leben und eine eigene Bedeutung.

Immer wieder aufs Neue spiele ich das Hochzeitslied, während gleichzeitig die Büttel durch die Gassen ziehen und Gefangene machen. Sie marschieren hintereinander her, schwenken dabei die Arme und heben die Füße im Gleichschritt. Sie hämmern an Türen und verschaffen sich gewaltsam Eintritt.

»Juden! Raus mit euch!«

Aus den Häusern ertönen Schreie und bange Fragen. »Wieso? Wohin bringt ihr uns? Was haben wir getan?«

»Juden! Raus mit euch!«

Es kommt zu einem Handgemenge. Doch lange dauert es nicht. Dovie und seine Mitstreiter werden die Gasse entlanggezerrt. Ein Heulen ertönt, das fast nichts Menschliches hat, dann kehrt Stille ein. Blut sickert aufs Pflaster und färbt den Schnee rot. Die Leichen liegen grotesk verdreht am Boden.

»Mitkommen!«, befehlen die Büttel. Sie haben Dovies Messer und Schwerter eingesammelt. »Nun macht schon!«

»Wartet bitte! Lasst mich noch einige Sachen…«

»Du wirst nichts brauchen.«

»Die Kinder!«

»Die kommen mit.«

»Wohin bringt ihr uns?«

»In den Kerker. Kommt, kommt. Beeilung!«

Ich höre Rabbi Meier schreien. Seine Söhne bitten und betteln und werfen sich vor den Stadtknechten auf die Knie. »Hört uns an«, rufen sie. »Erlaubt uns wenigstens, uns vorzubereiten. Es ist bald *Schabbat*. Wir müssen unsere Gebetbücher mitnehmen und den Wein, um den Segen zu sprechen.«

Die bewaffneten Männer lachen und stoßen einander an. Sie sind ungeduldig. »Sei's drum, dann holt schon, was ihr benötigt.«

»Ihr sollt euren Sabbat haben«, brummt der oberste der Büttel. »Euren Hexensabbat.«

Rabbi Meier meldet sich erneut zu Wort. »Gewährt uns eine Gnade. Lasst morgen Musikanten aufspielen. Lasst sie fröhliche Lieder spielen, damit wir in Freude gehen können.«

Die Büttel sehen sich verwundert und belustigt an. Einer schlägt sich auf den Schenkel. »Musik wollt ihr zum Abschied? Na gut. Ihr sollt sie haben.«

Mutter rafft eilig Brot, Becher und Schalen zusammen.

»Johannes, hol rasch den Kessel vom Feuer. Den nehmen wir mit. Wir brauchen doch etwas zu essen.«

So ist sie eben, meine Mutter. Sie denkt sogar jetzt ans Essen, weiß sie doch, dass ein leerer Magen der Fluch des Teufels ist und alles Schlimme noch schlimmer macht. Ich greife nach dem Kessel und trage ihn.

Mutter keucht: »Rochele, wo sind die Kerzen? Rasch, hol sie und auch die Leuchter.«

Jetzt klopfen sie auch bei uns. »Sofort herauskommen!«

Ich laufe zur Tür, um sie zu öffnen, bevor sie sie zerschlagen. »Wir kommen schon!«, rufe ich und nehme Rochele fest an der Hand.

Weshalb folgen wir ihnen so widerstandslos? Ich könnte mir ein Messer greifen und es ihrem Anführer in die Kehle bohren. Vielleicht könnte ich mich zwischen ihnen hindurchdrängen und wegrennen. Doch wohin könnte ich gehen, wo sie mich nicht fangen würden? Sie sind uns an Zahl überlegen und würden uns wie Jagdhunde zur Strecke bringen.

Rochele stößt einen Schrei aus. Sie reißt sich los und läuft zurück, um ihren Kasten mit den gepressten Blumen zu holen. »Rochele!«, rufe ich.

Mutter greift nach einem Wolltuch und wirft es Großvater über die Schultern.

Der alte Mann trägt die geflochtenen Schabbatbrote unter dem Arm. Wir sehen nicht zurück, lassen die Tür jedoch weit offen stehen, als die Stadtknechte uns antreiben und schreien: »Nun macht schon! Was trödelt ihr so? Kommt endlich mit. Herrgott, was stellen die sich an!«

Es ist kalt und der Himmel ist mit grauen Wolken verhangen. Keiner spricht, als wir am Fluss entlanggehen, vorbei an den still daliegenden hoch aufragenden Häusern, die sich wie ein Schattenriss vom Nachmittagshimmel abheben. Zu hören ist bloß das Wasser, das sanft gegen die Kaimauern plätschert, das Schlurfen vieler Füße und hie und da ein Ruf: »Macht schneller!«

Dann werden wir in den engen Kerker gestoßen. Die schweren Eisentüren schlagen zu und werden von außen verriegelt. Wir beginnen, einander zu suchen – Freunde, Verwandte. Meine und Margaretes Familie bleiben zusammen. Rosa und Rochele haben einander die Hände um die Hüfte gelegt. Ich habe nie zuvor zwei Mädchen gekannt, die so freundlich miteinander umgingen. Rosa wispert Rochele zu: »Hab keine Angst – hier, ich habe dir etwas Süßes mitgebracht. Nimm!«

Es dauert eine Zeit lang, aber nach einigem Hin und Her kehrt Ruhe ein. Die Frauen entzünden die Schabbatkerzen. Sie heben die Hände, bilden einen Kreis um die flackernden Lichter und sprechen die Schabbatgebete. Diejenigen, die Wein mitgebracht haben, teilen ihn mit den anderen. Jemand reicht den Kelch an mich weiter. Ich trinke und behalte den süßen Schluck noch lange im Mund.

Irgendwie geht der Abend vorüber. Wir essen das Schabbatbrot. Die Suppe ist kalt, doch das macht nichts. Margarete und ich sitzen nebeneinander. Wir teilen ein Stück Brot und essen aus einer Schüssel, abwechselnd, sodass ich ihr beim Essen zusehen kann. Bei jedem Löffel, den sie zum Mund führt, geht mir das Herz auf, und ich möchte ihr sagen: »Iss, mein Liebling! Sei stark und lebe!«

»Es fühlt sich an, als seien wir Mann und Frau«, wispert sie mir zu. Die Röte ihrer Wangen breitet sich über ihr ganzes Gesicht aus.

»Dann soll dies unsere Hochzeitsnacht sein«, flüstere ich.

»Spiel das Hochzeitslied«, bittet sie mich.

»Das kann ich nicht«, antworte ich. »Du weißt doch, dass wir am *Schabbat* keine Instrumente spielen dürfen.«

»Aber singen dürfen wir«, sagt sie.

Wir summen die Melodie. Bald fallen andere Stimmen mit ein. Dann hallt der ganze Turm wider von freudigen Schabbatliedern und Gebeten. Und die vielen Kerzen lassen die Kerkerwände in goldenem Licht erstrahlen.

Es wird spät. Die Kinder schlafen. Ihre Eltern dösen. Dann und wann schreckt jemand mit einem Schrei hoch.

»Schlaf nicht«, bitte ich Margarete. »Lass uns gemeinsam wach bleiben.«

So reden wir miteinander und rufen uns so viele gemeinsam verbrachte Tage ins Gedächtnis zurück, wie wir können. Die kleinsten Kleinigkeiten, die einst bedeutungslos schienen, stehen uns nun klar und kostbar vor Augen.

»Weißt du noch, wie wir damals hinaus ins Grüne zogen? Wie wir tanzten?«

»Weißt du noch, wie warm es an *Jom Kippur* war und wie auf den Hügeln sogar noch Blumen blühten?«

»Vor gar nicht langer Zeit haben wir noch einen Schneemann gebaut. Weißt du noch?«

Wir erzählen einander nicht nur unsere eigenen Geschichten, sondern auch die unserer Weisen und Märtyrer, die von Reb Akiba und von Hanna mit ihren sieben Söhnen, die nun alle im Garten Eden weilen, selig und von allen verehrt.

»Was tun sie mit uns?«, fragt Rochele immer wieder. Mutter streichelt ihr über den Kopf. Sie und Vater sitzen nah beieinander und halten einander an den Händen. Großvater hat sich in den Schlaf gewiegt. Dann und wann schreckt er hoch und murmelt: »Lauft! Lauft!«

»Was geschieht mit uns, Mutter?«

»Das wissen wir nicht, Rochele.«

Schließlich hole ich Rochele zu mir. Rosa schlummert tief und fest in den Armen ihres Vaters. »Hör mal, Rochele, du bist jetzt ein großes Mädchen«, sage ich zu ihr. »Du bist meine Schwester. Wir werden alle zusammen sein – morgen und für alle Zeit –, du und Rosa, Margarete und ich, Mutter und Vater und Großvater und die ganze Gemeinde. Wir werden eins werden.«

»Bringen sie uns in den Wald, wo die Wölfe uns auffressen?« Rochele zittert und bebt. »Ich möchte nicht von den Wölfen gefressen werden, Johannes. Bitte mach, dass sie uns nicht dorthin bringen.«

»Die Wölfe werden dir nichts tun, Rochele, das verspreche ich dir. Wenn es Zeit ist zu gehen, dann nehme ich dich bei der Hand. Wir beide werden singen. Sehr laut singen, damit alle unsere Stimmen hören. Doch jetzt schlaf.« Ich nehme sie in den Arm. Ihr Kopf ruht auf meiner Brust. »Du musst deine Stimme schonen für morgen.«

Eine Zeit lang sind wir still. Meine Gedanken kreisen nur um eins: Flucht, Freiheit. Allerdings – wer ist schon wirklich frei? Überall gibt es Regeln, muss sie geben. Nur, wer soll sie aufstellen? Die Geschichte unseres Auszugs aus Ägypten lehrt uns, dass wir aus der Knechtschaft der Ägypter befreit wurden, um Gott zu dienen.

»Woran denkst du, Johannes?«, flüstert Margarete.

»An Benjamin. Ich hoffe, dass er frei ist. Ich hoffe, er kann gehen, wohin er will, kann sprechen, mit wem er will, und wird von allen geachtet.«

»Das klingt wie das Paradies«, sagt Margarete. »Doch in dieser Welt wird immer jemand der Geknechtete sein.«

»Aber, so hör doch!« Plötzlich hellwach, beuge ich mich zu

ihr hinüber. »Du warst es doch, die davon gesprochen hat, die Welt zu ändern. Was wäre denn, wenn es keine Judenhüte gäbe, keine Judenabzeichen, keinen Hass? Jeder könnte auf seine Art leben und mit anderen zusammenkommen...« In meinem Kopf überschlagen sich die Möglichkeiten, und ich denke an den Nachmittag zurück, als Fritsche Closener und ich im Geiste vereint waren. »Die Leute würden zusammenkommen«, sage ich, »um gemeinsam zu musizieren. Und um Gespräche zu führen.«

»Das wäre wunderbar«, räumt Margarete ein. »Aber was wäre dann mit uns? Auch wir müssten uns ändern. Wir müssten lernen, wirklich jeden zu lieben – die Christen, Edelleute, Priester und sogar die Aussätzigen.«

Ich denke darüber nach. »Selbst die Aussätzigen. Ja.«

Es will mir nicht gelingen, die ganze Nacht wach zu bleiben, sosehr ich es mir auch wünsche. Neben mir ist Margarete ebenfalls eingenickt. Ich träume von einem wunderlichen Spital und von Menschen, die goldene Masken tragen. Wieder diese Masken – verliere ich langsam den Verstand? Dieser Gedanke bringt mich beinahe zum Lachen. Spielt es denn jetzt noch eine Rolle, ob einer bei Verstand ist oder nicht?

Am Morgen liegen die Nerven blank. Kehlen sind wie ausgedörrt. Es gibt kein Wasser. Wir warten, hungrig, frierend und voller Angst. Kinder wimmern. Mutter nimmt meine Hand. Sie drückt sie sehr fest. Ich will ihr so vieles sagen, doch ich bringe kein Wort heraus. Einerseits fühlen wir uns alle merkwürdig allein und dann doch wieder zutiefst als Gemeinschaft.

Ich höre die Leute um mich herum sprechen und ihre Sätze klingen seltsam zusammenhanglos.

»Vielleicht wird einer der Ratsherren...«

»Vielleicht der Bischof...«

»Vielleicht sogar der Papst...«

»Vielleicht wird ein Wunder uns retten.«

Endlich werden die Kerkertüren aufgerissen. Die Menschen drängeln. Ich möchte schreien, presse jedoch die Zähne aufeinander. Rochele, Mutter und ich halten einander an den Händen. Rabbi Meier erklimmt eine Bank und ruft: »Stellt euch geordnet auf! Bewahrt die Ruhe, Freunde. Kommt, wir gehen alle gemeinsam.«

Draußen blinzeln wir in der plötzlichen Helligkeit. Es ist ein windiger Tag. Am Himmel hängen Wolken zwischen hellen Flecken von Blau. Die Luft fühlt sich in der Lunge kalt und frisch an. Sie belebt mich. Ich hebe den Kopf und atme sie tief ein. Die kühle, klare Luft erfüllt meinen Körper und meine Seele mit einer wundersamen Freude. »Hol tief Luft!«, sage ich zu Rochele.

Als wir uns jetzt in Gang setzen, höre ich sie. Die Musik. Sie ist unser Begleiter, während wir, von den Stadtknechten bewacht, losziehen. »Macht zu! Schneller!«, brüllen sie und treiben die Nachzügler mit Stöcken an. »Schneller!« Die Musikanten spielen dazu auf ihren Instrumenten – auf Drehleiern, Dudelsäcken, Trompeten, Tamburinen, Flöten, Fideln und Trommeln.

Was für ein Schauspiel! Entlang des Weges haben sich Menschen eingefunden, die anfangen zu rufen, zu schreien und zu johlen, sobald sie uns erblicken. Das Grölen ist lauter als alles, was ich jemals gehört habe. Immer wieder springt einer hervor, zieht jemandem rasch den Umhang oder das Tuch vom Leib und zerrt und reißt daran auf der Suche nach verstecktem Gold oder Schmuck.

Ich sehe Väter, die ihre Kinder hochhalten, damit sie Zeuge unseres Marsches werden. Eine Mutter reißt den Kopf ihrer

Tochter grob herum, gibt ihr eine Ohrfeige und ruft: »Los, schau nur hin. Du sollst wissen, wie es den Ketzern ergeht!« Einige Männer rufen lüstern: »Die Kleine da, die könnt ihr mir ruhig geben. Vielleicht mag sie ihre Seele retten. Ich würde sie gern eigenhändig taufen. Was für eine Schönheit – viel zu schade zum Verbrennen!«

Und derweil spielen die Musikanten weiter, lauter, schneller. Ich greife nach Rochele und drücke sie fest an mich, während ich in der anderen Hand die Flöte halte. Die Musik klingt mir in den Ohren – Bauern- und Spielmannslieder sind es, fröhliche Weisen –, und plötzlich erkenne ich das Lied, das ich in Troyes gelernt habe. Fritsche Closener ist unter den Musikanten und spielt auf seiner Blockflöte. So laut spielt er, dass er rot anläuft und dass ihm die Augen aus den Höhlen treten. Das Lied endet. Und jetzt beginnen wir zu singen. Anfangs leise, dann lauter, kräftig wie ein Wintersturm und schließlich hallt es wie Donner:

»Ich glaube in ganzem Glauben, dass der *Maschiach* kommt, und ungeachtet seines langen Ausbleibens
erwarte ich täglich seine Ankunft...«

Ich lege den Kopf in den Nacken, werfe mich in die Brust und erhebe meine Stimme. Neben mir höre ich auch Rochele aus voller Kraft singen. Mutter strauchelt. Vater trägt sie halb. Überall um mich herum stolpern Menschen. Einige fallen, andere schleppen sich benommen weiter. Der krumme Mosche humpelt und hält sich die Schulter, wo ihn ein Stein getroffen hat. Die Nachbarin Freda hat ihre Haube verloren und bedeckt ihren Kopf mit den Händen. Elias und Chava haben einander die Arme um die Hüfte gelegt und stützen sich gegenseitig. Rosa klammert sich an den anderen Arm ihres

Vaters. Chava hält beschämt ihr Mieder zusammen, das zerrissen ist. Der Bäcker trägt ein kleines Kind in den Armen. Seine Frau ist schwanger; ihr Leib ist schon so geschwollen, dass sie hin und her schwankt.

Rochele gräbt ihre Fingernägel in mein Handgelenk. Margarete kommt zu uns gelaufen. Ich nehme ihre Hand. Sie ist sehr kalt. Ich drücke ihre Finger.

»Ich glaube im ganzen Glauben, dass der *Maschiach* kommt...«

Jetzt ertönen laute Schreie, als einzelne Zuschauer auf uns zulaufen. Sie versuchen, Ringe von Fingern zu zerren und den Schmuck von den Ohrläppchen der Frauen. Ein Mann reißt einer Mutter ihr Kind aus den Armen, und eine Frau kreischt: »Ich werde dich taufen!«

»Gib mir mein Kleines zurück! Gib mir mein Kind!«

Im Gewühl der Menge beginne ich allmählich, vertraute Gesichter auszumachen. Da steht der Müller, der das Mehl für die Juden mahlt. Und dort sind der Weinbauer und das Mädchen, das in der Schenke bedient. Und Gunther ist da, schmerzerfüllt, weiß vor Entsetzen. Er rennt auf mich zu.

Ich drücke ihm die Flöte in die Hand. »Nimm sie, nimm sie!«, keuche ich.

Jetzt drängt sich auch Greta ins Gewühl. Sie packt Rochele am Arm und ruft: »Erlaubt mir, sie mitzunehmen. Ich kann sie großziehen. Ich bitte Euch...«

»Mutter!«, kreischt Rochele. »Mutter!«

Mutter, deren Gesicht aschfahl geworden ist, hebt den Arm und versetzt der zwinkernden Greta einen Schlag. »Lass sie los! Sie ist mein Kind!«

Greta bleibt erschrocken stehen. »Ich bitte Euch, vertraut sie mir doch an. Ich bin eine Mutter wie Ihr. Ich will gut für sie sorgen. Der Priester wird sie taufen und so kann sie gerettet werden. Ich werde sie aufziehen, als wäre sie meine eigene Tochter.«

»Nein!«

Die Menge ist kaum mehr zu halten, und die Stadtknechte, die fürchten, dass es zu einem Aufstand kommen könnte, scheuchen die Juden mit Stöcken, Keulen und Peitschen weiter. »Beeilt euch, beeilt euch!«

Das Tor zum Friedhof steht weit offen. Der Boden, auf dem die Grabsteine mit den hebräischen Schriftzeichen stehen, ist hier und da noch von nassem Schnee bedeckt. Einige der Toten ruhen hier schon seit hundert Jahren.

»Beeilt euch, beeilt euch!«

Die Musik spielt weiter, doch nun, da wir hier versammelt sind – am Rand des Schauplatzes, bei dem hölzernen Gerüst, das eigens zu diesem Zweck errichtet wurde –, verstummt die Menge schlagartig. Nur die Musik spielt unermüdlich weiter.

Sie spielt weiter, als sie uns auf das Gerüst treiben, unter dem ein Scheiterhaufen aufgeschichtet worden ist. Sie spielt weiter, während sie um uns herum Bündel von trockenem Reisig aufhäufen. Sie spielt, als sie mit den Fackeln ankommen – mit langen, lodernden Fackeln –, um die Scheite in Brand zu setzen, die uns mit ihrem tödlichen Gebrüll einkreisen.

Ich versuche, über die Flammen und den Rauch hinweg etwas zu sehen. Ich kann nicht atmen. Ich kann nicht sprechen. Meine Augen füllen sich mit Tränen. Und dann sehe ich das Gesicht von Konrad, das strohblonde Haar, den ungläubig aufgerissenen Mund. Es ist, als stünden Konrad die Worte quer über das ganze Gesicht geschrieben, über das tränenüberströmte Gesicht: *Ich dachte ja nicht... ich wollte ja nicht... ich wusste ja nicht...*

Die Musik spielt.

Und das Feuer lodert.

Und der Rauch löscht alles vor meinen Augen aus, bis auf ein winzig kleines Stück blauen Himmels. Darauf richte ich meinen Blick.

Rochele schreit wie von Sinnen.

Wo sind alle? Wo ist die Welt? Ich versinke im brennenden, unerträglichen Schmerz. Ich höre andere die unsterblichen Worte rufen und falle mit ein. Mein ganzes Sein lege ich in dieses Gebet: »*Schma Jisrael*... Höre, o Israel... der Ewige ist Gott, der Ewige ist einzig.«

In diesem letzten Moment spüre ich, wie mich, warm und weich, die Arme meiner großen Liebe umfangen. Ich rufe ihr zu: »Flieg mit mir. Ich fliege!«

Und dann werde ich eins mit der Musik.

Neunzehntes Kapitel

Vereinigte Soziale Allianz, westlicher Sektor
Im Jahr der Seelenruhe, 2407

»Er kommt jetzt wieder zu sich.«

»Dreht die Musik auf.«

»Vorsicht. Haltet ihn an den Armen fest. Er schlägt um sich.«

Techniker und Älteste drängen sich um das Bett und beobachten Gemm 16884. Er wirft sich unruhig hin und her. Und dann stößt er einen markerschütternden Schrei aus. »Aufhören! Aufhören! Bitte – die Musik soll aufhören!«

Einer der Ältesten gibt das Zeichen, die Musik etwas leiser zu stellen. Er betrachtet Gemm 16884 aufmerksam, der sich im Bett wälzt, die Hände auf die Ohren presst und fleht: »Stellt doch die Musik ab. Bitte!«

»Du hast also genug von Musik?«, fragt der Älteste. Sein Tonfall ist streng.

»Ja! Bitte, zwingt mich nie mehr, Musik zu hören. Nie mehr!«

»Was bewirkt die Musik denn, Gemm 16884? Welche Empfindungen setzt sie in dir frei?«

Gemm 16884 spürt einen pochenden Schmerz im Kopf. Er ringt nach Atem. »Was sie bewirkt?... Leidenschaft. Wut und böse Gedanken und Tod! Es tat... tat so furchtbar weh und die Musik hat weitergespielt. Die Musik. Bitte – ich will sie nie wieder hören müssen!«

»Und wie hast du die Menschen empfunden?«, fragt der Älteste hartnäckig weiter. Er ist von vielen anderen Ältesten umgeben, die alle goldene Masken und Umhänge aus königsblauem Samt tragen. »Haben die Menschen dort in Harmonie zusammengelebt? In Gleichheit?«

»Ich... es ist mir peinlich, darüber zu sprechen«, flüstert Gemm. »Alle waren so... so unterschiedlich. Jeder hat geglaubt, was er wollte. Und wie sie sich benommen haben... sie waren so hemmungslos. Es war schrecklich! Schrecklich! Ihr könnt euch nicht vorstellen, was sie sich gegenseitig angetan haben.«

»Erzähl es uns!«, fordert der Älteste. »Erzähl uns alles.«

»Es herrschte... Chaos und es wurde gemordet und...« Gemm ist die Erinnerung daran unerträglich. Er legt die Hand über die Maske, um nichts mehr sehen zu müssen. Dann öffnet er die Augen wieder, blickt in das strahlend weiße, klare Licht und füllt seine Lungen mit der wohlriechenden, aromatisierten Luft. »Ich wusste vorher ja nicht«, flüstert er, »wie schön es ist... die Harmonie, die Gleichheit – alles ist so wahr und vollkommen!« Die Ältesten nicken. Ihre goldenen Masken schimmern, als sie jetzt im Chor das Mantra anstimmen. Gemm 16884 fällt mit ein: »*Gleichheit erzeugt Harmonie erzeugt Seelenruhe erzeugt Frieden erzeugt das allumfassend Gute. Lobpreiset den Tag!*«

Der Raum ist von ihren Stimmen erfüllt und Gemm wird plötzlich von neuer Stärke und Entschlossenheit durchströmt. Er richtet sich mit einem Ruck auf und schwingt sich aus dem Bett. Er fühlt sich groß und makellos – rein. »Wird mir mein... abweichendes Verhalten... jemals vergeben werden?«

Drei der Ältesten beraten flüsternd. Sie stecken die Köpfe zusammen und blicken zu dem Hologramm hinüber, auf dem Gemms Datensatz abgebildet ist. Er wird aufgefordert, sich ein weiteres Mal in die in der Wand ausgesparte Form zu stellen. Die Apparatur rattert und blinkt, und als nach einiger Zeit ein Abbild von Gemms momentaner Verfassung an die holografische Wand projiziert wird, geht ein erleichtertes Seufzen durch die Zuschauer. Der leitende Älteste tritt aus der Menge hervor. »Gemm 16884«, ruft er mit lauter Stimme aus. »Wir erklären dich hiermit für geheilt. Weil du dich der Therapie unterzogen, sie überlebt und Schmerz und Leiden kennen gelernt hast, bist du jetzt in der Lage zu begreifen, dass wir unser Überleben nur der Lehre unserer Vereinigten Sozialen Allianz verdanken.«

»Ja, das stimmt.« Gemm senkt demütig den Kopf.

»Dir ist klar, dass du außerhalb der Gruppe der ehrwürdigen Ältesten mit niemandem jemals über die Therapie sprechen darfst? Erklärst du dich dazu bereit.«

»In Liebe, dazu erkläre ich mich bereit.«

Der Älteste fährt fort: »Aber diese Erfahrung wird ohnehin so schnell verblassen wie ein unangenehmer Traum. Außerdem ist dein Serotonin-Haushalt in Kürze wieder ausgeglichen, und auch die anderen Medikamente werden bald wirken, sodass du schnell wieder der Alte bist. Mit einem Unterschied: Jetzt bist du ein vollkommen zufriedener Mensch und kannst dich mit ganzer Kraft deinen Aufgaben widmen.«

»In Liebe, ich danke dir.«

Darauf wird Gemm 16884 zu einer Dekompressionskammer geführt, in der Gemma 16884 ihn erwartet. Sie trägt eine blassgelbe Freudenmaske mit wunderschön blauem Haar und Dauerlächeln. Gemma erzählt ihm, was er während seiner eintägigen Abwesenheit verpasst hat – die Belustigungen, Unterweisungen und Folklore-Fakts, die neuesten Serotonin-Trunk-Sorten, die Spiele, Rätsel und Unterhaltungen. Sie berichtet ihm auch von Kir und Kira, Zo und Zoa und all den anderen, die nach ihm gefragt hatten, denen aber lediglich gesagt worden war, er befände sich auf dem Weg der Besserung.

Gemm hört ihr nickend zu. Er hat das Gefühl, hoch über der Welt zu schweben und auf einen Ameisenhaufen hinunterzusehen, wo winzig kleine Wesen ihr winzig kleines Leben führen und nichts von einer höheren Macht oder einer Zukunft außerhalb ihrer Welt ahnen.

Umweht von süßen Düften, verbringen sie den Tag zusammen – mit köstlichen Speisen, Filmen und holografischen Spielen und Erlebnissen. In der Zwischenzeit beraten die Ältesten über den Fall Gemm und über seine Zukunft.

Schließlich lassen sie Gemm und Gemma 16884 rufen. Im großen Saal sitzen die Ältesten gespannt wartend im Halbkreis. Die Zwillinge werden zum Podium geführt, wo der leitende Älteste bereitsteht, um das Urteil zu verkünden.

Er beginnt: »Höre, Gemm 16884 – wir, der Rat der ehrwürdigen Ältesten, sind zu einem Entschluss gekommen. Dir und deinem Zwilling wird ein neuer Status zuerkannt. Bist du bereit, Gemm 16884, in den Stand eines Lern-Ältesten erhoben zu werden? Bist du bereit, die ehren- und verantwortungsvolle Aufgabe anzunehmen und dir das nötige Wissen anzueignen, um alles, was uns teuer ist, für die Nachwelt zu bewahren?«

Gemm hebt den Kopf. »In Liebe«, entgegnet er, atemlos und von Stolz erfüllt, »dazu bin ich bereit.« Solch eine Ehre ist noch keinem seiner Gefährten gewährt worden. Er ist überwältigt. »Deinem Zwilling wird selbstverständlich dieselbe Ausbildung zuteil werden. Aber denk daran, du bist jetzt zwar vollständig rehabilitiert, musst aber noch lernen, wie genau wir Ältesten dafür sorgen, den Seelenfrieden in unserer Gesellschaft zu erhalten, in der niemand etwas befürchten muss, in der keine Gewalt existiert und in der das Leben rein, gut und harmonisch verläuft. Wir sind der Ansicht, dass du mittlerweile so weit bist... die höheren Weihen anzustreben. Bist du dazu bereit?«

»Aber ja. Ja, das bin ich«, ruft Gemm. Und während er von den Ältesten umringt dasteht, sieht er plötzlich deutlich sein künftiges Leben vor sich – die gesamte Spanne der 120 Jahre –, das er in der Gewissheit verbringen wird, dass dieser Frieden niemals duch das Eindringen von Leidenschaft oder Ungleichheit zerstört werden kann.

Zwanzigstes Kapitel

Vereinigte Soziale Allianz, westlicher Sektor
etwas später im Jahr der Seelenruhe, 2407

Das Leben verläuft in geordneten, vorhersehbaren Bahnen. Ein unspektakulärer Tag folgt auf den nächsten. Nacht für Nacht liegt Gemm neben Gemma und grübelt darüber nach, warum er keinen Schlaf findet, obwohl er doch zufrieden sein müsste. Wenn er irgendwann doch einschläft, hat er zutiefst verstörende Träume. Er träumt von einem Loch, einem gigantischen Loch, das im Universum klafft. Ein Loch, das durch nichts gefüllt werden kann. Außerdem quälen ihn schrecklicher Hunger und ein Durst, der durch nichts gestillt werden kann. Und dann nimmt sein Traum deutlichere Formen an: Gesichter lösen sich aus dem Dunkel, Worte kommen ihm in den Sinn, und er hört in Gedanken immer wieder ein bestimmtes Lied. Der Älteste hat sich geirrt. Die Erinnerungen verblassen ganz und gar nicht. Sie werden sogar mit jedem Tag lebendiger und fordernder. Es lässt sich nicht mehr leugnen: Gemm ist anders. Es ist tatsächlich so. Und allmählich beginnt er sich zu fragen, ob seine Andersartigkeit nicht vielleicht einen Sinn hat – wenn er auch noch nicht weiß, welchen.

Als er eines Nachts wieder hellwach neben der schlafenden Gemma liegt, drängt sich ihm mit überwältigender Deutlichkeit ein Gedanke auf: *Vielleicht können wir die*

Welt ändern. Ja, vielleicht können wir sie ändern. Diese Idee nimmt Gemm vollkommen gefangen.

Die ganze Nacht bleibt er wach und fragt sich: Wie? Wie lässt sich der Hass aus der Welt schaffen und die Liebe bewahren? Er findet keine Antwort.

Im Morgengrauen dreht er sich zur Seite und betrachtet Gemma, die neben ihm schlummert.

Ihr maskiertes Gesicht wird plötzlich von den Bildern anderer geliebter Gesichter überlagert: Mutter, Vater, Benjamin, Rochele, David, Jakob und seine liebste Margarete. Und jetzt – ganz leise erst, dann immer lauter und klarer – hört er das Lied.

Gemm liegt auf der Antigravitationsliege und zerbricht sich einige Minuten lang den Kopf. Dann plötzlich – es ist, als sei in seinem Kopf etwas explodiert – sieht er auf einmal vollkommen klar.

Er dreht sich zu Gemma um und rüttelt sie sanft wach. »Gemma«, flüstert er. »Du, hör mal. Ich bin wirklich geheilt.«

Schläfrig murmelt sie. »Ich weiß, mein Zwilling, und ich bin sehr glücklich darüber. Ich hatte furchtbare Angst, dich zu verlieren.«

»Gemma, du musst mir vertrauen. Ich möchte dir alles erzählen, wo ich war und was ich dort gelernt habe. Die Welt ist – sie kann…« Noch fehlen ihm die Worte, der Plan ist nicht vollends ausgereift. Aber er weiß, wie er den Anfang machen kann. »Ich würde dir gern ein Lied beibringen.«

»Aber das ist verboten«, wendet Gemma erschrocken ein.

»Nein«, sagt Gemm. »Ich erlaube es. Es ist wichtig für uns, Gemma. Hab Vertrauen.«

Leise beginnt er zu singen.

Gemm singt das Hochzeitslied Strophe für Strophe und ist

dabei so von Glück und Liebe erfüllt, wie er es in dieser Welt noch nie erlebt hat.

Gemma starrt ihn an. Sie wagt kaum zu atmen. »Das war wunderschön, mein Zwilling«, flüstert sie. »Aber ein paar Stellen im Text verstehe ich nicht. *Brautpaar*, was ist das denn? Und was soll das mit den *glücklichen Herzen*?«

Gemm seufzt tief. »Wie solltest du das auch verstehen?«, sagt er leise. »Wenn du nie gelernt hast, was Liebe ist. Oder Schmerz.«

Gemma 16884 hält sich schnell die Ohren zu, aber Gemm zieht ihr liebevoll die Hände weg. »Ich bin an einem Ort gewesen«, sagt er, »an dem die Menschen starke Gefühle gezeigt haben. Das war erlaubt. Vielfalt war erlaubt. Und die Menschen trugen keine Masken.«

»Keine Masken!«

»Es ist wahr, dass Vielfalt und Verschiedenartigkeit Gefühle hervorrufen. Und diese Gefühle können sich entweder als Hass oder als Liebe äußern. Aber den Menschen muss die Wahl gelassen werden. Verstehst du?«

Gemma zupft an ihren blauen Haarsträhnen. »Ich gebe mir ja Mühe, Gemm. Aber... wir haben doch schon unbegrenzte Möglichkeiten.«

»Es gibt nur eine Möglichkeit, die wirklich zählt«, sagt Gemm. »Nämlich das zu wählen, woran wir glauben.«

Gemma liegt stumm da.

»Komm, lass mich dir davon erzählen und es dich lehren«, sagt Gemm zärtlich. »Aber nimm vorher deine Maske ab.«

»Das ist verboten!«

»Ich erlaube es.«

»Ich habe Angst.«

»Es gibt auch viele Gründe, Angst zu haben, Gemma, ich weiß. Sei mutig. Nimm sie ab. Ich tu es auch.«

Langsam, mit zitternden Fingern, nimmt Gemma ihre Maske ab. »Wir machen den Anfang«, sagt Gemm, zieht sich die Maske vom Gesicht und atmet diese neue Luft tief und befreit ein. »Ich will dir alles zeigen. Und du und ich bringen es dann den anderen bei. Wir bringen ihnen bei – was Liebe bedeutet.«

NACHTRAG DER AUTORIN

Während der Zeit, in der Europa von der Pest heimgesucht wurde, kam es zwischen 1348 und 1349 zur Ermordung tausender von Juden. Man glaubte, sie hätten die Brunnen vergiftet und so die Pest über das Land gebracht. Etwa dreihundert jüdische Gemeinden wurden vollständig ausgelöscht.

Über die Ereignisse, die sich am Samstag, dem 14. Februar 1349, in Straßburg zutrugen, schreibt die *Encyclopedia Judaica*: »Die Juden von Straßburg wurden auf dem jüdischen Friedhof auf einem Holzgerüst verbrannt... Sie baten die Ratsherren darum, für ihren Märtyrertod Vorkehrungen treffen zu dürfen... und Musikanten zu mieten, die Tanzlieder spielen sollten, damit sie Gott singend entgegentreten konnten.«

Von diesen Geschehnissen berichtet der damals in Straßburg lebende Priester und Historiker Fritsche Closener in seiner Chronik. Es ist belegt, dass etwa zwanzig Jahre später ein jüdischer Arzt namens Jakob in Frankfurt wohnte – der ein Überlebender der jüdischen Gemeinde Straßburgs war. Ironischerweise erreichte die Pest Straßburg erst einige Wochen nach dem Massaker an den Juden. Doch selbst als die Straßburger erkannten, dass die Verbrennung der Juden sie nicht vor der Seuche bewahrt hatte, gab es nur wenige, die Reue zeigten oder ihre Ansicht änderten. Das gesamte Mittelalter hindurch führte der im Denken vieler Europäer tief verwurzelte Antisemitismus immer wieder zur Ermordung oder Zwangsbekehrung von unzähligen Juden. In den Dreißigerjahren des 20. Jahrhunderts dann konnte Hitler nach seiner Machtergreifung mühelos wieder auf den alten Vorurteilen aufbauen und die systematische Ermordung von sechs Millionen Juden und anderen »unerwünschten Elementen« der Gesellschaft in die Wege leiten.

Bis zum heutigen Tag führen Angst und grundloser Hass gegenüber anderen Gesellschaftsgruppen zu unbeschreiblichem Leid – und niemand scheint davor gefeit.

DANKSAGUNG

Für die Hilfe bei der Arbeit an diesem Buch möchte ich mich herzlich bedanken bei: Professor John Allman vom *California Institute of Technology*; Jane Arnault; Rita Frischer von der *Sinai Temple Library* in Los Angeles; Paul Hamburg; Adaire Klein vom *Simon Wiesenthal Center* und dem *Museum of Tolerance*; Dr. Daniel J. Levitin; Professor Steven M. Lowenstein von der *University of Judaism*; Professor Sharon Snowiss vom *Claremont College*; Joel Tuchman von der *Sinai Temple Library* in Los Angeles und bei Professor Amnon Yariv vom *California Institute of Technology*.

Monika Feth
Loslassen – das sagt sich so leicht
Ab 12

Das blaue Mädchen
256 Seiten
C. Bertelsmann
ISBN 3-570-12636-6

»Ich darf nicht zweifeln«, schreibt die siebzehnjährige Jana, als ihre Freundin Mara ins Strafhaus der Sekte ›Kinder des Mondes‹ gesteckt wird. Doch allmählich bekommt Janas Bild von der fürsorglichen Religionsgemeinschaft Risse. Die Zweifel wachsen, als sie Marlon kennen lernt, der nicht zu ihrer Sekte gehört.

Fee – Schwestern bleiben wir immer
192 Seiten
C. Bertelsmann
ISBN 3-570-12477-0

Schottland heißt das Ziel, als Claire mit ihrem Freund Jost zur Motorradreise gen Norden aufbricht. Seit dem Tod ihrer Schwester Fee kann sie ihr Zuhause nicht mehr ertragen. Fee und Claire, das war intensive Nähe über die schwere Krankheit von Fee hinweg. Jetzt will Claire nur noch fort, vergessen, Abstand gewinnen ...

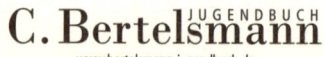

C. Bertelsmann JUGENDBUCH
www.bertelsmann-jugendbuch.de